Blood in Mind

Sandra Busch

Cover: M. Hanke
Mann: CURAphotography – fotolia.com
Ranke: Sergio Hayashi – fotolia.com
Giraffe: Stephi – fotolia.com

1. Auflage 2011
ISBN 978-3-934442-79-5

Dieser Roman ist Fiktion. Orte und Personen sind frei erfunden.

Danke an alle, die zu mir sagten: Mach's doch!

V*ollidiot!,* dachte Far Baxter.

Ich bin so ein Vollidiot! Wie ein naiver Anfänger hatte er sich in die Falle locken lassen. Als er den Hinterhalt erkannte, war es für einen Rückzug bereits zu spät gewesen. Die Zeit hatte gerade noch für das Absetzen eines Notrufs ausgereicht und nun lieferte er sich einen bizarren Tanz mit einer Handvoll Dämonen. Sollte Far überleben, dann würde man ihn ewig wegen seiner Blödheit aufziehen. Seine DV8 lag leergeschossen in der Nähe seines Privatwagens, sodass er sich mit seinem schmalen Dolch verteidigen musste. Dank dessen Speziallegierung verpuffte wieder ein animalisch knurrender Angreifer zu einem flockigen Aschewölkchen. Ein Krallenhieb zerfetzte Fars Hemd, und er fuhr mit einem erschrockenen Aufschrei herum, wobei der Dolch einen silbernen Bogen beschrieb. Das schuppige Monster wich der Klinge jedoch wendig aus. Jetzt – endlich – waren die Sirenen der herannahenden Verstärkung zu hören. Far tauchte unter einer weiteren Klaue hindurch und bemerkte aus den Augenwinkeln, dass er unerwartete Hilfe erhalten hatte. In seinem Rücken vernichtete ein Fremder in einem hellen Hemd einen weiteren Dämon. Far erhaschte nur einen flüchtigen Blick auf blauschwarzes Haar. Dann musste er sich wieder darauf konzentrieren, die restlichen drei Dämonen auf

Abstand zu halten. Endlich tauchten die Kollegen mit zwei Streifenwagen in der Sackgasse auf. Far nutzte das Zögern der Dämonen beim Anblick seiner Kollegen aus und rammte seinen Dolch zwischen die graubraunen Schuppen des ihm am nächsten stehenden Gegners. Erneut rieselte Asche zu Boden.
Als die Kollegen aus dem Wagen sprangen, schufen die letzten beiden Dämonen rasch ein Portal und verschwanden spurlos. Genauso spurlos wie Fars überraschende Hilfe. Suchend schaute er sich nach seinem Helfer um und drehte sich dabei einmal um die eigene Achse. Wohin war der Kerl bloß verschwunden? Wohl kaum die glatten Wände der Hausmauern hinauf. Irgendetwas hatte Far bei seinem kurzen Blick auf den Fremden gestört, aber ihm fiel einfach nicht ein, was es gewesen sein könnte.
„Alles okay mir dir?", wurde er von William Butler gefragt.
Far seufzte. Musste es ausgerechnet dieses Team sein, das ihm zu Hilfe kam? Sie alle waren Officer des New Yorker Police Departments und gehörten der SEED, der Sondereinheit zur Eliminierung von Dämonen an. Doch das setzte nicht voraus, dass sie alle dicke Freunde waren.
„Habt ihr eben diesen Typen gesehen?"
„Typen? Was für einen Typen denn?", wollte William wissen.
„Er muss euch entgegengekommen sein. Hatte ein helles Hemd an."
„Uns ist niemand entgegengekommen", warf Williams Partner Jacob McKenzie ein und reichte Far die DV8, die er beiseite geworfen hatte, als sie nutzlos wurde. Far nickte dankend und begann die Waffe gewohnheitsmäßig nachzuladen.
„So schnell kann der Kerl doch nicht verschwunden sein", brummte er dabei und schob die Waffe in das Holster zurück. Den Blick, den seine Kollegen einander zuwarfen, ignorierte er.
„Wer weiß, was du gesehen haben willst. Ist deine Nachtschicht nicht ohnehin längst beendet? Fahr nach Hause und schlaf dich bloß aus, ehe du der nächsten Fata Morgana begegnest", schlug ihm der Dritte des Vierergespanns vor. Seinem Tonfall nach hätte Far auch besoffen Ausschau nach einem rosa Elefanten halten können. Für den Bruchteil einer Sekunde überlegte Far,

ob er dem unverschämt grinsenden, rothaarigen Klotz eine passende Antwort erteilen sollte. Da er bei seinem Chief allerdings bereits genügend Minuspunkte wegen seiner Temperamentsausbrüche gesammelt hatte, zog er es vor sich zu zügeln. Das Grinsen des Kollegen wurde breiter.
„Leck mich, Scott." Far drehte sich um und stapfte zu seinem schräg auf der Straße stehenden Dodge Charger. Ethan Landon, der noch nicht einmal aus dem Streifenwagen ausgestiegen war, hob mit einem spöttischen Winken die Hand.
„Ärsche! Alle miteinander." Far schlug die Tür seines Wagens heftiger als nötig zu. Die vier hatten ihn schon von seinem ersten Diensttag an nicht ausstehen können, was vermutlich einzig und allein daran lag, dass er bei einer der gefürchtetsten Straßengangs New Yorks, den Nachtwölfen, aufgewachsen war. Dort hatten sich Jayden und Harry um ihn gekümmert. Die beiden Gangmitglieder waren die einzige Familie, die Far noch hatte. Er atmete einmal tief durch, startete den Motor und gab Gas. Die Nacht war wirklich lang gewesen. Beim ersten Einsatz hatten er und sein Team mit den Dämonen über Stunden Versteckspielen müssen. Ein zweiter Einsatz hatte sich zum Glück als Falschmeldung erwiesen. Wenigstens war es bis zum frühen Morgen ruhig geblieben. Aber dann musste er auf dem Heimweg den Dämonen in diese verflixte Falle tappen. Fars Finger tasteten zu dem langen Riss in seinem dunkelblauen Diensthemd. Er seufzte. Es wurde wohl wirklich Zeit, dass er ins Bett kam.

Eine halbe Stunde später lenkte Far den metallicgrünen Dodge auf seinen angemieteten Parkplatz in der Tiefgarage seines Wohnblocks. Mit dem Hemdsärmel wischte er noch ein imaginäres Staubkörnchen von dem polierten Lack des liebevoll aufgearbeiteten Wagens und machte sich auf den Weg zum Fahrstuhl. Er stand bereits in der Kabine, als ihm einfiel, dass sein Wohnungsschlüssel noch im Handschuhfach lag. Mit einem leisen Fluch kehrte er um. Zu dieser frühen Morgenstunde war es in der Tiefgarage totenstill. Selbst seine Doc Martens verursachten beim Laufen keinen Laut. Müde fuhr sich Far über das

Gesicht, fühlte unter seinen Fingern deutliche Stoppeln und wischte sich dann eine hellbraune Haarsträhne aus den Augen. Im nächsten Augenblick hielt er verblüfft mitten im Gehen inne. Wie von Zauberhand klappte der Kofferraumdeckel seines Wagens auf und sein geheimnisvoller Helfer schwang sich heraus. Ohne Far zu bemerken, der jetzt seine DV8 zog und auf ihn anlegte, klopfte der Fremde seine Kleidung aus.
„Der Kofferraum war frisch gereinigt."
Der Kopf des Fremden fuhr ruckartig in die Höhe, doch schon hatte er sich wieder in der Gewalt. Sein Gesicht verzog sich zu einem gewinnenden Lächeln.
„Dafür bin ich dir auch sehr dankbar." Seine Stimme hatte ein anziehendes, warmes Timbre. Auffallend bernsteingelbe Augen richteten sich abschätzend auf die Waffe in seiner Hand.
„Jetzt frage ich mich nur noch, was du in meinem Kofferraum gesucht hast. Vielleicht hättest du ja die Güte und klärst mich auf?" Far merkte, dass er sich momentan an der Schwelle der Beherrschung befand. Erst die Dämonen, dann dieser Blödarsch Scott Wilburn mit seinem verflixten Team und nun auch noch ein blinder Passagier.
„Ich hatte die Wahl zwischen deinem Kofferraum und einer Auseinandersetzung mit deinen Kollegen", antwortete der Fremde.
„Wenn ich mich nicht irre, dann hast du mir vorhin doch geholfen. Mit aller Wahrscheinlichkeit hätte dich ein Dank erwartet, oder etwa nicht?"
Statt einer Entgegnung entblößte sein Gegenüber spitze, weiße Fangzähne. Unwillkürlich wich Far einen Schritt zurück. Jetzt wusste er auch, was ihn vorhin an dem Fremden gestört hatte: Es waren die fließenden Bewegungen gewesen. Bewegungen, die viel zu geschmeidig für einen Menschen waren.
„Du bist ein verdammter Blutsauger?" Far hob seine Waffe höher. „Bist du verrückt, einfach in den Kofferraum eines Officers zu steigen?"
„Eigentlich bin ich in den Kofferraum eines Far Baxters gestiegen. Eines Dämonenkillers, der jetzt hoffentlich ein Auge zudrückt."

„Wie bitte?“ Far glaubte, sich verhört zu haben.
„Nun ja, schließlich teilen wir die Leidenschaft für das Töten von Dämonen.“
„Und woher kennst du meinen Namen?“, wollte Far jetzt wissen.
„Du und dein Team seid mir bei der Dämonenjagd bereits öfters über den Weg gelaufen. Und weil du mich interessiert hast, habe ich dich eine Weile beobachtet und herausgefunden, warum du bei den Dämonen so unbeliebt bist. Du bist verdammt gut in deinem Job.“
Far schnaubte belustigt und schaltete auf das zweite Magazin seiner DV8 um.
„Komplimente von einem Reißzahn? Was willst du damit bezwecken? Nein, beweg dich lieber nicht!“
Der Vampir hob beschwichtigend die Hände.
„Ich wollte dich kennenlernen, Baxter. Vielleicht nicht gerade auf diese Art und Weise, aber früher oder später hätte ich dich schon noch angesprochen. Du gefällst mir nämlich.“ Er trat nun einen Schritt auf Far zu. Der schoss gnadenlos und ohne mit der Wimper zu zucken. Drei sicher gezielte Geschosse schlugen in den Körper des überraschten Blutsaugers ein. Mit einem dumpfen Laut brach der zusammen.
„Ich sagte doch, du sollst dich nicht bewegen“, brummte Far und legte seine Waffe beiseite. Ein wenig wunderte es ihn, dass er den unerwünschten Mitfahrer nicht einfach abgeknallt hatte. Was für eine bodenlose Frechheit, seinen Dodge als Taxi zu missbrauchen! Da er keine Ahnung hatte, wie lange die Selbstheilungskräfte eines Vampirs benötigten, um die Betäubungsgeschosse zu neutralisieren, suchte er eilig nach seinem Handy. Flink gab er eine Kurzwahl ein und suchte ungeduldig nach seinem Wohnungsschlüssel, bis endlich jemand auf seinen Anruf reagierte.
„Coop, ich bin’s. Es gibt Probleme. Kannst du mit Joey kommen? – Ja, jetzt sofort. – Natürlich weiß ich, wie spät es ist. Im Gegensatz zu meinem Problem besitze ich eine Uhr. – Aye, ich bin in meiner Wohnung.“ Ohne eine weitere Erklärung unterbrach Far das Gespräch. Dann nahm er dem reglosen Vampir als Erstes eine Walther P99 und einen Dolch ab, der

dem seinen sehr ähnlich war. Die Waffen warf er in den Kofferraum seines Dodge, den er dann abschloss. Nun musste er nur noch den Vampir aus der Tiefgarage bekommen. Mühsam wuchtete er sich den schlaffen Körper über die Schulter und trug ihn zum Fahrstuhl. Wenigstens brauchte er seinen ungewollten Gast nicht noch die Treppen hinauf zu schleppen. In der vierten Etage angekommen, spähte er erst nach rechts und links, ehe er den Fahrstuhl verließ und zu seiner Wohnungstür eilte. Hastig öffnete er und ließ die Tür mit einem erleichterten Seufzer hinter sich ins Schloss fallen. Neugierige Nachbarn hätte er jetzt nicht auch noch ertragen. Aber wohin nun mit dem Vampir?
Da ihm nichts Besseres einfiel, brachte ihn Far in sein Schlafzimmer. Dort ließ er ihn auf sein Bett plumpsen und kettete ihm die Hände mit seinen Handschellen an einem Bettpfosten fest. Endlich hatte Far die Gelegenheit seinen ungewöhnlichen Gefangenen in aller Ruhe zu mustern. Sein Alter schien irgendwo bei Mitte zwanzig stehen geblieben zu sein. Hohe Wangenknochen und schmale Lippen ließen sein Gesicht ein wenig aristokratisch wirken. Zerzaustes, nackenlanges, blauschwarzes Haar umrahmte das Gesicht und verlieh ihm einen jugendlichen Touch. Far konnte sich an die durchdringenden bernsteingelben Augen erinnern, die ihm irgendwie wölfisch vorgekommen waren. Alles in allem ein äußerst hübscher Kerl mit einem geschmeidigen Körper.
Wieso also hatte der Blutsauger nicht seine immense Schnelligkeit ausgenutzt, war hinter dem Dodge in Deckung gegangen und hatte auf ihn geschossen?
„Verdammt, du hattest eine reelle Chance und hast sie nicht genutzt." Das bereitete Far doch tatsächlich Kopfzerbrechen. Ebenso wie die Tatsache, dass der Vampir ihn offensichtlich schon einige Zeit beobachtet hatte, ohne dass es Far aufgefallen wäre. Und was sollte der Spruch, er würde ihm gefallen? Far verspürte nicht gerade das Verlangen einem Vampir gefallen zu wollen.
Endlich klingelte es an der Tür. Mit einem erleichterten Seufzer ging er öffnen. Wie erwartet standen Cooper Dayton und Joey Fisher im Treppenhaus und sahen ihn neugierig, wenn auch

leicht verschlafen an. Wenigstens sein Team war so vernünftig gewesen, den Feierabend nach dem Nachtdienst pünktlich anzutreten. Sicherlich hatte Far sie mit seinem Anruf aus dem Bett geklingelt.
„Lässt du uns rein oder müssen wir draußen bleiben?“, fragte Joey, weil Far noch in der Tür stand. Dunkelblondes Haar ragte wirr in alle Himmelsrichtungen und eine Knitterfalte von seinem Kissen zierte noch Joeys Gesicht. Eigentlich war er die Frohnatur ihres Teams, das untereinander in Freundschaft verbunden war. Zu dieser frühen Stunde zog Joey allerdings eine ungewohnt mürrische Miene.
Far trat einen Schritt beiseite, damit die beiden Freunde in die Wohnung konnten.
„Ich hoffe, es gibt einen guten Grund, warum ich jetzt nicht schlafen darf.“ Cooper klang eher neugierig als ungehalten.
„Aye, den gibt es. Die große Überraschung befindet sich in meinem Schlafzimmer.“
Far folgte Joey und Cooper, die gespannt durch seine Wohnung eilten.
„Ach du Scheiße! Den Kerl kenne ich doch“, entfuhr es Joey beim Anblick des Gefangenen.
„Nette Überraschung“, lautete Coopers trockener Kommentar. Er versuchte dabei ein Gähnen zu unterdrücken. Als Teamleiter ihres Quartetts, das aus drei Officers und einem IT-Freak namens Jonathan Goodman bestand, wollte er wohl wenigstens einen halbwegs wachen Eindruck vermitteln.
„Ihr kennt den Kerl?“ Verblüfft sah Far von einem zum anderen.
„Du solltest mal ab und an einen Blick in die Karteien der SEED werfen, anstatt nur auf Dämonen zu ballern. Dort ist sein Gesicht unter der Rubrik Vampir zu finden. Er ist einer der drei Walker-Brüder. Frag mich aber nicht, welcher von denen“, erklärte Cooper.
Joeys Miene hellte sich auf. „Richtig. Daher kenne ich ihn. Und wie kommt der nun hierher?“

Far begann ihnen von seinem außerplanmäßigen Kampf zu erzählen und nahm ergeben Coopers stillschweigenden Tadel wegen des Alleingangs hin.
„Er hat nicht versucht abzuhauen oder dich anzugreifen?" Joey klang verwundert und warf dem betäubten Vampir einen entsprechenden Blick zu.
„Nein. Vielmehr gab er zu, mich beobachtet zu haben und das finde ich nicht wirklich erfrischend. Außerdem will er mich kennenlernen. Wie verrückt ist das denn? Ein Vampir will einen Officer der SEED kennenlernen. Und dann? Trinken wir Tee miteinander und spielen Monopoly?"
Joey grinste.
„Ich versuche mir gerade Far und einen Blutsauger vor einem Monopolybrett vorzustellen", sagte er zu Cooper.
„So ungeduldig, wie Far immer ist, wird er wohl als Erstes mit Hotelklötzchen werfen. Und spätestens nach zwanzig Minuten hätten sich die beiden dann auf der Schlossallee erwürgt."
Cooper fuhr sich durch seinen pflegeleichten, braunen Stoppelschnitt, musste dann aber schmunzeln. Far dagegen war jetzt richtig angesäuert.
„Ich finde das überhaupt nicht komisch, Joey. Verdammt, ich habe erst gar nicht geschaltet, dass es sich um einen Blutsauger handelt. Dafür kutschiere ich ihn ungewollt durch halb Manhattan und erfahre dann, dass er mich kennenlernen möchte. Und ihr reißt bloß blöde Witze."
„Reg dich wieder ab, Far. Ich bin ja schon wieder ruhig. Was stellen wir jetzt mit Walker-wer-auch-immer an?" Joey bemerkte, dass er sein Hemd falsch zugeknöpft hatte, und begann das Malheur zu korrigieren.
Far zuckte derweil ratlos mit den Schultern. Cooper kratzte sich nachdenklich am Kopf.
„Wieso hast du ihn eigentlich nicht ausgelöscht? Sonst fackelst du ja auch nicht lange."
„Coop, er hat mir in dieser Seitenstraße den Rücken freigehalten. Da kann ich ihn doch nicht einfach so abknallen. Immerhin hätte er mir ja ebenfalls eine 9mm in den Kopf jagen können. Wenn ich nur daran denke, wird mir ganz anders …"

Far warf hilflos die Arme in die Höhe.
„Aaah, du bist ihm also dankbar.“ Joey versuchte nun mit den Fingern sein ungekämmtes, dunkelblondes Haar zu glätten.
Langsam wurde es Far zu bunt.
„Ich freue mich durchaus, dass ich noch am Leben bin“, schnappte er und sandte Joey einen bösen Blick.
Cooper ließ sich jetzt auf dem Fußboden nieder und schlug die Beine übereinander.
„Bring uns einen Kaffee, Far, und dann sollten wir uns in aller Ruhe anhören, was dieser Vampir von dir will.“

Es dauerte eine knappe Stunde, bis sich der Gefangene regte. In Gedanken überschlug Far die Zeit, die der Vampir benötigt hatte, um nach drei gezielten Betäubungsgeschossen wieder zu sich zu kommen. Einen Menschen hätte er bei der Menge Narkotikum für mindestens zwölf Stunden außer Gefecht gesetzt.
Beeindruckend, fand er dann und verfolgte die Bemühungen des Blutsaugers, sich in eine sitzende Position zu ziehen. Inzwischen glitten die bernsteingelben Augen seines Gefangenen über Cooper und Joey, die dem Vampir geduldig etwas Zeit ließen, um sich zu sammeln. Far beobachtete, wie ein leises Lächeln über das sinnliche Gesicht seines ungewöhnlichen Gastes glitt.
„Musste es gleich dein Bett sein?“, fragte er mit einem gespielt unschuldigen Blick in Fars Richtung. Als der empört auffahren wollte, wurde er von Coopers Hand gebremst und am Arm festgehalten.
„Du bist wohl zum Scherzen aufgelegt, Blutsauger. Erklär uns lieber, wieso du Far beobachtest und weshalb du ihm so großzügig bei seinem Einsatz geholfen hast.“
Der durchdringende Blick des Vampirs richtete sich wieder auf Cooper.
„Joey Fisher und Cooper Dayton“, sagte er dann leise.
„Ist Jonathan ebenfalls hier?“

Joey begann jetzt unruhig mit seiner Waffe zu spielen. Es behagte ihm gar nicht, dass der Vampir ihre Namen und die Zusammensetzung ihres Quartetts kannte.
„Mit wem haben wir es denn bitteschön zu tun?“ Cooper zeigte sich nach außen hin vollkommen unbeeindruckt.
„Eigentlich wollte ich erst einmal nur mit Baxter auf Tuchfühlung gehen“, entgegnete der Vampir kühl. Er warf Far einen enttäuschten Blick zu. „Brauchtest du wirklich die Hilfe deiner Kollegen?“
„Er ist …“ Far setzte zu einer Rechtfertigung an, wurde aber von dem Vampir unterbrochen:
„Ja, ja, ich weiß. Dayton ist euer Anführer.“
Cooper erhob sich und stellte seine Kaffeetasse auf einem Sideboard ab.
„Knall ihn ab, Joey“, sagte er ruhig und wandte sich zur Tür.
Hinter dem Ohr des Vampirs klickte die Sicherung einer Waffe.
„Songlian Walker“, rief der nun hastig.
Ein weiteres Klicken ertönte, als die Waffe wieder gesichert wurde. Der Vampir begegnete gelassen Coopers Blick. Der nickte lediglich, als würde sich ein Verdacht bestätigen. Joey dagegen stieß einen leisen Pfiff aus.
„Verpasse ich gerade den Anschluss?“, erkundigte sich Far. Vielleicht hätte er wirklich mal die Nase in die Vampirkartei stecken sollen. Andererseits war er aber erst vor zwei Jahren auf eine etwas unkonventionelle Weise in die Sondereinheit gerutscht. Im Gegensatz zu Joey und Cooper, die sich gleich nach ihrer Ausbildung beim New Yorker Police Department zur SEED hatten versetzen lassen.
„Der Sohn von Arawn Walker?“, fragte Cooper derweilen nach, ohne auf seinen Freund einzugehen.
Arawn Walker war Far allerdings ein Begriff. Er war einer der höheren Anführer der Vampirgesellschaft gewesen, bis ein Blutsauger aus seinen eigenen Reihen ihn vernichtet hatte. Songlian nickte zustimmend.
„Der Bastard“, fügte er mit einem seltsamen Unterton hinzu.

„Arawn hatte drei Söhne und herrschte über einen riesigen Vampirbezirk, bis sein Bastardsohn ihn umbrachte“, erklärte Joey, dem Fars Verwirrung nicht entgangen war.
„Dafür wurde er von seinem Bruder Lorcan, der der Nachfolger ihres Vaters wurde, nach einem Ehrenkampf aus der Sippe ausgestoßen. Richtig, Blutsauger?“
Songlian verzog angewidert das Gesicht und nickte kurz.
„Wieso Bastard?“, fragte Far nach. Der Vampir seufzte.
„Im Laufe der Jahrhunderte nahm es mein Vater mit der Treue wohl nicht so genau. Ich habe eine andere Mutter als meine Brüder, Baxter. Dies und einiges andere führte zu … Zwistigkeiten mit meinem Vater.“ Er rüttelte mit leicht verstimmter Miene an den Handschellen, ließ es dann nach einem Blick in Coopers Gesicht rasch bleiben.
„Und was willst du nun von mir?“ Wieder fühlte sich Far von den bernsteingelben Augen gemustert.
„Auf keinen Fall etwas Böses. Ich habe dir doch vorhin schon gesagt, dass du mir gefällst. Alles Weitere wäre ein Vier-Augen-Gespräch, Baxter.“
Far sah das Zucken um Joeys Mundwinkel. Aber es war Cooper, der sich feixend an ihn wandte und Songlians Worte wiederholte: „Du gefällst ihm, Far.“
„Danke. Das habe ich durchaus verstanden.“ Wütend funkelte Far den Vampir an, der mit einer Unschuldsmiene zu ihm aufsah.
„Dir ist klar, dass wir dich nicht wieder laufen lassen können?“, fragte er boshaft.
„Nein? Und was habt ihr dann mit mir vor? Wollt ihr mich jetzt tatsächlich auslöschen? Einen völlig Wehrlosen umbringen?“
Far entdeckte tatsächlich einen gewissen Spott in Songlians Raubtieraugen.
„Soll ich dazu die Augen schließen oder zieht ihr mir einen Sack über den Kopf, bevor ich hingerichtet werde?“
Far drehte sich hilflos zu Cooper um. Der zuckte mit den Schultern.
„Hast du denn einen Sack?“
„Wir könnten einen Kissenbezug nehmen“, schlug Far vor.

„Mir kommt da gerade eine Idee“, mischte sich Joey ein.
Sowohl Far als auch Cooper verdrehten die Augen. Joeys Ideen waren oftmals jenseits von Gut und Böse.
„Warum rekrutieren wir den Blutsauger nicht? Es ist bekannt, dass Walker Dämonen und Vampire tötet. Und genau das ist ja die Aufgabe der SEED. Mit seinen Fähigkeiten wäre er auf jeden Fall ein Gewinn für die Einheit.“
Far wollte schon lachen, aber Cooper schien Joeys Vorschlag tatsächlich ernsthaft in Erwägung zu ziehen.
„Nichts da, Coop. Das ist nicht euer Ernst. Ich hole jetzt einen Kissenbezug und dann den Staubsauger, um die Asche aus dem Bett zu entfernen, okay?“
„Ich finde die Idee gar nicht schlecht“, meldete sich der Vampir zu Wort.
„Du würdest doch alles sagen, um deinen verdammten Arsch zu retten. Cooper, sag ihm, dass das nicht geht.“
„Warte mal, Baxter. Heute früh haben wir noch gemeinsam Dämonen vernichtet. Ich habe das Alleinsein ohnehin satt und könnte dein Partner werden. Bislang ziehst du ja immer auf eigene Faust los.“
Far schnappte nach Luft, so ungeheuerlich stieß ihm der Vorschlag auf.
„Wie kannst du Monster es wagen, ausgerechnet mir …“
Jetzt wurde er von Joey zurückgehalten, ehe er eine Dummheit begehen konnte.
„Es waren Dämonen, die deine Familie auslöschten, keine Vampire“, fauchte Songlian.
Das bremste Far genauso wirksam aus, als wäre er gegen eine Betonwand gelaufen. Nur mühsam beherrschte er sich.
„Du hast dich ja prima über mich informiert.“
„Er killt seinesgleichen, Far.“ Cooper sah seinen Partner nachdenklich an.
„Er macht eigentlich unsere Arbeit. Wie Joey vorhin sagte, er tötet Dämonen und Vampire gleichermaßen.“
Songlian nickte bestätigend. Far starrte ihn bloß wütend an.
„Lasst mich ein Mitglied eures Teams werden, Baxter. Ich würde endlich einmal irgendwo dazugehören. Und du hättest einen

Partner. Unsere Methoden ähneln sich auch, daher würden wir bestimmt gut zusammenarbeiten …"
„Der spinnt doch, Coop." Far sah seinen Teamleiter in der Hoffnung auf Unterstützung an. „Der kann doch nicht ernsthaft erwarten, dass ich mit einem Blutsauger …"
Cooper ließ ihn gar nicht ausreden:
„Soweit bekannt ist, hat Songlian noch nie einen Menschen aus Blutdurst umgebracht."
„Soweit bekannt ist?", wiederholte Far ungläubig.
„Erkläre mir bitte mal, was das jetzt genau bedeutet."
„Ich ernähre mich ausschließlich von synthetischem Blut, das mir eine verlässliche Quelle liefert. Du brauchst keine Angst haben von mir gebissen zu werden. Das ist ohnehin unästhetisch. Manche waschen sich nicht mal den Hals …"
Coopers warnender Blick brachte Songlian zum Schweigen.
„Dem Chief stößt es schon seit Langem auf, dass du ohne einen Partner auf Streife gehst", sagte er dann zu Far.
„Und aus Mangel an freiwilligem Personal willst du mir jetzt einen Vampir aufdrücken?"
„Er könnte uns wirklich von Nutzen sein."
Songlian nickte eifrig.
„Aber das kann nur der Chief entscheiden", fuhr Cooper fort und zückte sein Handy.
„Kann ich einmal dein Wohnzimmer als Telefonzelle benutzen?"
„Bitte. Nur zu."
Cooper ging hinaus, um ungestört Chief Morlay anzurufen. Nach zehn Minuten unbehaglichen Schweigens im Schlafzimmer kehrte er wieder zurück.
„Du sollst Walker heute um fünfzehn Uhr ins Revier bringen."
„Und in der Zwischenzeit?", fragte Far ungehalten.
„In der Zwischenzeit darfst du hier auf ihn aufpassen."
Als Far leise fluchte, lächelte Cooper lediglich freundlich und gab Joey einen Wink.
„Komm, Joey, wir haben noch Schlaf nachzuholen."
„Coop, warte! Was ist mit seinen PSI-Kräften?" Far wagte einen letzten verzweifelten Einwand.

„Sieh ihm lieber nicht zu tief in die Augen, wenn du ihm einen Gute-Nacht-Kuss gibst."
„Und ich dachte, Joey wäre der Spaßvogel."
Cooper drehte sich an der Tür um.
„Hör mal, wenn dir das zu viel wird, dann wirst du eben das Kissen und den Staubsauger bemühen müssen. Schlaf gut, Far."
Sprach's und verschwand zusammen mit Joey.
Langsam drehte sich Far zu Songlian um und musterte ihn finster. Die bernsteingelben Augen sahen ihn spöttisch an.
„Bitte nicht den Staubsauger …"
Mit einem Ruck wandte sich Far ab und ließ den Vampir allein im Schlafzimmer zurück. Cooper als Komiker reichte ihm.

Einige Zeit verbrachte Far im Wohnzimmer, wo er aus dem Fenster starrte, um sich wenigstens ein bisschen zu sammeln. Joey und seine ungeheuerlichen Vorschläge! Eine Berührung an seinen Beinen erregte schließlich seine Aufmerksamkeit. Far bückte sich und hob einen orangefarbenen Kater auf seine Arme. In einem Augenblick der Sentimentalität hatte er den Streuner bei sich aufgenommen und wurde dafür mit endloser Hingabe belohnt.
„Vielleicht kriege ich ja heute noch eine Mütze voll Schlaf. Was meinst du, Mister X?"
Der Kater schnurrte kurz und strampelte dann. Far setzte ihn wieder ab und Mister X lief schnurstracks in die Küche, wo er seinen Futternapf wusste.
Far hingegen kehrte ins Schlafzimmer zurück. Songlian sah ihm seltsam erleichtert an.
„Was? Was ist jetzt wieder los?"
„Ich dachte schon, du wärst ebenfalls gegangen."
„Fürchtest du dich etwa alleine?" Far drehte seinem Gefangenen den Rücken zu und begann seine Dienstkleidung auszuziehen. Die Doc Martens trat er unter das Bett, das zerrissene Hemd landete in einer Ecke. Hinter ihm blieb es überraschend still.
„Warum musstest du Joey unbedingt zustimmen?", fragte Far mit gereizter Stimme.

„Zum wiederholten Male: Du gefällst mir."
„Wie kannst du so etwas sagen? Du kennst mich nicht einmal. Außerdem töte ich deinesgleichen", erklärte Far missmutig.
Songlian lachte leise.
„Ich habe doch bereits gesagt, dass ich dich eine Weile beobachtet habe, Baxter. Und vergiss nicht, dass ich ebenfalls …"
Er verstummte, als sich Far inzwischen seiner Hosen entledigte und in seinem Schrank nun nach einem Pyjama suchte, von dem er genau wusste, dass er ihn nicht besaß. Weil Songlian nicht weitersprach, drehte er sich zu ihm um. Der Vampir musterte Fars nackten Körper mit einer für die momentane Situation unpassend anerkennenden Miene. Far starrte Songlian entgeistert an, stieß dann einen Fluch aus und schnappte sich die Bettdecke, um sich darin einzuwickeln. Der Blick des Blutsaugers war jetzt eindeutig belustigt. Far war irritiert. Diese ganze Situation kam ihm inzwischen ziemlich bizarr vor.
„… ebenfalls Vampire töte", brachte Songlian den Satz endlich zu Ende.
„Wieso starrst du mich so an?"
„Weil deine Haut von einigen Schlachten erzählt", antwortete Songlian.
Im Laufe seines kurzen Lebens hatte Far bereits einige Schuss- und Stichverletzungen hinnehmen müssen.
„Das Leben ist eben nicht immer Zuckerbrot, Reißzahn."
Einen Moment lang sahen sie einander lediglich an.
„Ich schlafe auf dem Sofa. Keine Tricks, Blutsauger."
Songlian ruckte demonstrativ an den Handschellen.
„Keine Sorge. Wie denn auch?", fragte er.
„Du würdest es sicherlich hören, wenn ich mich mitsamt deinem Bett vom Balkon stürze."
Gegen seinen Willen musste Far nun doch grinsen. Der Bursche da hatte so etwas an sich, das ihn trotz allem irgendwie anzog. Etwas umständlich streckte sich Songlian auf dem Bett aus und schloss friedlich die Augen. Far raffte die Bettdecke um sich zusammen und wanderte auf nackten Sohlen ins Wohnzimmer zurück, wo er sich auf das Sofa warf. Seine DV8 schob er unter

ein Kissen, um sie griffbereit zu haben. Wenig später fiel er in einen unruhigen Schlaf.

Es war bereits kurz nach dreizehn Uhr, als Far aufwachte. Er streckte sich und tappte gähnend in die Küche, um Teewasser aufzusetzen. Hinterher sah er nach seinem Gefangenen. Songlian schlief noch und zu Fars größter Verwunderung lag Mister X schnurrend wie eine Kettensäge neben dem Vampir gekuschelt auf dem Bett.

„Ich hielt dich für einen Menschenkenner. Auf Vampire trifft das scheinbar nicht zu, du Verräter", flüsterte Far und hob den Kater auf den Fußboden. Dabei stieg ihm der Geruch von Sandelholz und Zimt in die Nase. Der Vampir sah nicht nur verflixt gut aus, er roch sogar angenehm. Far zuckte zurück, als wäre er bei etwas Verbotenem ertappt worden. Er schnappte sich eine Jeans aus dem Schrank und zog sie rasch an. Schließlich schob er die Balkontür auf, um ins Freie zu treten. Auf das Geländer gestützt schaute er sich um. Der Himmel versprach einen sonnigen Nachmittag, es war nicht eine Wolke am Himmel. Dafür wehte ein leichter Wind. Wie friedlich New York wirken konnte.

Far versuchte sich eine Zeit ohne Dämonen und ohne das Chaos, das sie verursachen konnten, vorzustellen. Es wollte ihm allerdings nicht so recht gelingen.

„Die Hölle ist ihnen zu eng geworden. Seitdem kreuzen sie in unserer Welt auf", hatte der Chief einmal zu ihm gesagt. Die Dämonen tauchten wie Quälgeister in kleinen Gruppen aus den Portalen auf und fanden Vergnügen am sinnlosen Morden und Zerstören. Nichts wie tödliche Plagegeister. Dagegen waren diejenigen mit besonderer Vorsicht zu genießen, die über Intelligenz verfügten und denen es gelang, unerkannt in dieser Welt zu leben. Sie bedienten sich menschlicher Hüllen und ließen sich von wirklichen Menschen nicht unterscheiden. Über ihre Ziele konnte man nur Vermutungen anstellen.

Far empfand es als eine besondere Herausforderung, die Straßen von diesen Geschöpfen zu säubern. Er hatte sogar ein persönliches Interesse daran … Doch jetzt stand zu befürchten, dass er diese Jagd zusammen mit einem Vampir vornehmen sollte. Was wohl der Chief zu diesem Blutsauger und Joeys blödem Vorschlag sagen würde?

Hinter ihm erwachte Songlian, was der in Gedanken versunkene Far gar nicht bemerkte. Entzückt ließ der Vampir seinen Blick über Fars wohlproportionierten Körper, die breiten Schultern und die schmalen Hüften gleiten. In diesem Augenblick fuhr der Wind durch den wirren Schopf und spielte mit den halblangen, hellbraunen Strähnen, die in der Sonne einen goldenen Schimmer annahmen. Songlian dachte ein wenig verträumt an die stahlgrauen Augen und das schön geschnittene Gesicht des Officers. Tatsächlich war es nicht nur Fars Kampfstil gewesen, was den Vampir angezogen hatte. Es war weitaus mehr … Als er sich nun räusperte, fuhr sein unwilliger Wächter herum.
„Ausgeschlafen?“ Songlian wirkte direkt fröhlich.
Far fluchte nur, stapfte an ihm vorbei und begann in der Küche zu hantieren. Mit zwei Teetassen und einem Tablett voller Sandwiches kehrte er kurz darauf mit Mister X im Schlepptau zurück. Er knallte das Tablett lieblos auf einen Stuhl, ignorierte den überschwappenden Tee und schob den Stuhl bis an das Bett. Ein wenig zögernd zog er den Schlüssel zu den Handschellen sowie seine DV8 hervor.
„Dieses Mal ist sie nicht auf Betäubung geschaltet“, erklärte Far warnend und presste ihm die Mündung an die Schläfe. Songlian lächelte nur, rührte sich aber nicht. Far befreite ihm eine Hand und wich wachsam zurück.
Langsam richtete sich der Vampir auf und begrüßte Mister X, der auf das Bett gesprungen kam und sich gerne das Fell zerzausen ließ. Der Kater riss erneut die Kettensäge an und rollte sich zufrieden auf dem Laken zusammen. Da Far lediglich dastand und ihm und dem Kater misstrauisch zuschaute, nickte ihm Songlian auffordernd zu.
„Was?“ knurrte Far.
„Nun setz dich. Ich kann es nur wiederholen: Ich beiße nicht.“

Mit einem Seufzer steckte Far die DV8 in seinen Hosenbund und hockte sich an das Fußende des Bettes. Songlian rüttelte lächelnd an der Handschelle.
„Ich bin immer noch gefesselt, Baxter. Keine Gefahr. Entspann dich endlich mal."
„In meinem Bett liegt ein Vampir und ich soll mich einfach entspannen", brummte Far und angelte nach einer Teetasse.
„Greif zu", bot er Songlian an.
„Leider habe ich keine Blutkonserve im Kühlschrank", fügte er spitz hinzu.
„Sehr freundlich." Der Vampir grinste und schnupperte genießerisch am Tee.
„Deine Spezialmischung aus dem Laden um die Ecke?", erkundigte sich Songlian arglos.
Beinahe hätte sich Far verschluckt.
„Seit wann spionierst du mir eigentlich hinterher?", fragte er.
„Ein, zwei Monate waren es schon", gestand Songlian und biss in eines der Eiersandwiches. Fast hätte er gespuckt.
„Igitt! Ist da Ketchup drauf?"
„So gut kennst du mich wohl doch nicht. Ich mache auf alles Ketchup", brummte Far mit einem schadenfrohen Grinsen.
„Kulinarischer Sittenstrolch", erklärte Songlian, aß das Sandwich aber trotzdem auf.
Während sie schweigend frühstückten, schaute Far immer öfter auf die Uhr. Sicherlich wollte er sich zu ihrem Termin bei seinem Vorgesetzten nicht verspäten. Als sein Handy klingelte, sprang er beinahe erleichtert auf.
„Aye", meldete er sich. Eine Weile lauschte er stumm. Endlich sagte er: „Ist nicht nötig. – Nein, das bekomme ich hin." Er wandte sich zu Songlian um, der ihn aufmerksam beobachtete und aus seiner Miene zu lesen versuchte.
„Keine Sorge. Notfalls lege ich ihn um. – Bis später."
Während Songlian grinste, ließ Far das Handy in der Hosentasche verschwinden.
„Iss auf. Ich bin gleich zurück." Er ließ ihn mit Mister X allein im Schlafzimmer, und Songlian konnte wenig später hören, wie die Dusche zu laufen begann. Für einen kurzen Moment erlaubte

er sich die äußerst reizvolle Vorstellung eines nackten Fars unter der Dusche, dann aß er rasch ein weiteres Sandwich und trank seinen Tee aus. Er vertrug menschliche Nahrung zwar auch, aber sein Körper zog daraus keinerlei Nutzen. Vielleicht aber half es Far etwas über sein Unbehagen hinweg, wenn er sich nicht ganz wie ein Vampir benahm. Mister Xs Pfote tatschte nach Songlians weitem Hemdsärmel und wollte damit spielen.
„Hast du kein Wollknäuel?“, erkundigte sich Songlian sanft.
Der Kater schnurrte bloß und rollte sich auf den Rücken, damit ihm Songlian den Bauch kraulte.
„Lass das Pelzgesicht zufrieden. Es geht los.“ Far eilte mit einem Handtuch um die Hüften an Songlian vorbei und suchte sich aus dem Schrank ein sauberes Shirt und frische Socken hervor. Die straffen Muskeln seines Oberkörpers veranlassten Songlian eine Augenbraue in die Höhe zu ziehen, doch er setzte rasch eine neutrale Miene auf, als sich Far umdrehte. Der Officer schnappte sich das letzte Sandwich und verschwand kauend mit der Kleidung erneut im Bad. Als er zurückkehrte, hatte er sich bereits eine Lederjacke übergezogen.
„Keine Dienstkleidung?“
„Nein. Eigentlich wäre das heute mein freier Tag.“ Fars Miene zeigte deutlich, was er davon hielt, diesen Tag Songlian opfern zu müssen.
„Keine …“, fing er an.
„… Tricks. Ich weiß, ich weiß“, murmelte Songlian.
Far schloss die zweite Handschelle auf, während er mit der DV8 auf Songlian zielte. Im nächsten Moment flog die Waffe auf das Bett und Far erhielt einen heftigen Stoß vor die Brust. Er stolperte über den Stuhl und krachte unsanft zu Boden. Sofort hatte er seinen Dolch aus dem Gürtel gezogen und sprang auf die Füße. Als wäre nichts geschehen, stand Songlian mit dem Rücken zu ihm neben dem Bett. Seine Hände warteten darauf, erneut gefesselt zu werden.
„Was sollte das!“, brüllte Far wütend und brachte seine DV8 rasch an sich. Natürlich war er sauer, dass Songlian ihn überrumpelt hatte.

„Deine Waffe imponiert mir gar nicht“, erklärte Songlian jetzt ziemlich kühl über die Schulter hinweg.
„Ich habe versprochen, dich nicht anzugreifen. Könntest du mir nicht wenigstens ein bisschen vertrauen?“
„Du tickst ja wohl nicht richtig? Nach der Aktion eben soll ich dir vertrauen? Vertrauen ist etwas, was man sich verdienen muss, Blutsauger. Das verschenkt man nicht so einfach an ungewollte Besucher.“
Verärgert drehte sich Songlian zu ihm um.
„Ich habe einen Namen, Far Baxter“, sagte er mühsam beherrscht, da er direkt in die Mündung der DV8 blickte. Eine Weile starrten sie einander nur an.
„Wir müssen endlich losfahren“, erklärte Far mit einem Knurren in der Stimme. Artig drehte ihm Songlian erneut den Rücken zu und hielt ihm die Hände hin. Dieses Mal schlossen sich die Handschellen um seine Gelenke.

Auf dem Weg zur Tiefgarage schwiegen sie. Far grollte Songlian noch immer. Hätte der Vampir tatsächlich feindliche Absichten gehegt, wäre er jetzt zweifellos tot gewesen. Seitdem dieser Songlian aufgetaucht war, ging irgendwie alles drunter und drüber. Kurz vor der Tiefgarage blieb er plötzlich stehen. Sein Rücken schien zu kribbeln und er fühlte sich auf einmal unwohl in seiner Haut. Auch Songlians Augen hatten sich merklich verengt, und er ließ seinen bernsteingelben Blick aufmerksam durch das Treppenhaus und dem Eingang zur Tiefgarage gleiten.
„Hier stimmt etwas nicht“, murmelte der Vampir. Seine Muskeln waren reaktionsbereit gespannt.
„Wir werden beobachtet“, stimmte ihm Far zu. Offensichtlich funktionierten seine Fähigkeiten doch noch. Sein Gefangener spitzte die Ohren und schaute sich weiter unbehaglich um.
„Dämonen“, stellte er fest.
„Ich kann hören, wie sich ihre Schuppen aneinander reiben. Hast du jemanden verärgert, Baxter, oder warum wartet hier ein Empfangskomitee auf dich?“

Auch Far hatte nun einige verstohlene Bewegungen in ihrer Nähe bemerkt. Unauffällig entsicherte er seine DV8, ohne auf Songlians Frage einzugehen.
„Mach mich los", forderte Songlian unvermittelt. Far starrte ihn an, als hätte er einen Irren vor sich.
„Wenn du mich schon mit in eine Auseinandersetzung hineinziehst, will ich von den Kerlen wenigstens nicht wehrlos abgeschlachtet werden, Baxter", zischte der Vampir.
„Du hast diesen Empfang also nicht organisiert?", wollte Far misstrauisch wissen.
„Beim Blut! Vampire und Dämonen hassen sich. Schon vergessen? Ich jage diese Schweine selber." Angesichts dieser Unterstellung schien sich Songlian wirklich zu ärgern.
Abschätzend musterte Far seinen Gefangenen für die Dauer eines Herzschlags, bevor er ihm ohne einen weiteren Kommentar die Handschellen aufschloss. Zu Songlians größter Verwunderung reichte ihm Far auch einen seiner Dolche. Eine zweite Klinge lockerte Far in seinem Gürtel, ließ sie aber erst einmal stecken, um die Dämonen nicht gleich mit der Nase darauf zu stoßen, dass sie auf einen Angriff vorbereitet waren.
„Auf ins Vergnügen." Mit einem Lächeln betrat der Vampir als Erster die stille Tiefgarage. Dunkelheit und Kühle empfing sie. Aufmerksam lauschend gingen sie langsam und auf einen Angriff wartend an einer Reihe geparkter Wagen vorbei. Far konnte hinter sich ein leises Scharren von Krallen auf Beton hören, als ihnen die Dämonen nachschlichen. Seine Nackenhärchen stellten sich auf. Die Bewegung bemerkte er aus den Augenwinkeln und er fuhr herum, um der Attacke zu begegnen. Mit einer fließenden Bewegung hatte er die DV8 gezogen und sofort geschossen. Zwei Dämonen verwandelten sich in schmierige Asche. Auch Songlian reagierte augenblicklich. Er stand nur einen Schritt von Far entfernt und deckte dessen Rücken. Die Dämonen griffen nun von allen Seiten an, konnten aber den schnellen Bewegungen des Vampirs kaum folgen. Der führte die scharfe Dolchklinge gekonnt und äußerst wirksam, sodass sie rasch drei Gegner weniger hatten. Far schoss ein weiteres Mal und löschte damit einen der Angreifer aus. Dann jedoch wurde

Far die Waffe aus der Hand geschlagen. Sie fiel genau zwischen seine Füße, aber er bekam keine Gelegenheit, um sich danach zu bücken. Also musste er auf seinen zweiten Dolch zurückgreifen. Zu seiner Überraschung passte sich Songlian seinem Kampfstil flüssig an und harmonierte derartig gut mit Far, dass die Dämonen einfach nicht durchbrechen konnten. Nun musste er sich gleich zweier Angreifer erwehren und es gelang einem der Unterweltler, ihm einen heftigen Hieb gegen den Kopf zu verpassen. Far taumelte gegen Songlians Rücken, fing sich aber gleich wieder und rammte den Dolch tief in die Brust des Dämons. Er verfehlte das Herz der Kreatur und sie spuckte ihm hasserfüllt schleimigen Speichel entgegen, der Far mitten ins Gesicht traf.
„Einen schönen Gruß von Ooghi“, fauchte der Dämon hämisch.
Far schrie auf. Sein Kopf schien vor Schmerz zu explodieren und für einen Moment war er völlig blind. Er fühlte Stahl an seinem Gesicht vorbeisausen, als Songlians Waffe seine beiden Gegner erledigte, und roch den stinkenden Ascheregen, als sich die Dämonen auflösten. Auf einmal herrschte Stille. Far hob vorsichtig den Arm zu seinen Augen empor, die er immer noch fest zusammenkniff.
„Warte!“ Songlians Hand hielt ihn auf.
„Nicht wischen“, warnte er und kramte ein Tuch aus seiner Hosentasche. Behutsam entfernte er den Speichel aus Fars Gesicht. Der hielt folgsam still und bewegte nicht einen Muskel. Zum ersten Mal in seinem Leben berührte ihn ein Vampir in einer völlig hilflosen Lage. Inständig hoffte er, dass Songlian seine plötzliche innere Anspannung nicht spürte.
„Kannst du sehen?“, fragte der Vampir und zog das Tuch fort.
Blinzelnd öffnete Far die Augen. Songlians Gesicht befand sich unerwartet dicht an seinem, und Far zuckte jäh zurück. Der Vampir grinste spöttisch und ging ein wenig auf Abstand.
„Ich hatte wohl Glück und es ist nichts in die Augen geraten“, sagte Far erleichtert. Er berührte seine brennende Stirn. Als er die Finger fortzog, klebte Blut daran. Auch Songlians Blick hatte sich auf das rote Nass gerichtet, aber seine Miene ließ nicht erkennen, ob ihn das Blut antörnte oder nicht. Far holte ein

Papiertaschentuch hervor und presste es gegen die Wunde. Ihm war schwindlig und der Kopf schmerzte. Auf einmal verzog sich Songlians Gesicht zu einem wilden Fauchen und mit gebleckten Zähnen schoss er auf Far zu. Der hob noch mit erschrockener Miene abwehrend den Arm, als der Dolch auf ihn zu und dann an ihm vorbeischoss. Schon war er in eine Wolke schwarzer Asche eingehüllt, die sich nur langsam verzog. Als Far wieder etwas erkennen konnte, stand Songlian gelassen neben ihm und reichte ihm die Waffe zurück.
„Ein Nachzügler“, erklärte der Vampir freundlich.
Far stellte fest, dass er weiche Knie bekommen hatte.
„Geht es?“, erkundigte sich Songlian mit sanfter Stimme, die im krassen Kontrast zu dem wilden Gesicht vorher stand.
„Mein Schädel zerspringt, aber ich bin in Ordnung.“ Far bemerkte, dass er den Vampir anstarrte, und stieß ein tiefes Seufzen aus.
„Danke“, sagte er etwas verspätet.
Songlian nickte nur und hielt ihm die Hände entgegen.
„Was?“ Far war fühlte sich völlig verwirrt.
„Die Handschellen, Baxter“, erinnerte ihn Songlian amüsiert.
„Leck mich am Arsch“, knurrte Far grob und wandte sich schroff ab. Das Taschentuch noch immer gegen die Stirn gepresst ging er dem Vampir voran zu seinem Dodge. Er öffnete die Türen und setzte sich hinter das Steuer. Songlian nahm neben ihm Platz und gurtete sich mit ruhiger Hand an, während Far bereits den Motor startete und den Wagen aus seiner Parklücke heraus manövrierte. Als er auf das Gaspedal trat, schoss der Dodge mit hoher Geschwindigkeit vorwärts.
„Willst du nun vollenden, was die Dämonen eben nicht geschafft haben?“, erkundigte sich Songlian neugierig, als er in den Sitz gepresst wurde, woraufhin Far die Geschwindigkeit allerdings nur minimal drosselte.
„Ich meinte das ernst“, erklärte Far nach einer Weile.
„Was?“
„Dass ich dir danke.“
Songlians Mundwinkel zuckte.
„Ein toter Partner nützt mir nichts“, sagte er bloß.

„Ich bin nicht dein Partner", fuhr Far wieder auf. Er fühlte sich gereizt und seine Kopfschmerzen verstärkten sich von Minute zu Minute.
„Ich fände es aber ganz gut, wenn wir es würden", sagte Songlian leise. Er sah Far dabei nicht an, sondern schaute aus dem Fenster. Der steuerte seinen Wagen geschickt durch den dichten Verkehr, und obwohl er noch immer mit hoher Geschwindigkeit fuhr, achtete er auf seine Umgebung. Sie überholten einen LKW, bogen dann an einer Kreuzung auf der Überholspur ab und näherten sich dem Revier. An einer Schranke zeigte Far seinen Ausweis vor und wurde von dem Kollegen mit einem knappen Gruß durchgewunken. Nun suchten sie sich einen Parkplatz und stiegen aus dem Dodge.
Einen Moment lang lehnte sich Far gegen das Fahrzeug. Irgendwie fühlte er sich etwas wacklig auf den Füßen. Nur weil er Songlians besorgten Blick auf sich ruhen fühlte, riss er sich zusammen. Es wäre ja gelacht, wenn er vor dem Vampir Schwäche zeigen würde. Der schien sich ohnehin schon die ganze Zeit königlich über ihn zu amüsieren.
„Da rein." Er nickte zum Eingang hinüber, wo er bereits Joey auf sie warten und winken sah. Der Kollege blickte ihnen interessiert entgegen, registrierte sofort, dass Songlian nicht mehr in Handschellen steckte, und musterte rasch Fars Verletzung. Ehe Far etwas erklären konnte, hatte Joey bereits sein Handy gezückt und orderte einen Arzt, während er mit der freien Hand Songlian und Far bedeutete, ihm zu folgen.
„Gab wohl Ärger", stellte Joey schließlich fest.
„Hmm", war alles, was Far dazu sagte. Sein Kollege führte sie eilig in einen Vernehmungsraum.
„Setz dich, Walker", kommandierte er und deutete auf einen der unbequemen Stühle. Folgsam nahm der Vampir Platz, während sich Far neben der Tür gegen die Wand lehnte. Der Vampir wirkte nervös, was keinen der beiden Officer verwunderte. Immerhin befand er sich im Herzen eines Polizeireviers, dessen Mitarbeiter ihn auf offener Straße unverzüglich getötet hätten. Lange mussten sie nicht warten, bis auch Cooper, Jonathan und der Arzt eintrafen. Ihnen folgte der Chief, ein kleiner Mann mit

Halbglatze und Brille. Er musterte Songlian kurz durch seine dicken Brillengläser.
„Ich bin Justus Morlay", stellte er sich Songlian vor und wandte sich gleich darauf an Far:
„Sind Sie in Ordnung, Baxter?"
„Nur eine Schramme, Chief, und ein wenig Kopfweh", murmelte Far beruhigend.
Der Arzt hatte inzwischen seine Tasche aufgeklappt und schob ihn zu einem freien Stuhl, auf den er Far niederdrückte. Gründlich begann er den Kratzer zu säubern, desinfizierte die Wundränder, klammerte sie und klebte ein riesiges Pflaster darüber. Zum Schluss drückte er Far eine Packung Tabletten in die Hand.
„Gegen die Kopfschmerzen, Baxter. Es sieht nicht tragisch aus, aber schonen Sie sich trotzdem ein wenig."
„Danke, Doc", brummte Far und stellte fest, dass jeder im Raum ihn fixierte, einschließlich des Vampirs.
„Hey, Leute, ich bin am Leben", schnappte er.
„Der da ist das Problem." Er deutete auf Songlian, der bislang unbeachtet auf seinem Stuhl gesessen hatte.
Jonathan war der Erste, der reagierte. Er streckte Songlian vollkommen unbefangen die Hand mit seinen nikotinfleckigen Fingern entgegen.
„Hi, ich bin Jonathan Goodman." Jonathan fiel wegen seinem lockigen Blondhaar und den dunkelblauen Augen auf. Sein Gesicht war allerdings dank des Kettenrauchens von einer ungesunden Farbe und wies erste Falten auf, die mit siebenunddreißig Jahren eigentlich nicht hätten sein müssen. Dankbar für die freundliche Geste ergriff Songlian die dargebotene Hand und schüttelte sie.
„Songlian Walker", erwiderte er und richtete seine Aufmerksamkeit auf den Chief, der den ungewöhnlichen Gast des Reviers prüfend ansah. Doch anstatt sich mit Songlian zu befassen, wandte sich Morlay an Far:
„Was ist passiert, Baxter?"

Ganz sachlich lieferte Far einen knappen, aber detaillierten Bericht über den Dämonenangriff in der Tiefgarage und endete mit den Worten:
„Es war ein verfluchter Hinterhalt, Chief. Ohne diesen Blutsauger da würde ich jetzt wohl nicht hier sitzen." Dies erklärte auch, warum Songlian keine Fesseln mehr trug.
„Wir haben bereits den Tag über Diskussionen geführt, ob es sinnvoll ist, einen Vampir bei der SEED aufzunehmen, Walker. Uns ist natürlich Ihr Ruf hinsichtlich der Vernichtung von Dämonen und auch Ihre Form der Nahrungsaufnahme bekannt. Aber finden Sie die Vorstellung, ein Officer der SEED zu werden nicht auch ein wenig … sagen wir mal ungewöhnlich? Diese Einheit löscht nicht nur Dämonen, sondern auch Angehörige Ihres Volkes aus. "
Far bekam den Eindruck, als würde Songlian auf seinem Stuhl schrumpfen.
„Ich wurde aus meiner Sippe verstoßen", brach es auf einmal ziemlich verloren aus dem Vampir hervor. „Und die gesellschaftlichen Regeln unter den Vampiren sind nicht nur sehr alt, sondern auch sehr streng. Ein Sippenloser hat in meinem Volk keinen Wert. Vielleicht wird es Zeit, dass ich wieder irgendwo dazugehöre. Zweihundert Jahre Einsamkeit zehren auch an den Nerven eines Vampirs. Zudem verfolgen wir doch dieselben Ziele. Warum sollten wir also nicht meine Fähigkeiten in Ihre Einheit eingliedern? Sie könnten einen guten Kämpfer für Ihr Team gewinnen. Und Sie wissen, dass ich gut bin. Ich dagegen beanspruche lediglich einen Platz in einer Gemeinschaft."
„Hier wird Sie niemand mit offenen Armen aufnehmen, Walker", stellte Morlay sachlich fest. „Sie müssen mit Misstrauen und sogar Feindseligkeit rechnen."
„Es liegt natürlich an mir, das entsprechendes Vertrauen zu verdienen", antwortete Songlian und warf Far einen bedeutsamen Blick zu. Der aber wich den bittenden bernsteingelben Augen aus.
„Sie haben es sich offenbar gut überlegt, Walker", meinte Morlay und sah ihn abschätzend an.

„Ich habe in den letzten Stunden gründlich darüber nachgedacht, Sir."
Der Chief kratzte sich die Halbglatze. „Tja, also … wenn Ihr Entschluss feststeht und Sie wirklich ins Team wollen …"
Walker nickte nachdrücklich.
„Warten Sie hier und haben Sie etwas Geduld. Diese Angelegenheit wird der Boss entscheiden. Dafür haben Sie sicherlich Verständnis. Nicht jeder Mitarbeiter wird sich freuen, wenn ein Vampir über unsere Flure schleicht."
„Natürlich, Mr. Morlay. Ich bin schon dankbar dafür, dass Sie sich die Zeit nehmen und über den Vorschlag nachdenken."
Songlian lehnte sich in seinem Stuhl zurück. Der Chief nickte und winkte das Team nach draußen auf den Flur.
„Jetzt will ich eure Meinung hören, Jungs", forderte er das Quartett auf.
„Was er sagt, ist nicht so ganz unrichtig. Als Mitglied unserer Einheit wäre er tatsächlich eine Bereicherung", stellte Cooper sachlich fest.
„Die Frage ist, ob wir ihm trauen dürfen."
Jonathan nickte langsam dazu und stimmte Cooper damit bei.
„Ich kann ihn nicht ausstehen", knurrte Far dagegen und verschränkte übellaunig die Arme vor der Brust.
„Doch nur, weil er dir so unverhofft über den Weg gelaufen ist", behauptete Cooper ganz richtig.
„Ich finde ihn eigentlich ganz nett", mischte sich Joey ein.
„Außerdem ist es eine ungeschriebene Tatsache, dass er die Dämonen genauso gnadenlos jagt wie wir. Und Vampire ebenfalls. Der Unterschied zu uns besteht lediglich darin, dass er mit Fangzähnen geboren wurde. Dafür kann er meiner Meinung nach nichts."
Morlay nickte dazu.
„Habt ihr Jungs den Eindruck, dass er einen von uns angreifen würde?", fragte er weiter. Die vier zögerten. Schließlich war es Far, der seufzend zugab: „Er hat mir das Leben gerettet, Chief. Der Blutsauger hätte mich in der Tiefgarage auch sterben lassen können. Immerhin waren die Dämonen in der Überzahl. Ich denke schon, dass er es ehrlich meint."

Überrascht zog Cooper eine Augenbraue in die Höhe, da Far den Vampir erst offen ablehnte und jetzt doch Fürsprache leistete. Far warf ihm einen warnenden Blick zu, und Cooper hielt den Mund.
„Also rauf zum Boss." Morlay scheuchte sie in einen Fahrstuhl und wählte das Obergeschoss an. Sanft setzte sich der Lift in Bewegung. Bislang war Far nur einmal auf den Boss getroffen und das war nach seiner Einstellung bei der SEED gewesen. Zu seiner Überraschung war der gefürchtete Boss eine kleine, schlanke Frau Anfang vierzig, die sich ihm als Anabelle Wilcox vorgestellt hatte. Und sie war eine knallharte Person, wie Far sehr schnell herausgefunden hatte.

Der Boss saß an seinem Schreibtisch, als das Team eintrat, und sah sich eine Aufnahme an. Far stellte fest, dass es sich dabei um die Überwachungsaufzeichnung aus der Tiefgarage handelte. Wilcox ließ sich von ihnen nicht ablenken, sondern verfolgte aufmerksam das Geschehen auf dem Bildschirm. Ihr Kugelschreiber tippte dabei immer wieder gegen ihre volle Unterlippe.
„Wacker geschlagen", sagte sie am Ende des Bandes zu Far und fügte mit einem Nicken auf das Pflaster hinzu:
„Und? Hält Ihr Dickkopf, Baxter?"
Der nickte nur kurz und versuchte aus ihrer Miene eine Entscheidung abzulesen. Wilcox wechselte einen Blick mit Morlay, tippte zur Abwechslung einen Moment lang nachdenklich mit dem Kugelschreiber gegen die Tischkante und erklärte endlich:
„Okay, er kann erst einmal zur Probe bleiben. Ich muss eine mögliche Aufnahme in die SEED ohnehin erst mit dem Polizeichef diskutieren. Informieren Sie alle Mitarbeiter entsprechend, Morlay, damit ihm niemand auf dem Flur eine Kugel verpasst. Goodman, Sie stellen ihm einen vorläufigen Ausweis aus. Falls er Waffen benötigt, soll er damit ausgestattet werden."
Jonathan nickte beflissen.
„Baxter, Sie bilden ein Team mit ihm."
Far stöhnte und wollte schon Protest erheben, doch Wilcox warf ihm einen strengen Blick zu.

„Sie sind der Einzige in dieser Einheit ohne Partner und das hat mir von Anfang an nicht gepasst. Wo wären Sie heute, wenn Walker nicht bei Ihnen gewesen wäre?“ Sie deutete auf den Monitor, wo eben gerade die Aufzeichnung gelaufen war. Far klappte den Mund wieder zu und resignierte. Seine mangelnde Begeisterung übersehend, fuhr der Boss fort:
„Die Frage ist nur, wo bringen wir den Vampir unter? Ich möchte ihn schon ein wenig unter Beobachtung haben. Und das Wohnheim der Einheit halte ich für gar keine gute Idee. Unsere Leute müssen sich erst einmal daran gewöhnen, dass ein Vampir in ihre Reihen eingegliedert wird. Hat jemand eine Idee?“ Wilcox sah die Männer der Reihe nach an.
„Verdammt“, fluchte Far und warf hilflos die Hände in die Höhe. „Aye, er kann mein Gästezimmer beziehen.“
„Fluchen Sie nicht in meiner Gegenwart, Baxter. Aber Ihr freundliches Angebot wird mit Dank angenommen. Geben Sie Walker eine Chance, meine Herren. Aber bleiben Sie trotzdem wachsam. Das war alles.“ Ohne ein weiteres Wort wandte sich Wilcox ihrem Computer zu. Das Team durfte gehen.
„Herzlichen Glückwunsch“, sagte Joey und grinste, als sie wieder auf dem Flur standen.
„Jetzt hast du endlich einen Partner. Und was für einen.“
„Du kannst mich mal, Joey. Du und deine dämlichen Vorschläge“, brummte Far unhöflich und fasste sich an den schmerzenden Kopf.
„Hey, alles okay?“, fragte Cooper sogleich und legte ihm eine Hand auf den Arm. Auch Jonathan runzelte besorgt die Stirn. Sein Blick wanderte zu dem Pflaster auf Fars Stirn.
„Nur Kopfweh“, antwortete Far ehrlich.
„Nehmen Sie die Tabletten des Doc ein, Baxter, und dann fahren Sie nach Hause. Kümmern Sie sich um Walker“, befahl Morlay, gab ihm einen aufmunternden Klaps auf die Schulter und entließ seine Truppe.

Während sich Far in der Kantine einen scheußlich schmeckenden Kaffee zog, versorgte Jonathan den Vampir mit

den benötigten Ausweisen und Informationen. Songlian ließ sich eine DV8 aushändigen, erklärte aber, keine weiteren Waffen zu benötigen, da er seine eigenen bevorzugte. Wenig später wurde er von Far abgeholt.
„Du bist ziemlich blass. Hast du schon die Tabletten eingenommen?“, erkundigte sich Songlian im mütterlichen Tonfall.
„Aye“, knurrte Far bloß kurz angebunden. Dass die fürchterlichen Kopfschmerzen nicht nachließen, brauchte er Songlian ja nicht auf die Nase binden. Sie gingen gemeinsam zum Parkplatz und stiegen in Fars Wagen.
„Jonathan sagte, ich würde nun bei dir wohnen“, sagte Songlian leise ohne Far anzusehen, der den Wagen aus der Parkbox steuerte.
„Aye.“
„Warum, wenn du mich doch nicht leiden kannst?“
„Ich habe nie gesagt, dass ich dich nicht leiden kann“, murmelte Far abwesend.
Songlian wurde ärgerlich. „Doch, hast du. Ich hab’s gehört.“
Überrascht schaute Far den Vampir an.
„Du hast das gehört? Durch die Tür hindurch?“ Er hielt den Dodge wieder an und drehte sich zu seinem neuen Partner um.
„Vampire haben ein besseres Gehör als Menschen“, erklärte Songlian. „Schon vergessen, Baxter?“
Das hatte er für den Moment wirklich. Ob das an seinem schmerzenden Schädel lag?
„Sollte ich noch etwas über dich wissen, außer dass du Gespräche mithörst, die du nicht hören sollst?“, erkundigte sich Far schnippisch, biss mit seiner groben Art bei dem Vampir jedoch auf Granit.
„Ich mag die alten Edgar-Wallace-Filme und esse gerne Süßes“, sagte Songlian im Plauderton.
Doch Far hörte seine spöttische Antwort gar nicht richtig, da ihm gerade ein anderer Gedanke kam. Einer, der ihm überhaupt nicht gefiel.
„Was ist eigentlich mit deinen PSI-Kräften?“, wollte er mit einem finsteren Blick wissen.

„Die habe ich natürlich wie jeder Vampir. Meine Brüder beherrschen sie zwar besser, aber sie sind ja auch älter." Songlian sah ihn unsicher an. „Wieso schaust du mich so an?"
„Aber du bist ebenfalls telepathisch veranlagt, richtig? Und du könntest jemanden Dinge tun lassen, die derjenige eigentlich nicht wirklich tun würde, aye?", hakte Far nach.
Songlian wich seinem Blick aus. „Das könnte ich schon …"
„Hast du das an mir ausprobiert, Walker? Habe ich daher zugestimmt, dass du bei mir wohnst?" Fars Stimme war lauter und wütender geworden.
Songlian schüttelte heftig den Kopf.
„Das würde ich nie wagen. So eine bodenlose Unterstellung!", fauchte er. „Aber ich kann auch gerne in meiner derzeitigen Behausung bleiben, wenn dir die Vorstellung so gar nicht zusagt."
Far starrte ihn noch einen Moment lang an. In seinem Gesicht arbeitete es.
„Der Boss will es so", murmelte er, seufzte und startete den Dodge wieder.
„Können wir wenigstens ein paar von meinen Sachen holen?", bat Songlian und gab Far eine Adresse. Eine Weile fuhren sie schweigend durch die Straßen.
„Jonathan ist ein netter Kerl", stellte Songlian fest, als das Schweigen ungemütlich zu werden begann. „Er scheint mir gegenüber gar keine Vorbehalte zu haben."
„Genau deswegen sitzt er im Büro. Jon würde einem Dämon sofort die Hand reichen, wenn der nur lächelt. Er ist sehr vertrauensselig. Aber du hast recht. Er ist ein netter Kerl. Sag mal, sind wir hier wirklich richtig?" Sie hielten vor einem Appartementhaus. Far schaute ein wenig überrascht an der schmutzigen Fassade empor. Irgendwie hatte er sich Songlians Heim etwas stilvoller vorgestellt.
„Hast du gedacht, ich nächtige in einem Sarg, der mitten in einer Friedhofsgruft steht?"
Far zuckte mit den Schultern.
„Zuerst habe ich ja wirklich mit dieser nostalgischen Wohnidee geliebäugelt. Aber wenn man erst einmal den Kühlschrank mit den Blutkonserven im Sarg stehen hat, bekommt man den

Deckel so schlecht zu", erklärte Songlian mit einem völlig ernsten Gesicht.
„Jetzt bekomme ich auch noch einen Komiker zum Partner. Sag mir lieber, wo ich hier parken kann, ohne dass in fünf Minuten ein Freak seinen Joint auf meiner Motorhaube raucht."
„Um die Ecke sind meistens ein paar Parkplätze frei."
Damit hatte Songlian recht und wenig später folgte ihm Far durch eine massive Tür in ein muffig riechendes Treppenhaus.
„Den Fahrstuhl meide ich immer. Der Geruch da drinnen ist wirklich widerlich. Ich glaube, da pinkelt regelmäßig jemand rein. Aber wir müssen ja bloß in die zweite Etage", erklärte Songlian. Er stieg Far voran die Stufen hinauf und steuerte dann zielstrebig auf ein Appartement zu. Kurz darauf standen sie in einem einfach eingerichteten Wohnzimmer.
„Hier wohnst du?"
„Hier und an einigen anderen Orten. Manche sind sogar erheblich wohnlicher. Man muss flexibel sein, wenn man von Menschen, Dämonen und Vampiren gejagt wird", entgegnete Songlian pikiert.
„Nun reg dich nicht gleich auf, nur weil ich dich frage. Schließlich war ich bislang nie in der Bude eines Vampirs." Far schaute sich rasch um. In zwei Bücherregalen hatten DVDs und etliche CDs ihren Platz gefunden. Dazwischen hatte jemand wahllos einige Kataloge über Kunst und Antiquitäten, Aktenordner und historische Bildbände gestopft. Ein billiges Sofa, ein niedriger Tisch und ein Fernseher nahmen den Rest des Raumes ein. Eine weitere Tür, durch die Songlian gerade verschwand, führte in das Schlafzimmer. Neugierig folgte ihm Far. Der Vampir kniete vor einer zerschrammten Truhe, klappte sie auf und begann etwas in dem Durcheinander zu suchen.
„Wo warst du so lange?", ertönte eine nörgelnde Stimme von der Tür her. Mit der DV8 in der Hand fuhr Far erschrocken herum.
„Lass gut sein. Das ist nur mein Mitbewohner", brummelte Songlian ohne sich umzudrehen und wühlte weiter in seinen Sachen herum. Endlich zog er einen schmalen, blauen Ordner aus einem Versteck in den Tiefen der Truhe hervor, den er hastig in eine Tasche stopfte.

„Bringst du neuerdings deine Mahlzeiten mit hierher?“ Ein junger, hübscher Mann trat auf sie zu und sah Far abschätzend an. Braunes Haar fiel ihm in weichen Locken über die Ohren. Große, grüne Augen beherrschten ein fein geschnittenes Gesicht.
„Rede keinen Unsinn, Phil“, tadelte ihn Songlian, der mittlerweile Kleidungsstücke in seine Tasche stopfte.
„Keine Mahlzeit? Ist das dann dein neuer Lover?“
Far sah einen irritierten Moment lang zu Songlian hinüber und starrte schließlich verärgert den jungen, patzigen Mann an, der langsam weiter auf ihn zutrat. Unwillkürlich wich Far einen Schritt zurück und hob die DV8, die er schon gesenkt hatte, wieder an. Der Fremde erkannte die Waffe, die nur Mitglieder der Einheit trugen.
„Oh Himmel! Du bringst einen von der SEED hierher? Songlian, was soll das denn?“
Der Vampir hatte inzwischen seine Tasche fertig gepackt und öffnete nun die quietschenden Türen eines Schrankes, in dem verschiedene Waffen hingen.
„Das ist mein neuer Partner, Phillip. Ich ziehe bei ihm ein. Du kannst hier bleiben …“
„Was? Was denn für ein Partner? Willst du mir etwa weismachen, du wärst jetzt bei der SEED? Und du ziehst auch noch sofort aus?“ Songlians Mitbewohner sah den Vampir fassungslos an.
„Mach jetzt keine Szene, Phil“, fauchte der.
„Ist das etwa dieser Baxter, von dem du dauernd geredet hast?“
Songlian nickte nur. Phillips Blicke in Fars Richtung waren nun eindeutig feindselig. Der steckte die DV8 wieder ein und sah zwischen Mensch und Vampir hin und her. Eine dumpfe Ahnung beschlich ihn. Dieser Blutsauger und sein Mitbewohner waren doch nicht etwa … Sein Blick fiel auf das breite, sauber bezogene Bett, ehe er wieder diesen Phillip musterte. Der verfolgte inzwischen mit sichtlich beleidigter Miene, wie sich Songlian einen Dolch in den Stiefel steckte, mehrere Wurfdolche in seinen Gürtel schob und in eine Waffenscheide schlüpfte, die ihm auf dem Rücken hing. Dort hinein schob er zwei schlichte

Krummsäbel. Gleich darauf schien er etwas in dem Schrank zu suchen. Auf einmal wurde es Far schwindlig. Er schwankte.
„Hey, Songlian. Deine Mahlzeit scheint ja total besoffen zu sein“, hörte er wie aus einem dicken Nebel die Stimme von Songlians Mitbewohner. Er stützte sich an der Wand ab.
„Mir tut nur der Kopf weh“, knurrte er und kämpfte gegen den Schwindel an. Auf einmal war der Vampir an seiner Seite und packte ihn unter der Achsel.
„Du bist ganz blass, Baxter“, bemerkte er.
„Helfen die Tabletten nicht?“
„Toller neuer Partner“, spottete Phillip.
Far ignorierte ihn, presste eine leicht zitternde Hand gegen die juckende Stirn und stöhnte leise.
„Baxter?“, hörte er Songlians Stimme dicht an seinem Ohr.
Far atmete einmal tief durch, lehnte sich aber mit dem Rücken gegen eine Wand. Ihm war schlagartig kalt geworden. Bernsteingelbe Augen musterten ihn ernst.
„Was willst du von diesem Kerl? Bist du verrückt, So-lian?“
Angesichts der Koseform von Songlians Namen horchte Far erneut auf. Seufzend wandte sich der Vampir zu seinem Freund um.
„Hör mal, Phillip, es hat sich heute zufällig ergeben, dass ich von nun an Baxters Partner bei der SEED bin. Doch unser Boss will, dass ich bei ihm wohne. Dieser spontane Auszug tut mir wirklich leid. Aber wir werden Kontakt halten. Du bleibst natürlich weiterhin mein Informant, okay?“
„Dein Informant“, wiederholte Phillip bitter. Songlian legte ihm eine Hand auf die Schulter.
„Nimm‘s nicht zu tragisch, Kleiner“, bat er leise und drückte kurz die schmale Schulter. Phillip zog ein saures Gesicht.
„Geh doch mit deinem tollen Baxter, oder besser noch: trage ihn. Der kann ja nicht einmal auf eigenen Beinen stehen.“
Tatsächlich hatte Far erneut zu taumeln begonnen. Ihm war schwindlig. Der ganze Raum schien sich um ihn zu drehen und das wiederum verursachte ihm Übelkeit. Ehe er zusammensacken konnte, fingen ihn starke Arme auf.

„Was ist mit dir?“, hörte er die Stimme des Vampirs in seinen rauschenden Ohren.
„Geht … gleich … wieder“, brachte Far angestrengt hervor. Er fand es nicht gerade toll, vor diesem ihm aufgezwungenen vampirischen Partner zusammenzubrechen. Bislang hatte er sich ja vor Songlian nicht gerade mit Ruhm bekleckert.
„Mit so einem Weichei willst du dich abgeben?“, drang die quengelige Stimme Phillips zu ihm durch.
Far schenkte dem Jungen einen wütenden Blick und tatsächlich trat der unwillkürlich einen Schritt zurück. Songlian unterdrückte ein Lächeln.
„Zerfleischt euch nicht gegenseitig. Ich brauche euch beide“, sagte er und sah wieder Far fragend an.
„Kopfweh“, gab der zu und berührte erneut das große Pflaster auf seiner Stirn. Songlian musterte sein Gesicht.
„Du bekommst Fieber“, behauptete er. „Außerdem ist deine Haut rund um das Pflaster ganz rot geworden.“
„Ach was, ich habe nur ein wenig Kopfschmerzen und mir ist ein bisschen übel. Vielleicht habe ich den Kaffee vorhin nicht vertragen …“ Far wischte Songlians Hände von seinem Arm und richtete sich leicht schwankend auf.
„Bist du fertig?“, fragte er jetzt ungeduldig.
Der Vampir nickte und drehte sich zu dem schmollenden Phillip um. „Pass auf dich auf, ja? Und halte deine Ohren für mich offen.“
„Was mache ich denn nun ohne dich?“ Auf einmal klang Phillips Stimme ziemlich kläglich.
„Phil, du hast von Anfang an gewusst, dass das hier nur vorübergehend war. Du wirst schnell jemanden finden, der besser zu dir passt.“ Songlian zerzauste ihm freundlich das Haar und packte seine Tasche. Im nächsten Moment taumelte Far wieder, und Songlian musste erneut rasch zufassen. Far stöhnte und lehnte sich schwer gegen den Vampir.
„Warum gibst du nicht einfach zu, dass es dir schlecht geht? Her mit den Autoschlüsseln. So kannst du nicht fahren.“
Widerstandslos drückte ihm Far den Schlüssel in die Hand und ließ sich von dem Vampir zur Tür ziehen.

„So-lian!“, rief Phillip ihnen hinterher.
Songlian drehte sich halb zu ihm um.
„Vergiss mich bloß nicht“, murmelte der Junge.

Far wankte derartig neben ihm her, dass Songlian es nicht wagte, ihn loszulassen. Behutsam schob er seinen neuen Partner auf den Beifahrersitz und schnallte ihn an. Far ließ es seltsam widerstandslos über sich ergehen, aber er schien schon alle Kraft zu benötigen, um aufrecht zu sitzen. Als Songlian den Wagen auf die Straße lenkte, schloss Far stöhnend die Augen.
„Was ist los?“
„Wer … war das?“, wollte Far wissen. Im nächsten Moment presste er sich eine Hand auf den Mund, als ob ihm übel wurde. Songlian warf ihm einen kurzen Blick von der Seite zu. Das fehlte noch, dass Far in seinen geliebten Wagen kotzte.
„Phillip ist ein guter Freund und eine unschätzbare Hilfe.“
Er gab Gas. Der Wagen schoss vorwärts und dieses Mal wurde Far in den Sitz gepresst.
„Du lebst mit diesem … Bengel zu…sammen?“
Songlian murmelte etwas Unhörbares und warf wieder einen besorgten Blick auf seinen Partner.
„Kopfweh …“, stöhnte der und wischte sich matt über die Augen.
Knurrend gab Songlian Vollgas.

~~*~~

Schon als Zehnjähriger hatte sich Far für Kampfsport interessiert. An diesem schicksalsträchtigen Tag kam er mit seiner Sporttasche von einem erschöpfenden Training nach Hause, ohne zu ahnen, dass dies fortan nicht mehr sein Heim sein würde. Sonderbar war bereits die offen stehende Tür, ohne dass Momma irgendwo im Garten zu sehen war. Die Stille und die ungewöhnliche Dunkelheit, in der die Zimmer lagen, riefen ein beklemmendes Gefühl in Far wach. Achtlos ließ er die Sporttasche im Flur fallen.

„Momma?", rief er in die Stille hinein. Er erhielt keine Antwort. Far drückte auf den Lichtschalter, aber entweder war die Birne kaputt oder die Sicherung war herausgesprungen. In der ebenfalls dunklen Küche fand er seine Mutter. Zumindest eines ihrer Beine. Er stolperte über die abgerissene Gliedmaße, als er die Küche betrat und fiel auf den schmierigen Fußboden. Metallischer Geruch stieg ihm warm und aus seinen Erinnerungen unauslöschbar in die Nase. Direkt vor seinen erschrockenen Augen lag die Leiche seiner Mutter und starrte ihn anklagend an. Gedärm ringelte sich vom Küchentisch und war so säuberlich über die Schränke drapiert worden, als würde es sich dabei um eine Girlande handeln. Far fühlte sich in diesen Moment, als hätte man mit einem Knopfdruck alle seine Gefühle auf Eis gelegt. Eine immense Leere bemächtigte sich seiner. Vorsichtig erhob er sich von dem rutschigen Boden – Blut, es musste Blut sein – und stieg über den toten Körper hinweg. Im Wohnzimmer fand er seinen Vater. Der Fernseher lief und zeigte ein Fußballspiel, auf das sich Dad schon seit Tagen gefreut hatte. Wie immer saß er in seinem schon etwas abgewetzten Lieblingssessel, nur dieses Mal ruhte sein Kopf auf dem Fernseher. Das ausgetretene Blut war in einem bizarren Muster an dem Gerät hinuntergelaufen und hatte auf dem Schränkchen eine Lache hinterlassen. Ein Auge war aus dem Kopf gerissen, das andere sah den verstümmelten Körper in dem Sessel mit leblosem Interesse an. Far registrierte am Rande, dass jemand mit Blut rotbraune Smileys auf die Wände geschmiert hatte, die ihn nun von allen Seiten aus angrinsten. Lauter Jubel brandete auf, als ein Tor geschossen wurde. Wie eine Marionette trat Far zum Fernseher und schaltete ihn aus. Das Fußballspiel fand somit ein ebenso drastisches Ende wie seine Eltern. Aber wo war Emma? Wo war seine kleine Schwester?

„Em?", rief er in die schaurige Dunkelheit der Gruft, in die sich sein Elternhaus verwandelt hatte.

„Em?" Ein leises Schluchzen veranlasste ihn die Treppen zur oberen Etage hinaufzulaufen. Er ging mit steifen Schritten an dem Schlafzimmer seiner Eltern vorbei … Sie waren tot, zerrissen und zerfetzt und tot … und näherte sich dem Kinderzimmer. Emmas Lieblingsfarbe war gelb und so hatte sie sich ihr Zimmer auch einrichten dürfen. Aber hier waren die Tapeten ebenfalls rot gesprenkelt. Emma kauerte auf ihrem Bett. Ihr Arm wies eine tiefe, blutige Furche auf, die die Gänseblümchen auf der gelben Bettwäsche dunkel färbten. Emmas riesige, dunkle Augen waren furchterfüllt auf drei schuppige Gestalten gerichtet, die ihr Grimassen schnitten

und sie heftig in Arme und Beine zwickten. Die Monster unter dem Bett waren lebendig geworden. Als die Ungeheuer Far entdeckten, rissen sie den überraschten Jungen in das Zimmer hinein und schlugen hinter ihm die Tür zu.
„Flucht zwecklos, Kleiner. Zeit für ein höllisches Finale."
Gelächter. Und dann:
„Dämonenkiller!"
Die Monster zischten böse.
„Dämonenkiller!"
Far verstand nicht, was sie von ihm wollten; begriff nicht, weshalb sie ihn so nannten. Aber er schrie auf, als sie nach der schluchzenden Emma griffen. Wie eine Gliederpuppe wirbelte seine kleine Schwester durch die Luft. Ihr schriller Schrei brach wie abgehackt ab, als ihr kleiner Körper einen hässlichen, dunklen Fleck an der Wand hinterließ.
„Ooghi lässt grüßen", lachten und zischelten die Monster. Krallen streckten sich nach Far aus, der mit angstvoll klopfendem Herzen vor ihnen zurückwich.
„Junger Killer, toter Killer", knurrten und geiferten die Monster.
Far riss die Arme vor sein Gesicht und warf sich nach vorn. Die Fensterscheibe zersprang und er schlug in einem Schauer aus Glassplittern genau neben dem Gartenzaun auf den Rasen auf, den er eigentlich heute hatte mähen sollen. Mit einem hilflosen Schrei rappelte er sich auf und rannte, rannte, rannte …

Immer wieder bekam Far Anfälle von Schüttelfrost. Wie aus weiter Ferne hörte er gedämpfte Stimmen, fühlte mehrfach das Stechen einer Injektionsnadel im Arm und spürte ein feuchtes, kühlendes Tuch auf seinem Gesicht. Eine dünne Brühe wurde ihm in regelmäßigen Abständen zwischen die Lippen geträufelt. Dauernd war ihm übel und die Stirnwunde wollte einfach nicht zu jucken aufhören. Blutige, schmerzerfüllte Träume suchten ihn wiederholt heim. Kopfschmerzen schüttelten ihn, ließen ihn schwach und wehrlos werden und lieferten ihn den wiederholten Attacken der Albträume aus. Wie aus weiter Ferne hörte er Stimmen. Aber warum half ihm nicht irgendjemand?

Sie stritten schon wieder auf dem Lazarettflur. Zum fünften Mal innerhalb von zwei Tagen.
„Ich habe ‚nein' gesagt, Walker. Und Sie brauchen den Chief gar nicht erst fragen. Er weiß Bescheid, und er hat ebenfalls abgelehnt.“ Doc Harper verschränkte in einer endgültig wirkenden Geste die Arme vor der Brust. Doch so leicht ließ sich Songlian nicht abwimmeln.
„Aber es könnte ihm helfen. Ihre verdammten Medikamente schlagen ja überhaupt nicht an.“
„Und wenn es ihm stattdessen schadet?“, hielt der Doc dagegen. Verärgert presste Songlian die Lippen zusammen.
„Da sehen Sie es. Ich setze keinen meiner Mitarbeiter einem unbekannten Risiko aus. Sie können mir jedoch gerne eine Blutprobe geben und ich werde damit Tests durchführen. Mehr kann ich nicht anbieten. Aber so lange ich nicht weiß, wie Baxter auf Ihr Blut reagiert, kommt ein Versuch nicht infrage.“
„Und wann hätten Sie die Testergebnisse dann vorliegen?“, erkundigte sich Songlian. Doc Harper seufzte.
„Vielleicht könnten Sie auf diese Weise einmal einem anderen Kollegen helfen, Walker.“
„Mich interessieren die anderen aber nicht. Ich will, dass Baxter wieder auf die Füße kommt“, zischte Songlian verärgert.
„Jeder weiß, dass Vampirblut Heilkräfte besitzt. Es könnte also Far in wenigen Stunden helfen.“
„Oder ihn binnen Sekunden mit seinen Molekülen vergiften. Keine weiteren Diskussionen mehr, Walker. Das letzte Wort wurde dazu gesprochen.“
Wüst fluchend wirbelte Songlian herum und eilte wieder an Fars Krankenbett. Dort ließ er sich frustriert auf einen Stuhl fallen. Das Gesicht seines frischgebackenen Partners war mit einem feinen Schweißfilm überzogen und die vom Dämonenspeichel getroffene Wunde auf seiner Stirn schwärte unter dem Verband munter weiter. Seufzend erhob sich Songlian wieder und tauchte ein Tuch in die Wasserschüssel, die neben dem Bett stand. Mit dem feuchten Lappen tupfte er Fars Gesicht ab und versuchte ihm damit ein wenig Linderung zu verschaffen. Es juckte ihn wie

ein lästiger Ausschlag, das Verbot des Arztes zu ignorieren. Seine Finger strichen mit einer beinahe zärtlichen Geste über eine der hellbraunen Haarsträhnen auf dem Kissenbezug. Sollte er es einfach wagen? Als er aufblickte, begegnete er durch die Trennscheibe zum Schwesternzimmer dem Blick von Molly, die heute Dienst hatte. Was diese resolute Krankenschwester von einem Drachen unterschied, war lediglich die Tatsache, dass sie kein Feuer spucken konnte. Songlian tauchte den Lappen erneut in die Schüssel und beobachtete Molly unter gesenkten Lidern hervor.

„Es wird dir bestimmt nicht schaden. Das spüre ich“, murmelte er, während er wieder Fars Gesicht kühlte. Endlich richteten sich Mollys Argusaugen auf irgendetwas, das vor ihr auf dem Schreibtisch lag. Augenblicklich ließ Songlian das Tuch fallen und löste die Klammern, die Fars Verband hielten. Behutsam schob er eine Hand unter den Nacken des Bewusstlosen und hob ihn vorsichtig an, damit er den Verband abwickeln konnte.

„Walker!“

Das war Mollys aufgebrachte Stimme. Songlian riskierte einen weiteren Blick in ihre Richtung und sah sie zur Tür rennen.

„Ich brauche hier Hilfe!“, hörte er sie schreien.

„Beim Blut!“, fluchte er und warf den Verband einfach auf den Boden. Mit einem Ruck zupfte er dann das mit Wundsekret getränkte Pflaster von Fars Stirn. Schon konnte er die heranhastenden Wachhabenden hören. Er würde sich jetzt beeilen müssen. Seine Zähne rissen einen tiefen Krater in seinen Arm, und er hielt die blutige Wunde über Fars Stirn. Die ersten dunkelroten Tropfen trafen auf die nässende Verletzung. Schon packten ihn grobe Hände und zerrten ihn zurück.

„Verdammter Blutsauger“, zischte jemand in sein Ohr und verdrehte ihm den Arm auf den Rücken. Songlian leistete keinen Widerstand, auch nicht, als sich der kalte Stahl von Handschellen um seine Gelenke schloss. Stattdessen blieb sein Blick weiterhin hoffnungsvoll auf Far gerichtet.

„Bringt ihn weg“, hörte er Doc Harper sagen. Die beiden Wachhabenden kamen dem Befehl nur zu gern nach und schleppten Songlian aus dem Krankenzimmer.

Beim Aufwachen fühlte er sich matt und ziemlich durstig. Er lag in einem Bett mit hässlicher, hellgrüner Bettwäsche, das inmitten eines karg eingerichteten Raumes stand. Die hellgrau gestrichenen, kahlen Wände vermittelten nur bedingt Behaglichkeit. Far erkannte, dass er sich im Lazarett der Zentrale befand. Mit einem Headset in den blonden Locken, einem Notebook auf den Schoß und seinem Handy in der Hand hockte Jonathan auf einem etwas wackligen Stuhl neben Fars Bett und prüfte irgendwelche Daten. Seine Füße hatte er bequem auf dem Krankenbett abgelegt. Far räusperte sich, woraufhin Jonathan augenblicklich aufschaute.

„Du bist wach." Ein freudiges Strahlen glitt über sein Gesicht. „Wie fühlst du dich?"

„Wenn man mich derartig fröhlich anlächelt, gleich viel besser. Wie lange bin ich schon hier?"

„Seit fünf Tagen. Scheinbar ist dein Kampf in der Tiefgarage doch nicht so glimpflich abgelaufen, wie wir alle erst dachten. Songlian hat dem Doc gesagt, du hättest Dämonenspeichel im Gesicht gehabt. Etwas davon muss in deine Wunde gelangt sein und deswegen bekamst du diese Vergiftungserscheinungen. Songlian hat dich hierhergebracht, nachdem du in deinem Wagen ohnmächtig geworden bist", berichtete Jonathan.

Far tastete nach seiner Stirn, die mit einer dünnen Mullbinde umwickelt war.

„Und wo ist mein Dodge jetzt?", fragte er in gewohnt knurrigem Ton.

„Willst du ernsthaft wissen, wo dein Wagen ist oder interessiert es dich eher, wo sich Songlian aufhält?" Jonathan grinste, als Far ihm einen bösen Blick zuwarf.

„Also, dein Dodge steht auf einem Parkplatz des Reviers und dein Partner sitzt in Haft."

„In Haft? So schnell? Okay, dann bin ich ihn ja los."

„Genau. Und nur, weil Songlian gegen einen Befehl verstoßen hat, um dich zu heilen."

Jonathan nahm seine Füße vom Bett und begann seine Elektronik zusammenzuräumen.
„Was soll das heißen?"
„Genau das, was ich eben gesagt habe."
„Er hat mich geheilt?" Far brauchte einen Moment, um es zu begreifen.
„Genau. Und jetzt, wo du wieder unter den Lebenden bist, werde ich an meinen Schreibtisch zurückkehren. Ich sage Harper Bescheid, dass du wieder ansprechbar bist. Kann ich vielleicht irgendetwas für dich tun, Far?"
„Ich wäre sehr dankbar, wenn mir der Doc etwas zum Trinken mitbringen könnte."
„Geht klar." Jonathan befand sich bereits an der Tür, als Far eine letzte grummelige Frage stellte: „Sag mal, ist der Blutsauger soweit okay?"
Jonathan begann herzhaft zu lachen.
„Oh ja! Ich sehe, wie sehr du ihn verabscheust."

Eine geschlagene Woche musste Far im Lazarett bleiben, um sich zu erholen. Das ungewohnte, untätige Herumsitzen zehrte an seinen Nerven und allmählich kam er sich schon wie ein Gefangener vor. Ein Lichtblick waren wenigstens die netten Krankenschwestern, die immer mal wieder eine Gelegenheit fanden, um ihm die Zeit ein wenig zu vertreiben. Ab und an kam ihn ein Kollege besuchen und so erfuhr Far, was zurzeit im Revier los war. Sein Team schaute ebenfalls täglich vorbei und versuchte ihn aufzumuntern. Auf Fars eindringliche Bitte hin hatte Chief Morlay den Vampir aus der Haft entlassen, nicht ohne ihm noch einmal gewaltig die Leviten zu lesen. Während der Besuche bei Far hielt sich Songlian bei den Gesprächen zurück, obwohl Joey und Jonathan ihn immer wieder mit einbezogen. Und Far selber vermied es beharrlich, den Vampir anzusprechen. Dabei wussten beide nur zu genau, dass sie sich früher oder später miteinander arrangieren mussten. Cooper schien sein Dilemma zu spüren, denn er bot sich als Begleitung an, als der Doc Far endlich nach Hause entließ. Aber Far lehnte

dankend ab. Es hatte keinen Sinn, das unvermeidliche Alleinsein mit dem Vampir hinauszuschieben und daher hockte er nun mit mürrischer Miene neben Songlian in seinem Dodge Charger und ließ sich von seinem neuen Partner nach Hause fahren.
„Gibt es eigentlich einen Grund, warum du nicht mit mir redest?“, fragte Songlian dann mit einem Mal ganz direkt, als sich Far gleich nach ihrer Ankunft in sein Schlafzimmer verdrücken wollte.
„Was für einen Grund sollte ich denn haben?“, gab Far die Frage zurück.
„Das frage ich mich ehrlich gesagt auch. Du ignorierst mich nun schon seit Tagen …“
„Walker, ich fühle mich nicht besonders gut und würde mich gerne etwas hinlegen. Können wir das Thema an einem anderen Tag ausdiskutieren?“ Far wollte einfach nur seine Ruhe haben.
Mit einer ärgerlichen Geste wischte sich Songlian eine störende Haarsträhne aus den Augen. Dabei war Far selber klar, wie blöd diese Ausrede klang.
„Also gut“, murmelte Songlian ergeben.

Die Nacht über schlief Far tief und fest, und als er das nächste Mal die Augen aufschlug, war es bereits später Morgen. Er fühlte sich munter und wunderbar hungrig. Mister X lag neben ihm auf dem Kopfkissen und blinzelte ihn aus grünen Augen träge an. Far warf die Bettdecke von sich und zog sich eine Boxershorts und ein T-Shirt an. Dann registrierte er den Geruch von warmem Gebäck, der ihm in die Nase stieg und seinen Magen zum Knurren brachte. Was trieb dieser verfluchte Vampir denn jetzt schon wieder? Far bewegte sich in die Küche, wo dieser herrliche Geruch herkam. Zu seinem größten Erstaunen entdeckte er dort Songlian, der ein Blech voller Muffins aus dem Ofen holte.
„Ah, du bist wach.“ Der Vampir sah ihn fröhlich an.
„Was treibst du hier?“, fragte Far.
„Ich backe. Magst du Frühstück?“ Ohne eine Antwort abzuwarten, holte Songlian Eier und Speck aus dem Kühlschrank, der

überraschend voll wirkte. Während der Vampir die Pfanne erhitzte, trat Far selber an den Kühlschrank und öffnete die Tür. Sein Blick fiel auf Joghurt, Milch, Aufschnitt und Gemüse.
„Blutsauger, was hast du mit meinem Kühlschrank gemacht?“
„Nur von Bier, Ketchup und Frühlingsrollen kann man doch nicht leben. Ich habe eingekauft. Menschen sollten sich gesund ernähren.“
„Wer bist du? Mein Ernährungsberater?“
„Über zu hohe Blutfettwerte könnte dir so mancher Vampir etwas erzählen.“
Songlian schnaubte belustigt, als Far ihn entgeistert ansah. Der Speck begann in der Pfanne zu brutzeln. Far schnappte sich einen der Muffins. Okay, wenn der Vampir die Küche übernehmen wollte, dann sollte er das ruhig tun. Damit jedenfalls konnte sich Far arrangieren.
„Jonathan, Joey und Cooper kommen später vorbei“, erklärte Songlian und wendete den Speck. Geschickt schlug er die Eier auf.
„Ich gehe duschen“, murmelte Far. Im Augenblick war ihm diese ganze bizarre Situation einfach zu viel. Er benötigte Zeit, um sich an seinen Mitbewohner zu gewöhnen. Songlian wandte sich zu ihm um.
„Brauchst du Hilfe?“, fragte er mit einem Blick, als hätte Far einen Pflegedienst nötig.
„Danke. Seit einigen Jahren gelingt mir das Duschen allein schon ziemlich gut“, murrte Far sarkastisch und verzog sich ins Badezimmer.

Songlian konnte kurz darauf das Rauschen der Dusche vernehmen. Er stieß einen leisen Seufzer aus. Was hatte er erwartet? Far war schließlich von Anfang an nicht begeistert gewesen, einen Vampir zum Partner zu bekommen. Mittlerweile hatte ihn auch so ziemlich jeder vor Fars unberechenbaren Launen gewarnt. Mehrfach.
„Er taut schon noch auf“, sagte er leise vor sich hin und versuchte sich damit zu überzeugen. Er schaufelte Eier und Speck

auf einen Teller, stellte Toast, Butter und Marmelade dazu und schenkte aus einer Kanne Fars bevorzugten Gewürztee in eine Tasse.
„Das riecht lecker." Far, barfüßig, mit einer knapp sitzenden Jeans und feuchten Haaren, setzte sich an den Tisch. Das unerwartete Geständnis überraschte Songlian.
Bereitwillig vertilgte Far alles, was Songlian ihm vorsetzte. Allerdings hatte der Vampir das Essen im Lazarett gesehen. Sicherlich hätte er danach ebenfalls so ziemlich alles verspeist. Far schien nicht einmal Ketchup zu benötigen, um das Essen als genießbar zu empfinden. Gesättigt lehnte er sich in seinem Stuhl zurück und drehte verlegen die Tasse in den Händen.
„Kochen kannst du also", sagte er in einer verdrehten Form eines Komplimentes. Songlian hatte einen Moment lang überlegt, ob er sich eine Blutkonserve aus dem Kühlschrank holen sollte, entschied aber doch lieber, sich ebenfalls einen Becher von Fars Gewürztee einzuschenken. Mit dem Becher in der Hand setzte er sich zu seinem Partner. Nach einer Weile wurde ihr Schweigen unangenehm. Songlian nippte gedankenverloren an seinem Tee.
„Wer ist dieser Phillip?", fragte Far in die Stille hinein.
Songlian lächelte schwach. Sein Partner schien Phillip nicht zu mögen. Wieso wollte er dann über ihn reden?
„Phillip ist ein guter Freund. Ich habe ihn in meinem bevorzugten Club getroffen, wo er Ärger mit zwei angetrunkenen Kerlen hatte. Ich habe eingegriffen und … er hat sich als ziemlich dankbar erwiesen."
„Wie dankbar?", entfuhr es Far zu Songlians Überraschung.
„Was willst du hören, Baxter? Dass wir zusammen im Bett waren?" Songlian lachte, als Far errötete. Der trank schnell einen Schluck von seinem Tee.
„Aye, wir haben miteinander geschlafen. Inzwischen versorgt mich Phil mit Informationen. Er behält einige Vampire für mich im Auge. Was willst du sonst noch wissen?"
Far schaute nachdenklich in seine Teetasse. Offensichtlich hatte er nicht damit gerechnet, dass Songlian ihm so bereitwillig Rede und Antwort stand.

„Frag ruhig. Vielleicht lernen wir uns so besser kennen“, sagte Songlian.
„Du hast im Revier etwas davon gesagt, dass du seit zweihundert Jahren allein gewesen bist. Dabei siehst du nicht älter aus als Mitte zwanzig. Wie alt bist du denn nun wirklich?“
„Warum willst du das wissen? Stört es dich etwa, wenn dein Partner älter ist als du?“ Songlian konnte es nicht lassen, Far ein wenig aufzuziehen.
„Oder hast du Angst, ich könnte plötzlich senil werden?“
„Das nicht gerade. Ich wollte nur mal wissen, wie viele Kerzen ich für deinen Geburtstagskuchen besorgen müsste.“
„Ein Kuchen wäre wirklich eine nette Idee, Baxter. Aber es ist mir schleierhaft, wie du die ganzen Kerzen darauf bekommen willst. Ich bin jetzt vierhundertzwölf.“
Far schnappte nach Luft. Songlian lachte wieder. Das war das Amüsante an den Menschen. Man konnte sie so leicht mit Äußerlichkeiten blenden.
„Du bist ein alter Sack.“ Far schmunzelte.
„Und du ein Baby“, gab Songlian ungerührt zurück.

Als es klingelte, öffnete Songlian die Wohnungstür. Er kehrte mit Cooper, Joey und Jonathan in die Küche zurück.
„Far, wie geht es dir? Erholst du dich gut? Da hast du dir ja ziemlich raffiniert Urlaub erschlichen.“ Ehe er sich versah, war Far von seinem Team umringt. Er erwiderte die freudigen Grüße und wich Joeys kameradschaftlichem Knuff gegen seine Schulter aus.
„Hier riecht es nach Kuchen.“ Jonathan schnupperte demonstrativ.
„Ich habe Muffins gebacken. Möchtet ihr Tee oder Kaffee dazu?“
Songlian spielte offenbar nur zu gerne den Gastgeber, wie Far feststellte. Doch er überließ dem Vampir bereitwillig das Spielfeld. Haushaltsangelegenheiten lagen ihm überhaupt nicht. Außerdem interessierten ihn im Augenblick ganz andere Dinge.

Nachdem alle mit Getränken und Muffins versorgt waren, fragte er Cooper daher auch gleich:
„Wann kann ich denn wieder in den Einsatz zurück?“
Schlagartig verstummten alle Gespräche.
„Far, solltest du nicht ein paar Tage zu Hause bleiben? Ich bin der Meinung, dass Doc Harper so etwas Ähnliches gesagt hat“, sagte Jonathan vorsichtig.
Far schnitt ihm eine Grimasse.
„Das ist klar, Jon. Ich will ja bloß von Cooper wissen, ab wann ich wieder zum Dienst eingeteilt werde.“
Jetzt sahen alle Cooper an, der die Augen zur Decke verdrehte und sich an Songlian wandte:
„Gib mir einfach zwei, drei Muffins, Walker. Das könnte mich davon abhalten, ihm eins auf diesen Dickschädel zu geben.“
„Coop“, flehte Far.
Sein Teamleiter schnaufte genervt und klatschte den angebissenen Muffin auf seinen Teller zurück.
Im nächsten Moment packte er Far am Arm und zog ihn mit sich ins Wohnzimmer zu einem Vieraugengespräch.
„Ist dir eigentlich bewusst, was du uns für einen Schrecken eingejagt hast?“, fragte er mit sehr ernster Stimme.
„Ich kann es mir denken, Coop. Nur jetzt fühle ich mich wirklich wieder okay.“
„Als Walker dich brachte, hast du wie ein Stück Scheiße ausgesehen, das den Fluss runter treibt. Nicht nur der Doc will, dass du dich schonst. Selbst der Chief hat angeordnet, dass du ein paar Tage freimachen sollst. Zumal du dich mit Songlian vertraut machen musst.“
Far verzog sauer das Gesicht.
„Ich soll die ganze Zeit mit dem Blutsauger zusammen sein? Allein?“
Sie sahen beide zur Küche hinüber, wo sich Songlian mit den anderen unterhielt. Als hätte der Vampir ihre Blicke gespürt, schaute er kurz auf. Far konnte den Ausdruck in den bernsteingelben Augen nicht lesen.
„Hat er dir einen Grund gegeben, um ihm zu misstrauen?“, fragte Cooper.

Nach kurzem Zögern schüttelte Far den Kopf. Songlian hatte mehrere günstige Gelegenheiten gehabt, um ihm Schaden zuzufügen. Er hatte ihn sogar entwaffnet, allerdings keine dieser Gelegenheiten für feindliche Übergriffe genutzt. Vielmehr hatte er ihm bereits mehrmals das Leben gerettet.
„Weißt du eigentlich, was für einen Aufstand Walker im Lazarett geprobt hat, als es um deine Behandlung ging? Hast du überhaupt eine Ahnung, was er riskiert hat, als er sich über Doc Harpers Befehl und den des Chiefs hinweggesetzt hat? Songlian hat es billigend in Kauf genommen, die nächsten hundert Jahre Striche an die Wände seines Haftraumes zu malen, nur damit du so schnell wie möglich wieder gesund wirst", sagte Cooper leise und bohrte seinen Zeigefinger in Fars Brustbein.
„Dieser Vampir hatte wirklich Schiss um dich."
„Sicher nur, weil ihr ihm eventuell einen Mord hättet unterstellen können."
„Rede keinen Schwachsinn, Far."
Far wurde allmählich knurrig. Cooper fuhr sich über seinen Stoppelschnitt und fragte mit einer gewissen Ahnung in der Stimme: „Hast du dich eigentlich für seine Hilfe bedankt?"
„Ich habe ihn aus der Haft geholt."
„Das ist ja wohl das Mindeste. Bedankt hast du dich also nicht."
„Er ist ein Vampir, Coop."
„Far, zum Donnerwetter!" Cooper wurde langsam zornig. Er hatte nur nicht damit gerechnet, dass Far ihm in diesem Punkt bereits voraus war.
„Ich habe ihn nicht gewollt, Cooper. Ihr habt mir diesen verflixten Blutsauger als Partner aufgedrückt. Dank euch darf er auch noch bei mir wohnen." Er versuchte in seinem Ärger möglichst leise zu reden, da er sich an die scharfen Ohren des Vampirs erinnerte.
„Dank Songlian bist du am Leben." Sein Teamleiter lächelte jetzt böse, und Far fühlte sich ausgebremst. Eigentlich war ihm klar, dass Cooper recht hatte, aber er wäre nicht er, wenn er dies zugeben würde.
„Far?" Cooper wartete.
„Far!"

„Aye, okay. Ich denke darüber nach, Coop", versprach Far nachgebend. Sie kehrten in die Küche zurück, schnappten sich die letzten Muffins und schlossen sich den munteren Gesprächen an. Dabei glitt Fars Blick immer wieder zu Songlian zurück, der sich in Jonathans unvoreingenommener Gesellschaft sichtlich wohlzufühlen schien und sich angeregt mit dem IT-Spezialisten unterhielt.

Nach dem turbulenten Besuch seines Teams sah Far etwas erschöpft aus.
„Können wir reden?", fragte er Songlian, als sie endlich wieder allein waren.
„Ich will nur schnell das Geschirr zusammenräumen", sagte Songlian, der die ordentliche Hausfrau mimte, um sich einen Moment lang sammeln zu können. Er hatte Fars Auseinandersetzung mit Cooper mitbekommen. Dass Far ihn so offen ablehnte, schmerzte ihn. Dabei hatte er sich alle Mühe gegeben, um ihm näher zu kommen, ohne sich bei seinem Partner anzubiedern. Natürlich konnte er nicht erwarten, dass Far seine wachsende Zuneigung zu ihm erwiderte. Wenn er sich nur etwas weniger verkrampft verhalten würde. Far wirkte nachdenklich, als er sich den Rest des aufgebrühten Tees einschenkte, während Songlian das Geschirr forträumte. Aus den Augenwinkeln bemerkte er, dass Far den Kühlschrank öffnete und ein wenig zögernd zu einem der Beutel mit dem synthetischen Blut griff, die getrennt von den Lebensmitteln in einem der Schubladenfächer für Obst und Gemüse lag. Was wollte sein launischer Partner denn damit? Ehe Far die Blutkonserve herausholen konnte, legten sich schlanke Finger um sein Handgelenk.
„Ein besonderer Anlass?", erkundigte sich Songlian, der ein spöttisches Zucken um die Mundwinkel nicht ganz verbergen konnte.
„Gib mir lieber einen Schluck Rotwein." Er ließ Far wieder los, dem die Erleichterung ins Gesicht geschrieben stand. Die Vorstellung, seinem Mitbewohner beim Bluttrinken zusehen zu müssen, behagte ihm sicherlich überhaupt nicht. Selbst wenn das

Blut künstlich war. Far füllte rasch ein Glas mit Wein und trug es mit seinem Tee in das Wohnzimmer hinüber. Songlian lehnte sich einen Augenblick lang gegen die Küchenzeile. Was wollte Far ihm jetzt bloß eröffnen? Der Vampir seufzte. Er hatte seinen Partner bei seiner Arbeit beobachtet und sich dabei in ihn verliebt. Aber wie sollte er das diesem unwilligen Dickkopf beibringen?

„Blutsauger?“ Far schien ungeduldig zu werden.

Songlian verzog das Gesicht.

„Bin schon unterwegs.“

Fürchtete sich der Blutsauger vor einem Gespräch, oder warum kam er so seltsam angeschlichen? Songlian nahm ihm gegenüber in einem Sessel Platz. Schweigend sahen sie sich an.

„Danke“, sagte Far endlich verlegen.

Songlian legte den Kopf leicht schief. Der Ausdruck seiner bernsteingelben Augen war wieder nicht lesbar.

„Für deinen Einsatz und deine Sorge um mich“, fügte Far daher erklärend hinzu.

„Gern geschehen.“

„Ich habe nachgedacht und möchte dir daher etwas versprechen. Ich will darüber hinwegsehen, dass du ein Vampir bist. Ich will versuchen, dich wie einen ganz normalen Partner zu behandeln.“ Far kam sich ziemlich großzügig vor.

Songlian schwieg und je länger er den Mund hielt, desto unsicherer wurde Far. Wieso reagierte der Vampir nicht? Far begann sich unbehaglich zu fühlen.

„Habe ich etwas Falsches gesagt?“

Songlian beugte sich leicht vor und sagte ihm direkt ins Gesicht. „Dieses Versprechen will ich nicht.“

Far starrte ihn an. Bevor er jedoch etwas entgegnen konnte, sprach Songlian weiter: „Falls ich dich um etwas bitten dürfte, Far, dann, dass du lediglich den Versuch unternimmst, mich so zu akzeptieren, wie ich bin. Als Vampir mit allem, was dazugehört. Nur den Versuch, Far. Nicht mehr. Wenn du über einen Teil meiner Persönlichkeit hinwegsiehst, holt sie dich eines Tages mit Sicherheit ein und das könnte vielleicht sehr unangenehm werden."

Far senkte den Blick auf seinen Becher, den er in der Hand hielt.

„Bitte, Far, nur den Versuch!" Das klang jetzt ziemlich nach Betteln.

Far dachte an seine ermordeten Eltern. Er dachte an Emma. Er dachte an das viele Blut. Aber dieser Vampir wollte nur einen Versuch und den war er ihm ja wohl wenigstens schuldig. Also gab er sich einen Ruck und hob seine Teetasse an, als wollte er mit Songlian anstoßen.

„Ich denke, das kriege ich hin."

Songlian atmete erleichtert auf und erwiderte die Geste mit seinem Wein.

„Auf gute Zusammenarbeit, Songlian", seufzte Far und trank einen großen Schluck. Prompt verbrannte er sich den Mund.

Der Vampir lachte jetzt und Far schaute ihn fragend an. Was war denn nun so lustig?

„Du hast mich zum ersten Mal bei meinem Vornamen genannt." Songlian grinste. „Und ich dachte schon, du könntest ihn nicht aussprechen."

„Ich bin ja nicht doof." Far warf mit einem Sofakissen nach dem Vampir. Schließlich grinste auch er. Songlians leises, warmes Lachen verursachte ihm ein angenehmes Kribbeln in der Magengegend. Und er ertappte sich dabei, dass er dieses Lachen möglichst oft hören wollte.

Nach drei Tagen hielt es Far in seinen vier Wänden nicht mehr aus und beschloss in den Dienst zurückzukehren. Falls Songlian dies noch nicht guthieß, ließ er sich nichts anmerken. Gelassen saß er neben Far in dessen Dodge und schaute aus dem Fenster.

„Wer ist Em?", fragte er auf einmal.

Beinahe hätte Far das Steuer verrissen. Ein wenig zittrig brachte er das Fahrzeug wieder in die Spur und ignorierte das wütende Hupen hinter sich.

„Woher kennst du diesen Namen?"

„Du schreist ihn nachts."

„Oh!“
Nach einer Weile fragte der Vampir: „Ist das alles, was dir dazu einfällt?“
„Em war meine Schwester“, sagte Far kurz angebunden.
„Du träumst von ihr.“ Songlian ließ nicht locker und sein Blick forderte Far auf, über dieses Thema zu reden.
„Und wenn schon“, brummte der bloß.
Songlian schüttelte den Kopf. „Ich habe die Polizeiberichte gelesen, Far. Es muss außerordentlich schrecklich für dich gewesen sein, deine Familie derartig aufzufinden.“
Mit hoher Geschwindigkeit schoss der aufgemotzte Dodge in eine Parklücke und bei der anschließenden Vollbremsung, wurde Songlian unsanft von seinem Gurt aufgefangen. Far hieb mit den Fäusten auf das Lenkrad und drehte sich dann mit einem Ruck zu seinem Partner um.
„Du willst den Polizeibericht kennen? Pah!“, fauchte er aufgebracht. „Was wusste denn schon die Polizei? Nicht mehr, als auch die Reporter geschrieben haben. Die drei Leichen der Familie Baxter wurden am 21. Juni in ihrer Wohnung aufgefunden. Der zehnjährige Sohn ist spurlos verschwunden“, zitierte er einen Zeitungsbericht, den Songlian ebenfalls kannte.
„Was wussten die Reporter denn nicht?“, fragte Songlian leise.
Von dem Fehlen jeglichen Gefühls beim Anblick der verstümmelten Leichen. Von der ungeheuren Angst eines Zehnjährigen, als sich Klauen nach ihm ausstreckten … Far fuhr sich mit der Hand fahrig über das Gesicht. Er hatte niemandem von diesem Tag erzählt. Nach dem Mord an seiner Familie hatte er sich auf der Straße herumgetrieben, eine Weile bei den Obdachlosen unter irgendeiner Brücke auf einer stinkenden Matratze unter Zeitungen geschlafen, bis ihn Harry aufgelesen hatte und mit zu den Nachtwölfen nahm. Schnell hatte Far die Regeln der Straßengang gelernt und war in ihren Reihen aufgestiegen. Eines Tages kam Harry plötzlich zu der Meinung, Far könnte etwas Besseres mit seinem Leben anfangen, als es bei einer Schießerei zwischen den Gangs sinnlos herzugeben. In einer mehr oder weniger heftigen Diskussion hatte er Jayden überredet, Far ausgerechnet zur New Yorker Polizei zu schicken. Dort war Far dem Chief aufgefallen,

der ihn zur SEED holte und seine sofortige Anstellung in die Wege leitete. Psychologen und Kollegen hatten seitdem versucht, mit ihm über die Ermordung seiner Familie zu sprechen, aber bislang hatte Far immer geschwiegen. Er hatte es mit sich selber abmachen wollen. Doch jetzt saß Songlian vollkommen ruhig neben ihm, ein Vampir, der von Rechts wegen eliminiert gehörte, und bot sich ihm schlicht als Zuhörer an. Far stöhnte, lehnte den Kopf gegen die Kopfstütze und schloss die Augen. Mit heiserer, stockender Stimme begann er zu erzählen, was an diesem schicksalhaften Tag vor etlichen Jahren tatsächlich geschehen war und was sich die Presse nicht hatte zusammenreimen können. Längst überwunden geglaubte Gefühle brachen dabei wieder hervor.

Songlian lauschte aufmerksam, unterbrach ihn nicht mit einem Wort und äußerte sich auch nicht zu den Tränen, die auf einmal über Fars Wangen liefen. Als Far ihm alles erzählt hatte und nur noch still mit den Tränen kämpfte, ließ der Vampir ihn respektvoll in Ruhe. Erst als er sich wieder gefangen hatte und sich beschämt mit dem Ärmel über die Augen wischte, wiederholte Songlian einen Satz, den Far erwähnt hatte: „Ooghi lässt grüßen."

Neben ihm erstarrte Far voller Wut.

„Das haben die Dämonen in der Tiefgarage zu dir gesagt", erklärte Songlian.

„Stimmt", flüsterte Far und sah den Vampir mit großen Augen an. „Das hatte ich ganz vergessen."

„Dieser Ooghi scheint nicht gerade dein Freund zu sein", meinte Songlian.

„Wenn ich ihn nur zu fassen bekäme!" Einen Augenblick lang schwelgte Far in seinem Hass auf die Mörder, bevor er seinen Wagen wieder startete.

Sie hatten sich beim Chief einsatzfähig gemeldet, und obwohl Morlay seinen jungen Mitarbeiter missbilligend anschaute, wurden sie zu Jonathan geschickt, der ihnen Anweisungen für einen aktuellen Fall geben würde. Nun liefen sie nebeneinander

durch die Gänge des Polizeireviers, wobei ihnen ab und an andere Kollegen begegneten. Sie nickten ihnen einen Gruß zu, aber hinter ihren Rücken setzte unweigerlich Getuschel ein.
Songlian ertrug dies mit stoischer Gelassenheit, während Far so manchem Kollegen finstere Blicke zuwarf. Doch eine Gruppe von drei Officers beließ es nicht bei einem flüchtigen Gruß.
„Hey, Baxter. Seit wann machst du gemeinsame Sache mit der Unterwelt?“
Songlian horchte wachsam auf, als sein Partner von einem rothaarigen Muskelberg angesprochen wurde.
„Lass uns in Ruhe, Scott“, sagte Far bemüht friedlich.
„Du stellst dich tatsächlich freiwillig als Proviantpaket zur Verfügung?“ Scott warf Songlian einen hässlichen Blick zu.
Der schwieg, ahnte allerdings, dass es Ärger geben würde. Er kannte die hämische Stimme des Officers. Zuletzt hatte er sie gehört, als er sich in Fars Kofferraum versteckt hatte. Selbstbewusst hielt er dem Blick des vor ihm stehenden Mannes stand.
„Dürften wir bitte mal durch?“ Weiterhin höflich bleibend versuchte Far, sich an dem Rothaarigen vorbeizuschieben. Erfolglos. Stattdessen wurde Far von einem kräftigen Arm mit einem unsanften Ruck an die Wand gedrückt.
Songlian spannte die Muskeln an und orientierte sich an seinem Partner. Er würde erst eingreifen, wenn Far ihm ein Zeichen gab. Doch im Moment hielt er sich lieber zurück, da er die Regeln des Reviers nicht ausreichend genug kannte.
„Scott, was soll das? Lass mich los.“ Fars Tonfall gegenüber seinem Widersacher wurde nun schärfer.
„Bist du nicht bei Verstand? Hat dich der Blutsauger etwa beeinflusst? Hast du ihm vielleicht zu lange in seine hübschen Äuglein geblickt?“ Scott grinste spöttisch.
Im nächsten Augenblick lag er keuchend am Boden. Far kniete über ihm und verdrehte schmerzhaft seinen Arm. Ehe Scotts zwei Kollegen einschreiten konnten, stellte sich Songlian angriffslustig vor seinen Partner. Mit einem leisen Lächeln schüttelte er kaum wahrnehmbar den Kopf, woraufhin die beiden zögernd zurückwichen.

„Songlian ist mein Partner, Scott. Akzeptiere das oder ich poliere dir mal so richtig schön die Fresse.“ Far verdrehte den Arm des Rothaarigen um eine Winzigkeit, bis der vor Schmerz aufstöhnte, und ließ ihn dann abrupt los.
„Komm weiter, Songlian“, sagte Far und gab ihm einen kurzen Klaps auf die Schulter. Der warf einen letzten Blick auf Scott und folgte eilig.
„Es tut mir leid, Far. Als Joey den Vorschlag machte, ich solle der SEED beitreten, da dachte ich nicht daran, dass sie dich meinetwegen schneiden könnten. Das ist mir wirklich unangenehm. Aber du brauchst mich nicht zu verteidigen.“
Far blieb stehen und sah ihn grinsend an.
„Erstens bist du mein Partner und den verteidige ich gegen alles und jeden, klar?“
Songlian wurde es warm ums Herz und er nickte ernst.
„Und zweitens?“, wollte er wissen.
„Zweitens ist Scott ein Arsch.“
„Auch klar.“ Songlian erwiderte das Grinsen.
„Wir mochten uns von Anfang an nicht. Komm, dort drüben ist Jons Büro. Na ja, ich sollte wohl besser Raucherzimmer sagen.“

Jonathan war sichtlich erfreut, als die beiden sein Büro stürmten. Allerdings verzog Songlian in dem rauchgeschwängerten Raum das Gesicht. Seine Nase stand bereits nach einigen wenigen Atemzügen kurz vor einem Kollaps.
„Da seid ihr ja. Der Chief hat euch eben angekündigt und mir die Daten für euren Einsatz zugeschickt. Bist du denn schon wieder fit, Far?“ Jonathan drücke eine Kippe in einem überquellenden Aschenbecher aus, während Songlian zum Fenster eilte, es aufriss und tief einatmete.
„Alles wieder gut", antwortete Far.
„Songlian, was ist mit dir?“
Songlian drehte sich um und lehnte sich gegen das Fensterbrett.
„Nichts. Ich versuche nur Luft zu bekommen.“
Der IT-Techniker lächelte entschuldigend.

„Ich weiß, ich rauche zu viel. Entschuldige, Songlian. An dein empfindliches Näschen habe ich nicht gedacht. Ich sollte wirklich öfters mal ein Fenster öffnen, aber wenn ich mich in die Arbeit vertiefe, vergesse ich es immer. Setzt euch ruhig."

Far folgte der Aufforderung und ließ sich ungeniert auf einen Bücherstapel nieder, der auf einem Stuhl lag. Wie Songlian feststellte, befanden sich hier überall Bücher. Selbst auf dem Fußboden lagen welche. Dazwischen befanden sich zahlreiche Fachbücher über Computertechnik, Kataloge für Polizeiequipment, diverse getippte Berichte, Stadtpläne und etliches mehr. Songlian hob eines der Bücher auf. Es war eine Abhandlung über Stahllegierungen.

„Ich lese gern", sprach Jonathan das Offensichtliche aus. „Papier nimmt leider nur zu viel Platz weg."

„Das Furchtbare ist, er behält auch noch jedes Wort, das er einmal gelesen hat. Er ist ein wandelndes Lexikon. Eines Tages wird er überheblich werden und auf uns herabblicken."

Far grinste und Jonathan zeigte ihm vergnügt einen berühmten Finger.

„Ich wäre lieber ein Krake als ein Lexikon. Wenn ich mehr Hände für die Rechner zur Verfügung hätte, würde das Arbeiten zum wahren Vergnügen." Der IT-Freak griff nach seiner Zigarettenschachtel und schüttelte sich einen Glimmstängel heraus.

„Bitte sag uns erst, was unsere Aufgabe sein wird, aye? Danach kannst du rauchen so viel du willst", bat Songlian.

„Äh, ja." Jonathan stopfte die Zigarette zurück in die Packung und ließ gleich darauf seine Finger flink über die Tastatur seines Rechners huschen.

„Ihr seid morgen Abend auf einer Benefiz-Veranstaltung des Boarder Konzerns. Der Inhaber des Konzerns bat die SEED um Personenschutz, da gegen ihn bereits schon einmal in Philadelphia und dreimal in Columbus Angriffe dämonischer Natur verübt worden sind. Offensichtlich sind die Dämonen nicht sonderlich davon erbaut, dass der Boarder Konzern unsere Software herstellt."

„Was macht er in Columbus?", erkundigte sich Far.

„Dort ist sein Wohnsitz. Die SEED dort kümmert sich um ihn, wenn er sich nicht gerade hier bei seinem Konzern aufhält. In Philadelphia unterhält er eine Zweigstelle“, erklärte Jonathan.
„Ihr braucht einen Smoking. Kauft euch auf Staatskosten etwas Anständiges. Euer Auftraggeber heißt übrigens Alexander Parker. Hier sind die Daten, wann und wo ihr ihn treffen werdet und die Kreditkarte für eure Shopping-Tour. Parkers übliche Bodyguards werden ihn begleiten, sind aber über euren Einsatz informiert. Holt euch bei Miller die nötige Ausrüstung ab. Ihr solltet wenigstens per Funk miteinander in Verbindung bleiben. Falls ihr Verstärkung brauchen solltet, so bleiben Coop und Joey sowie ein weiteres Team auf Abruf hier.“
„Und heute?“, fragte Far beinahe enttäuscht. Jonathan lachte und hob die leeren Hände.
„Songlian, pass auf, dass er sich nicht gleich übernimmt.“
„Mache ich, Jonathan. Ich kenne da übrigens einen guten Herrenausstatter. Soll ich fahren, Far?“
Sein Partner knurrte bloß und wandte sich Richtung Tür.
„Keine Chance. Es ist mein Baby, daher fahre ich.“
„So wie sich Songlian über dich informiert hat, bin ich sicher, dass er genau weiß, wem der Wagen gehört. Wahrscheinlich kennt er auch die Seriennummer“, feixte Jonathan.
„J21234“, sagte Songlian sofort auf. Far starrte ihn an.
„Ein Dodge Charger Baujahr 1971. Du hast ihn von Grund auf neu aufbauen lassen und viel Wert auf Originalteile gelegt. Das Metallicgrün ist eine Sonderlackierung. Bezahlt hast du in bar“, fuhr der Vampir munter fort. Er genoss Fars Verblüffung.
„Ich hoffe für dich, dass du das alles aus der Teppichverkleidung meines Kofferraums gelesen hast.“
„Nicht ganz“, murmelte Songlian. Far packte ihn am Arm und zog ihn mit den Worten: „Wir müssen uns dringend mal unterhalten“, aus dem Büro, in dem Jonathan jetzt schallend lachte.

Unter der Aufsicht ihres Arbeitgebers wuselten zwei Angestellte mit diversen Hemden, Fliegen, Hosen und anderen Kleidungsstücken um Songlian und Far herum. Während der Vampir sogar

Spaß an ihrem Einkauf zu haben schien, tat sich Far mit der Auswahl seiner Kleidung entsetzlich schwer. Im Stillen war er ein wenig verärgert. Songlian schien alles von ihm zu wissen, von seinem Lieblingstee bis hin zur Seriennummer des Dodge. Er dagegen wusste so gut wie nichts von seinem neuen Partner. Bei Gelegenheit musste er sich wenigstens mal die Kartei über Vampire im Revier ansehen und nachlesen, was dort über Songlian vermerkt war. Und nun sollte er sich zwischen einem cremefarbenen und einem weißen Hemd entscheiden, zwischen feinster Baumwolle, zartem Leinen oder edler Seide. Neben ihm bewunderte Songlian, der nun einen eleganten Smoking trug, sich in einem riesigen Spiegel.

„Was meinst du, Far?“

„Du siehst sehr gut aus“, sagte er und das stimmte. Die edlen Materialien unterstrichen Songlians elegante, fließende Bewegungen und der Schnitt betonte den aufregenden Körper des Vampirs. Lässig schlenderte Songlian an Fars Seite, der mit mehreren Hemden in der Hand ratlos dastand.

„Jeans und Shirt wären mir lieber“, seufzte Far.

„Selbst die Uniform wäre besser als das hier.“

„Nicht auf einem Benefiz“, tadelte ihn Songlian mit dem Ton eines weltgewandten Mannes. Zielstrebig pickte er ein Hemd aus dem Stapel, ließ sich etwa ein Dutzend Smokings zeigen und wählte wieder ohne zu zögern einen aus. Mit diesen Sachen schickte er Far in die Umkleidekabine zur Anprobe. Folgsam tat der, was man ihm sagte. In der Kabine zog er sich um, rückte den Hemdkragen zurecht und schlang sich die Fliege um den Hals. Wer hatte nur diese furchtbaren Dinger erfunden? Er kehrte zu Songlian und den Verkäufern zurück und versuchte dabei weiterhin die Fliege fertig zu binden, gab den Versuch beim Anblick seines Spiegelbilds jedoch auf.

„Bin das ich?“, fragte er ganz erstaunt.

„Kleider machen Leute, so sagt man. Sie sehen fantastisch aus, Mr. Baxter“, schmeichelte der Inhaber. Songlian sagte nichts, aber sein Blick sprach Bände. Far wurde es seltsam warm. Das Verhalten des Vampirs ihm gegenüber begann ihn allmählich zu verwirren.

„Geht das auf Ihre Kreditkarte, Mr. Walker?"
„Nein, für die Smokings zahlt das Department. Far, würdest du wohl Mr. Conolly die Kreditkarte reichen?"
Songlian schaute ihn weiterhin an. Verträumt? War das ein verträumter Blick? Langsam fühlte sich Far ein wenig durcheinander. Aus seiner Jackentasche holte er die Kreditkarte hervor und reichte sie an einen Verkäufer weiter. Während er in der Umkleide wieder in seine dunkelblaue Uniformhose schlüpfte, hörte er wie Songlian sich einige Anzüge und schlichte Kleidung bei Mr. Conolly bestellte. Natürlich hatte der Vampir nur eine kleine Tasche mit dem Nötigsten aus seinem Appartement mit zu Far gebracht, nur wie wollte der Vampir diese kostspielige Kleidung bezahlen? Einen der Anzüge wollte Songlian gleich mitnehmen und er ging sich ein weiteres Mal umziehen. Die restlichen Sachen würde ein Angestellter frei Haus liefern.
Far ließ sich in einen Sessel fallen, um auf seinen Partner zu warten. Nicht lange und Songlian tauchte wieder auf, dieses Mal in einem dunkelbraunen Anzug mit cremefarbenen Nadelstreifen. Zu einem ebenfalls cremefarbenen Hemd trug er eine dezent gemusterte Seidenkrawatte. Er sah in dem Anzug umwerfend aus. Seine Dienstkleidung trug er zusammengefaltet in den Händen.
„Wir sind hier fertig", sagte er unternehmungslustig zu Far. „Aber wir müssen jetzt noch zur Bank. Fühlst du dich gut?"
„Ich bin nicht mehr krank", sagte Far in einem Ton, der klarmachte, dass er kein Kindermädchen brauchte.
Songlian grinste ihn an. „Bleib friedlich. Ich will nur nicht, dass du dich überanstrengst. Sonst wird das mit dem Einsatz morgen nichts."

Zu Fuß schlenderten sie zur *Southly & Lorenz* Bank. Far brannte vor Ungeduld, endlich einmal etwas über Songlian zu erfahren, doch der flirtete erst ganz offen mit einem hübschen Mädchen, das ihnen entgegenkam, und half noch auf sehr charmante Weise einer alten Dame, davon kullernde Äpfel aufzusammeln.

„Kannst du mir mal erklären, wie du es dir leisten kannst bei *Conolly's* einzukaufen?", fragte Far, als sie ihren Weg fortsetzten.
„Was hast du gegen *Conolly's*? Die Kleidung trifft meinen Geschmack und die Bedienung ist hervorragend. Und meine Konten können es verkraften", versicherte Songlian. In seinen Augen lag ein belustigtes Funkeln.
„Aye, aber woher hast du das Geld? Raubst du die Vampire, die du auslöschst, vorher aus?"
„Was glaubst du denn, wie man im Laufe der Jahrhunderte sein Geld scheffelt? Kunst und Antiquitäten, gewinnträchtiges Verpachten von Nutzland auf mehreren Kontinenten, Aktien … Ich habe in mehreren Projekten meine Nase drin."
„Du bist also reich?"
„Sagen wir einmal, dass ich den Rest meines Lebens bequem leben kann."
„Songlian, Vampire können ewig leben!"
„Tatsächlich?" Songlian lachte.
„Hör auf, mich zu verarschen", brummte Far ungehalten.
Songlian blieb stehen und sah ihn mit Unschuldsmiene an.
„Far, ich nehme dich nicht auf den Arm."
„Dann müsstest du ja wenigstens ein Millionär sein", stellte der fest.
Der Vampir schaute ihn nur weiter ruhig an. Far musste schlucken. Das war schwer zu verdauende Kost.
„Hast du Kinder?", fragte Far überraschend.
„Nein."
„Irgendwelche abartige Vorlieben? Eine Seepferdchenzucht? Oder sammelst du abgerissene Ohren?"
„Nein, nein und ein weiteres Mal nein. Warum fragst du?"
„Weil ich von dir nur weiß, dass dein Vater Arawn Walker war, den du ausgelöscht hast. Und dass er nicht mit deiner Mutter verheiratet war. Ich kenne nicht einmal den Namen der Mutter meines Partners und Mitbewohners." Das war nun ein direkter Vorwurf.
Songlian seufzte. „Meine Mutter hieß Sian Torren."
„Aha", brachte Far ein wenig schlauer hervor. „Und sie hat dir dieses Vermögen vermacht."

„Nein, meine Mutter stammt aus eher bescheidenen Verhältnissen. Ich wollte mich frühzeitig von meinem Vater unabhängig machen. Wir mochten uns ja nie so richtig. Ich habe mit Glückspiel angefangen und den Gewinn vorsichtig investiert. Nach und nach habe ich mich hochgearbeitet. Mein Vermögen ist der Gewinn von über dreihundert Jahren sorgfältiger Geldanlage. Und ich habe einen sehr vertrauensvollen Anwalt, der mich geschäftlich berät und unterstützt. Mehr steckt nicht dahinter."
Mehr nicht? Far reichte das vollkommen. Endlich erfuhr er einmal etwas über Songlian. Langsam gingen sie weiter.
„Und was wollen wir nun bei der Bank?", fragte Far von dem Gehörten noch immer überwältigt, denn sie hatten *Southly & Lorenz* nun erreicht.
„Nur eine kleine geschäftliche Abwicklung durchführen."
Songlian trat durch die aufschwingende, dunkel getönte Glastür ins Innere der Bank und Far beeilte sich, ihm zu folgen. Ihre Schritte klangen laut auf dem Marmorboden. Zielstrebig lief der Vampir eine Treppe empor und ging auf einen elegant gehaltenen Kundenschalter zu. Eine ältere Dame mit Brille schaute auf, als Songlian vor ihr Halt machte.
„Was kann ich für Sie tun?"
Der Vampir schob ihr seine Kundenkarte entgegen.
„Ich möchte für meinen Begleiter eine Vollmacht auf dieses Konto, Cynthia." Den Namen las Songlian von dem kleinen Schild an ihrer dezent gemusterten Bluse. Cynthia tippte die Kontonummer in ihren Computer und schon hellte sich ihr Gesicht deutlich auf.
„Natürlich, Mr. Walker. Wie Sie wünschen. Ich bräuchte bitte den Ausweis Ihres Begleiters."
„Songlian, was soll das?"
„Das erkläre ich dir später. Gib ihr einfach deinen Ausweis."
„Wozu brauche ich eine Vollmacht auf …"
„Far, bitte!"
Da er der neugierig drein schauenden Cynthia keine Szene bieten wollte, kramte Far seinen Ausweis hervor und reichte ihn über den Tresen.

„Vielen Dank. Möchten Sie dort drüben Platz nehmen, während ich die Vollmacht ausstelle? Ich könnte Ihnen auch einen Kaffee anbieten."
„Nein, danke, Cynthia. Nur die Vollmacht, bitte."
„Kommt sofort, Mr. Walker." Die Angestellte begann Daten in ihren Computer einzugeben und Songlian zog seinen Partner mit sich zur Sitzecke. Plötzlich fuhr der Vampir herum, rempelte dabei gegen Fars Schulter und schaute sich suchend im Foyer um. Sein Gesicht hatte einen grimmigen Zug angenommen.
„Was ist los?"
Noch immer glitt Songlians Blick über die zahlreichen Kunden der Bank. Schließlich schüttelte er den Kopf.
„Ich dachte, ich hätte etwas gespürt", sagte er leise. Im nächsten Moment lächelte er schon wieder und ließ sich auf ein ledernes Sofa fallen.
„Komm schon, Far, setz dich."
„Songlian, was soll das?" Far verstand im Moment die Welt nicht mehr. „Wieso benötige ich eine Vollmacht auf dein Konto?"
Der Vampir lehnte sich selbstzufrieden zurück und legte die ausgebreiteten Arme auf die Sofalehne. „Ich möchte, dass du dich an diesem Konto bedienst, wann immer du es nötig hast. Egal wofür und wie viel. Du musst mir darüber auch keine Rechenschaft ablegen."
„Ich habe eigenes Geld. Und überhaupt, was soll das heißen: egal wie viel?"
„Ich habe vor diesen Ooghi aufzuspüren", sagte Songlian.
Eine Woge der Erregung erfasste Far, ehe er schon wieder misstrauisch wurde. „Wieso?"
„Weil ich dir helfen kann, ihn zu finden. Ich habe überall Spitzel und Spione, Far. Das ist etwas, was die SEED nicht aufweisen kann. Und wenn du jemanden bestechen willst oder falls du untertauchen musst, kannst du vielleicht ein wenig Geld gut gebrauchen. Auf dem Konto sind fünfhunderttausend."
„Fünfhundertausend!"
„Psst, nicht so laut." Songlian unterdrückte ein Lachen.
„Ooghi ist mein Problem", erklärte Far steif.
„Wir sind jetzt Partner, Baxter. Lass mich dir helfen."

Doch Far war mit seinen Gedanken schon ganz woanders.
„Dieser Ooghi ließ meine Familie umbringen und seine Schergen versuchten, auch mir das Lebenslicht auszupusten. Während der ganzen Zeit, die ich bei den Nachtwölfen lebte, bin ich höchstens drei- oder viermal von Dämonen angegriffen worden. Zum Glück wacht die Gang über ihre Mitglieder und mir ist deswegen nie etwas Ernsthaftes passiert. Seitdem ich bei der SEED arbeite, häufen sich allerdings diese Angriffe."
Er sah Songlian fragend an. „Ist es nicht komisch, dass diese Dämonen in der Tiefgarage genau dieselben Grüße ausrichten, wie die vor achtzehn Jahren im Haus meiner Eltern?"
„Vielleicht ist es gar nicht so komisch. Es könnte ja Absicht sein."
Sie unterbrachen ihre Unterhaltung, denn Cynthia kam mit einem Umschlag in den Händen zu ihnen.
„So, Mr. Baxter. Hier haben Sie alle Unterlagen, die Sie für einen Kontenzugriff benötigen werden", sagte sie mit einem freundlichen Lächeln und reichte Far den Umschlag.
„Vielen Dank. Sie sind sehr nett, Cynthia." Songlian versprühte ungeniert seinen Charme. Die ältere Dame strahlte ihn prompt an.
„Kann ich vielleicht in einer weiteren Angelegenheit behilflich sein, Mr. Walker?", fragte sie, weil sich Songlian erhob.
„Nein, können Sie nicht, meine Liebe. Aber Sie haben uns schon sehr geholfen."
„Das freut mich sehr. Dann wünsche ich Ihnen noch einen schönen Tag." Damit kehrte die Bankangestellte an ihren Arbeitsplatz zurück.

~~*~~

Gerade als sie die Bank verlassen wollten, blieb Songlian erneut mit einem finsteren Gesichtsausdruck stehen.
„Spürst du wieder etwas?"
Langsam nickte der Vampir.
„Und was?" Far entdeckte einen Mann, der soeben schnellen Schrittes die Bank verließ, aber mehr als dessen Rücken konnte

er nicht erkennen. Songlian schien ihn dagegen mit den Blicken töten zu wollen.
„Songlian, wer ist das?“
„Lucas Winter“, sagte er kurz angebunden.
Far schloss für eine Sekunde die Augen und betete um Geduld.
„Was wollte denn dieser Lucas?“
„Mich beobachten. Und jetzt Schluss damit. Lass uns bitte gehen.“
Sie verließen die Bank und gingen langsam zum Wagen zurück. Der Umschlag mit den Vollmachtspapieren brannte förmlich in Fars Händen.
„Songlian, ich fühle mich nicht wirklich wohl, wenn du mir so viel Geld zur Verfügung stellst. Du kennst mich ja kaum. Fünfhunderttausend! Dafür muss eine alte Oma lange stricken. Warum tust du nur so etwas?“
Songlians Miene wirkte munter. Diese Heiterkeit erschien Far aufgesetzt, denn die Augen des Vampirs blickten alles andere als fröhlich.
„Mein Leben war trotz des Geldes nicht viel wert, Far. Dass ich dein Partner sein darf, bedeutet mir weit mehr. Und dass du mich vor diesem Scott verteidigt hast, bedeutet mir noch mehr. Ich fühle mich zum ersten Mal seit sehr, sehr langer Zeit wieder wohl. Glaube nicht, dass ich auf diese Weise versuche mir deine Freundschaft zu erkaufen. Ich möchte nur, dass du in einem Notfall über finanzielle und auch andere Mittel verfügst, um dir helfen zu können. Damit du mir lange erhalten bleibst. Also ist das purer Eigennutz.“
„Meine Freundschaft kann man nicht kaufen. Für kein Geld der Welt“, entgegnete Far scharf. „Freundschaft muss man sich verdienen.“
Songlian nickte. „Nicht anders würde ich es wollen.“
Sie waren sich zum ersten Mal wirklich einig.
„Suchen wir jetzt nach Ooghi?“, fragte Far dann, dem der Dämon nicht mehr aus dem Sinn ging. Außerdem musste er sich davon ablenken, dass er einen furchtbar reichen Mann zum Partner hatte. Jetzt war das Lächeln des Vampirs wieder aufrichtig.

„Erst einmal suchen wir Phillip."
„Deinen Bettwärmer?"
„Genau den. Und vielleicht hat mein Bettwärmer ein paar Informationen für uns."

Mit dem Dodge fuhren sie in den *Wellnesstempel*. Far kannte diese Wellnesslandschaft, weil er dort zusammen mit Joey einen Verwöhn-Gutschein für Ethan Landon gekauft hatte. Was sie Ethan nicht erzählt hatten, war, dass sich der *Wellnesstempel* fest in homosexueller Hand befand. Joey fand Ethan damals entsetzlich steif und wollte den Kollegen aus dem rivalisierenden Team ein bisschen auf die Schippe nehmen. Als Ethan am nächsten Tag mit wütendem Gesicht ins Revier kam, schlug ihm von allen Seiten Spott und Gelächter entgegen. Nun war es Far, der wenig begeistert auf die Eingangstür blickte.
„Oh nein, Songlian, wohin schleppst du mich bloß mit?" Er folgte dem Vampir zur Anmeldung.
„Was hast du denn gegen ein bisschen Entspannung?"
Was er dagegen hatte? Far konnte sich gut vorstellen, wie die Entspannung aussehen würde. Songlian zahlte den Eintritt und sie bekamen jeder zwei große Handtücher und einen Spindschlüssel ausgehändigt.
„Ist Phillip frei?", erkundigte sich Songlian bei dem Kassierer.
„Für eine Massage? Eigentlich hat er gerade Pause, aber ich frage ihn."
„Prima, danke sehr. Komm, Far, wir müssen hier lang."
Irgendwie bekam Far den Eindruck, dass sich Songlian über sein Unbehagen amüsierte.
„Massage?", fragte er und zog zweifelnd eine Augenbraue in die Höhe.
„Phil versteht sich fantastisch aufs Kneten."
„Schon klar", murmelte Far. In der Umkleide zogen sie sich aus und schlangen sich nur die Handtücher um die Hüften.
„Far, nun zieh nicht so ein Gesicht. Es tut dir keiner etwas. Und wenn du nicht in die Sauna oder in das Schwimmbad magst, dann geh in den Ruheraum und trink einen Fruchtcocktail."

Far hörte ihm schon gar nicht mehr zu. Er starrte einen Mann finster an, der mit seinen Blicken Songlian regelrecht das Handtuch auszog. So eine Frechheit. Sah der Typ nicht, dass Songlian in Begleitung war?
„Verpiss dich!“, fauchte er schließlich, weil sich der Kerl überhaupt nicht zurückziehen wollte. Lag es an seinem Tonfall oder an den geballten Fäusten? Der Fremde verschwand jedenfalls pfeilschnell und Far sah sich jetzt Songlians Raubtieraugen ausgesetzt.
„Geh einfach nur etwas Trinken, Baxter“, wiederholte der Vampir sanft und schob Far auf eine Tür zu, die zu Liegestühlen, Palmen in riesigen Töpfen und leiser Musik führte.
„Songlian, lass das. Ich will mit“, begehrte Far auf. „Es geht immerhin um meinen Dämonen.“
„Das ist ja richtig. Allerdings kann Phil nur einen auf einmal massieren. Wenn du also lieber möchtest …“
Das bremste Far wirksam aus. „Okay, ich warte hier.“
„Verlier nicht die Geduld. Ich komme zurück, so schnell es geht.“ Songlian wandte sich von ihm ab und schlenderte gemütlich den Gang hinunter.
Far schaute ihm einen Moment lang hinterher und stieß schließlich die Tür zum Ruheraum auf. Dabei fühlte er sich alles andere als ruhig. Mit einem der angepriesenen Fruchtcocktails bezog er wenig später eine Liege, nippte an dem säuerlichen Getränk und versuchte sich tatsächlich ein bisschen zu entspannen. Drei weitere Liegen waren besetzt. Ein älterer Herr las ein Magazin und zwei jüngere Männer hielten Händchen und plauderten miteinander. Es dauerte nicht lange und die friedlich dahinplätschernde Musik begann Far zu nerven. Er stellte den halb getrunkenen Cocktail neben die Liege und begab sich auf die Suche nach Songlian. Barfüßig lief er über den gefliesten Boden, der über eine Fußbodenheizung verfügen musste, denn er war angenehm warm. Als er sich in den Saunabereich verirrte, fragte er einen Angestellten nach Phillip. Endlich auf den richtigen Weg gebracht, erreichte er die Massagezimmer und suchte sich das von Phil heraus. Die Tür, an der ein Besetzt-Schild hing, war nur angelehnt. Far lauschte, konnte aber keine Stimmen hören.

Er vernahm nur dieselbe Musik wie im Ruheraum. Vorsichtig schob er die Tür einen Spalt weit auf und spähte hinein. Songlian lag mit geschlossenen Augen auf einer Massageliege. Seine nackte Haut glänzte im Schein mehrerer Kerzen vor Öl. Phillips geübte Finger fuhren leicht knetend über Songlians Schultern. Seine Lippen befanden sich dagegen auf der unteren Hälfte von Songlians Rücken. Bei diesem Anblick schluckte Far trocken. Gleich darauf schimpfte er sich einen Narren. Er hatte es ja gewusst. Von wegen Informationen sammeln. Songlian ging einfach seinem Spaß nach. Inzwischen waren Phillips Hände auf Songlians Hüften angelangt. Das behagliche Schnurren des Vampirs mischte sich mit dem Gedudel aus den Lautsprechern.

Far hatte genug. Er wandte sich ab, lief zum Ruheraum zurück und warf sich auf seine Liege. Der Fruchtcocktail war mittlerweile verschwunden, sodass ihm nichts anderes übrig blieb, als die Arme vor der Brust zu verschränken und nicht allzu grantig dreinzuschauen. Schließlich konnte Songlian tun und lassen, was er wollte. Und mit wem er wollte. Frustriert blickte er zu dem tuschelnden Pärchen hinüber und fragte sich, weshalb sein Partner so seltsame Gefühle in ihm auslöste. Leider fand er keine Antwort.

Endlich gesellte sich Songlian wieder zu ihm und setzte sich auf die benachbarte Liege. Der Barmann kam mit einem Tablett und brachte ihnen frisch gepressten Orangensaft. Songlian nahm sich ein Glas und trank erst einmal einen Schluck.

„Und?“

„Nebenan befindet sich ein Wettbüro, das einem meiner Brüder gehört. Lorcan schickt immer Kate, um die Wetteinnahmen für ihn abzuholen. Und diese Kate nutzt die Gelegenheit, um sich mit ihren Freundinnen im Gartenhäuschen zu treffen, während im Laden die Einnahmen abgerechnet werden. Bestimmt weiß Kate etwas über deinen Ooghi. Da Phil von seinem Massagezimmer aus den Garten im Blick hat, gibt er uns Nachricht, wenn sie auftaucht.“

„Solange warten wir hier?“

Songlian nickte und leerte sein Glas. Gelassen schlug er die Beine übereinander, verschränkte die Arme im Nacken und

lehnte sich zufrieden zurück. Far dagegen rutschte zappelig auf seiner Liege hin und her.
„Entspannen ist nicht so dein Ding, oder?"
„Entspannen auf meine oder etwa auf deine Art?", fragte Far spitz.
„Du hättest es ja auf meine Art ausprobieren können, wenn du ohnehin schon an der Tür standest."
Far fühlte sich erwischt. Verlegen wich er Songlians Blick aus.
„Wie hast du mich bemerkt?"
„Ein Luftzug von der Tür her. Wenn es ein Kollege von Phil gewesen wäre, hätte er sicherlich etwas gesagt, anstatt sich verstohlen davonzuschleichen. Und die Gäste respektieren im Allgemeinen ein Besetzt-Schild."
„Songlian ...", fing er beschämt an, doch der Vampir winkte ab.
„Vergiss es." Schmunzelnd schwang sich Songlian von der Liege. „Ich hole mir einen neuen Saft."

Eine knappe Stunde später schlichen sie über einen von hohen Gräsern umsäumten Gartenweg. Von dem vor ihnen liegenden, gemauerten Häuschen drang ausgelassenes Gelächter durch das Gestrüpp.
„Komm schon. Jetzt wird es spannend. Ich rede und du gibst Rückendeckung." Songlian lief leichtfüßig voran, und Far folgte ihm rasch. Gewohnheitsmäßig zog er seine DV8, entsicherte die Waffe und steckte sie sich in den Hosenbund. Vorsichtshalber lockerte er auch den Dolch in seinem Gürtel. Bei dem Gedanken an mehrere Vampire in seiner direkten Umgebung fühlte er sich ein wenig nervös und wollte lieber vorbereitet sein. Wenig später standen sie vor der grün gestrichenen Tür, die halb offen stand.
Songlian spähte vorsichtig in das Gartenhaus und schenkte Far ein zufriedenes Lächeln. In der nächsten Sekunde stand er schon mitten im Raum. Far hatte Mühe ihm zu folgen, blieb dann aber an der Tür und somit in Songlians Rücken stehen. Drei bezaubernde Frauen sahen die beiden voller Überraschung an. Schließlich löste sich eine von ihnen aus der Gruppe und trat mit verführerischem Hüftschwung auf Songlian zu. Ihr

porzellanzartes Gesicht wurde von einer Flut blonder Haare mit schwarz gefärbten Strähnen umrahmt. Ein buntes Stück Tüll verbarg gerade so ihre Reize, ließ dafür viel von ihren wohlgeformten Beinen sehen, die in hohen, knallroten Stiefeln endeten. Hellblaue Augen sahen Songlian mit einem betörenden Blick an.
„Songlian, mein Liebling", gurrte sie und ließ ihre Hände an seinem Revers emporgleiten.
„Was führt dich denn hierher, mein Schöner?"
Der Vampir schenkte ihr ein Lächeln, nahm ihre Hände in die seinen und küsste sie.
„Kate, meine Liebe", grüßte er sie.
„Und in welch atemberaubender Gesellschaft du dich befindest", säuselte die zweite der Frauen und umrundete Far musternd. Ein Finger glitt lockend über sein Kinn.
„Willst du uns deinen Freund nicht vorstellen?" Die dritte tauchte an Fars anderer Seite auf und schmiegte sich dort an ihn.
„Wir würden schon gerne wissen, wer unseren unartigen Songlian begleitet", hauchte sie mit rauchiger Stimme.
„Far, das sind Kate, Ellie und Shona", stellte Songlian die Frauen vor.
„Nur damit du weißt, wen wir hier vielleicht töten müssen. Und ihr solltet euch nicht so an ihn heranschmusen. Far Baxter ist bei der SEED. Ihr habt seinen Namen vielleicht schon gehört."
Mit einem Schmollmund löste sich Kate von ihm.
„Songlian, du benimmst dich wieder wie ein unartiger Junge. Du platzt hier unangemeldet herein und bringst ausgerechnet einen Officer der SEED mit. Und zur Krönung muss es ausgerechnet dieser Baxter sein." Mit einem bösen Lächeln nickte sie Shona zu, deren Reißzähne plötzlich dicht vor Fars Gesicht auftauchten. Doch mitten in der Bewegung hielt die Vampirin inne. Sie blickte erst in Fars lächelndes Gesicht und dann zu ihrem Bauch, in den er die Klinge seines Dolches presste.
„Du solltest es kein zweites Mal versuchen. Diese Waffe macht so hässliche Löcher in so hübsche Haut", raunte ihr Far ins Ohr. Shona wich erschrocken einen Schritt zurück. Sie lachte unsicher.

„Er ist tatsächlich gut, Kate. Ein wirklicher Dämonenkiller."
„Und was für ein attraktiver Kerl", fügte Ellie hinzu. Ihr violettes Korsett gab einen tiefen Blick auf ihr Dekolleté frei.
„Lasst diese Spielchen und bringt mir Far nicht durcheinander." Songlians Stimme klang jetzt warnend.
„Beantwortet mir einfach eine simple Frage und schon seid ihr uns wieder los."
„Sag mir lieber, was du mit einem von der SEED zu schaffen hast, Songlian Walker", forderte ihn Kate auf.
„Songlian und ich sind Partner, Kleine", antwortete Far und schob seine Waffe wieder in den Hosenbund.
Kate glitt auf ihn zu und bohrte ihm einen spitzen Fingernagel in die Brust. „Ein so tüchtiger Officer, wie du es bist, Baxter, gibt sich mit einem räudigen Vampir ab? Genauer gesagt, mit einem räudigen, sippenlosen Bastard?" Die Worte dienten einzig dazu, Songlian zu verletzen. Der Vampir zuckte unmerklich zusammen und Far war der schmerzliche Zug, der kurz über sein Gesicht huschte, nicht entgangen. Er beugte sich kommentarlos vor und küsste die vollen Lippen der Vampirin. Die wich verblüfft zurück.
„Was soll das?", fauchte sie aus dem Konzept gebracht.
„Ich wollte wissen, wie so süße Lippen schmecken, die eine so schwarze Seele verbergen", antwortete Far liebenswürdig.
„Lorcan konnte dich nie ausstehen, Songlian. Aber wenn er hört, dass du dich jetzt ausgerechnet auf eine Stufe mit der SEED stellst, wird er alles andere als erfreut sein. Möglich, dass er nicht mehr so gnädig ist und dich endlich auslöscht, wenn er davon erfährt. Bislang hat ihn nur das gemeinsame Blut eures Vaters davon abgehalten", sagte Kate drohend und Ellie fügte hinzu:
„Lorcans Mitleid damals war vielleicht ein Fehler. Er hätte uns mit deinem Tod eine Menge Ärger ersparen können."
„Kate", mahnte Songlian, ohne Ellie zu beachten.
„Schon gut, schon gut. Was für eine Frage?" Die Blonde stemmte die Hände in die Hüfte und schaute Songlian fragend an.
„Wo finden wir Ooghi?"

Kates Augenbrauen schnellten in die Höhe und die beiden anderen brachen in wildes Gelächter aus.
„Ooghi? Ihr seid hinter Ooghi her?“ Kates Blick huschte zwischen Songlian und Far hin und her.
„Aaah, verstehe. Der Officer will Rache.“ Ihre Hand umfasste Fars Gesicht und hielt es fest, um ihm in die Augen sehen zu können.
„Das viele leckere Blut in eurer Wohnung und die zerfetzten Körper deiner Familie suchen dich wohl noch immer heim, hm?“
Far ballte vor Wut die Fäuste, beherrschte sich aber. Kates hellblaue Augen waren einfach zu fesselnd.
Töte Songlian! hallte es befehlend durch seinen Verstand. Da riss Songlian Kate von ihm fort.
„Lass den Unsinn“, schnappte Songlian wütend und schlug ohne Warnung heftig zu. Mit dem Abdruck seiner Hand auf ihrer Wange taumelte Kate zurück.
Far schüttelte ein wenig benommen den Kopf. Er war gerade rechtzeitig wieder bei Sinnen, um Ellie zurückzuzerren, die Songlian von hinten angreifen wollte. Die Vampirin wurde in eine Ecke geschleudert und schaute gleich darauf auf die blanke Klinge eines Dolches vor ihrer Nase.
„Eine Frage, eine Antwort und schon sind wir fort. Oder wir hinterlassen drei reizende Aschewölkchen“, erklärte Far warnend. Aus den Augenwinkeln beobachtete er Songlian, der sich nun von einer weiteren Seite seiner vielen Facetten zeigte. Der Vampir wirkte nun auf einmal bedrohend, finster und böse. Seine bernsteingelben Augen waren zu funkelnden Schlitzen verzogen, den Mund umspielte ein grausamer Zug. Als er nun wieder sprach, wurden seine Fangzähne deutlich sichtbar.
„Woher wisst ihr, was genau mit Fars Familie passiert ist? Und wo finden wir Ooghi, Kate?“
„Lass sie uns fertigmachen, Kate“, fauchte Shona und sprang auf Far zu. Der fuhr herum und schleuderte seinen Dolch. Die dralle Vampirin stieß einen letzten Schrei aus und zerfiel zu einer dunklen Wolke. Der Dolch klapperte auf den Boden. Sofort hatte Far seine DV8 gezogen und richtete die Waffe auf Ellie, die

augenblicklich regungslos verharrte. Songlian dagegen schnellte auf Kate zu, und ehe die reagieren konnte, hatten sich seine Finger um ihre Kehle gelegt.
„Lass mich bloß nicht ein drittes Mal fragen“, knurrte Songlian schreckenserregend.
„Shona“, wimmerte Ellie entsetzt und starrte Far aus wilden Augen an. Der hielt sie weiterhin mit der DV8 in Schach und brachte vorsichtig seinen Dolch wieder an sich.
„Kate“, warnte der Vampir nun mit gefährlich ruhiger Stimme.
„Kasino Fortuna“, röchelte Kate und zerrte an seiner würgenden Hand. Songlian lockerte den Griff.
„Ob es ihm gehört, er dort nur arbeitet oder als Gast dort hingeht, weiß ich nicht. Ich weiß nur, dass er dort häufiger anzutreffen ist“, gab Kate jetzt eifrig Auskunft.
„Und die Verbindung zu meiner Familie?“, erkundigte sich Far.
„Lorcan und Ooghi haben manchmal etwas Geschäftliches miteinander laufen. Schau nicht so, Songlian. Natürlich können sich die beiden nicht ausstehen, aber sie teilen die Vorliebe für Geld. Ich weiß nur, dass Ooghi damals eine Gruppe Dämonen zum Haus von Baxters Familie geschickt hat. Sie sollten alle töten. Alle. Auch dich, Officer. Ooghi war wütend, weil du entkommen bist. Mehr weiß ich nicht. Ehrlich.“
„Ich hoffe für dich, dass du uns die Wahrheit gesagt hast, Kate. Sonst könntest du auf meiner Abschussliste auftauchen.“
„Es ist die Wahrheit“, keuchte Kate, weil der Vampir ein weiteres Mal warnend zudrückte.
„Wenn nicht, sehen wir uns ganz schnell wieder.“ Damit ließ Songlian sie los und ging an Far vorbei zur Tür. Dort drehte er sich noch für einen guten Rat um:
„Erzähl lieber nicht weiter, wer dich heute geküsst hat, Kate. Er würde dir die Lippen aus dem Gesicht reißen. Bis bald, ihr Schönen.“
Das wütende Geheul der beiden Vampirinnen hallte ihnen bis in den Garten nach.

Far ließ sich in den Sitz seines Wagens fallen und grinste Songlian übermütig an.
„Wir haben eine Spur“, rief er.
Songlian lächelte erst, dann kicherte er und schließlich lachte er. Sein Partner sah ihn breit grinsend an.
„Du hast sie einfach geküsst. Beim Blut! Ihr Gesicht in diesem Moment … Oh, Far, wie konntest du nur?“
„Was ist daran denn so komisch? Sie ist eine hübsche Frau und sie hat es provoziert“, sagte Far leichthin.
Songlian lachte weiter, jetzt allerdings leicht hysterisch.
„Songlian?“
„Wir sind beide tot“, gluckste Songlian. „Wenn sie es erzählt, sind wir beide tot. Ist das herrlich …“
„Songlian, was ist so witzig an einem Kuss?“
„An dem Kuss ist nichts witzig.“ Songlian wischte sich über die feuchten Augen.
„Aber dass du dir ausgerechnet Lorcans Mädchen aussuchst …“
„Sie ist Lorcans Favoritin? Ich habe die Freundin deines Bruders geküsst?“ Far sank seufzend in sich zusammen.
Songlian schnallte sich kichernd an.
„Sie hat es provoziert.“ Far versuchte jetzt sich herauszureden.
„Ach ja? Oder warst du so angeregt, weil du mich und Phil beobachtet hast?“ Songlian konnte es nicht lassen ihn aufzuziehen.
„Walker, hör mal …“
„Hat es dich erregt mich nackt daliegen zu sehen?“, fragte der Vampir boshaft.
Fars Wangen verfärbten sich verdächtig. Mit plötzlicher Aufmerksamkeit neigte Songlian den Kopf.
„Was ist los, Far? Hast du etwa deine Fantasie spielen lassen, was Phillip mir außer einer Massage noch angeboten haben könnte?“
„Ich hätte im Ruheraum bleiben sollen. Es tut mir leid, Songlian.“ Far betrachtete vor Verlegenheit eindringlich den geparkten Wagen vor ihnen.
„Warst du neugierig, Far?“, fragte Songlian leise und neigte sich zu ihm.
„Können wir das …“ Far hatte sich zu Songlian umgedreht und fand sich überraschend dicht vor dessen Gesicht wieder. Die

stahlgrauen Augen weiteten sich für einen Moment erschrocken und Songlians empfindliche Sinne bemerkten, wie sich Fars Pulsschlag erhöhte. Ohne weiter nachzudenken, griff er sich Fars Hemd und zog ihn mit einem Ruck näher. Seine warmen Lippen streiften spielerisch über Fars Wange bis zu dessen Mundwinkel und legten sich sanft auf seine Lippen. Far starrte ihm ohne sich zu rühren weiter in das Gesicht. Genießerisch schloss Songlian die Augen. Er küsste Far weiter, wurde wagemutiger, intensiver und fordernder. Seine Hand ließ Fars Hemd los und wanderte in dessen Nacken, der sich so verflixt verletzlich anfühlte. Blutgefüllte Adern pochten gegen die Nervenenden seiner Finger, der betörende Geruch durchdrang Fars Haut und ließ Songlian beinahe schwach werden. Das hatte er sich schon die ganze Zeit gewünscht. Far einfach zu küssen. Das und mehr. Für einen kleinen Moment schien Far den Kuss zaghaft zu erwidern, doch dann stieß er Songlian mit einem entsetzt klingenden Keuchen heftig von sich.

„Bist du verrückt?", brauste er auf und wischte sich mit dem Handrücken über den Mund.

„Aaah, der Verstand siegt über die Neugierde." Songlian lehnte sich in seinen Sitz zurück und senkte den Kopf, damit das blauschwarze Haar sein Gesicht wie ein Vorhang verdeckte und Far sein Lächeln nicht sah. Mit einem Fluch startete der den Wagen.

Emmas große, tränennasse Augen sahen ihn ängstlich an, während aus ihrem aufgeschlitzten Arm das Blut auf die Bettwäsche mit dem Gänseblümchenmuster rann. Kurz darauf flog sie wie eine Spielzeugpuppe durch die Luft. Ein hässliches Klatschen, gepaart mit einem trockenen Knacken ertönte, als das kleine Mädchen gegen die Wand schlug. Ein großer, roter Fleck bildete sich auf der hellen, gelben Tapete, wozu hämisches Gekicher ertönte. Dieses Mal stand noch eine weitere Person in dem freundlich eingerichteten Kinderzimmer.

„Warst du neugierig, Far? Hat es dich etwa erregt mich nackt daliegen zu sehen?" Bernsteingelbe Augen blickten ihn verträumt an, während ihm böse Stimmen „Grüße von Ooghi!", ins Ohr flüsterten …

Far fuhr auf und vergrub seufzend das Gesicht in den Händen.

„Oh verdammt, jetzt träume ich schon von ihm.“ Der Wecker zeigte ihm vier Uhr an. Da er ja ohnehin keinen Schlaf mehr finden würde, schlug Far die Bettdecke beiseite und schlüpfte in eine Jogginghose. Leise ging er ins Wohnzimmer, zog dort die Vorhänge vom Fenster und sah in die Dunkelheit hinaus. Bald würde es dämmern.

„Warum schläfst du nicht?“

Mit einem Aufschrei fuhr Far herum. Er hatte Songlian gar nicht bemerkt, der in einem Sessel lümmelte und Mister X auf seinem Schoß streichelte. Far fasste sich wieder und antwortete:

„Ich hatte einen Albtraum. Und was ist mit dir?“

„Mein Schlafbedürfnis ist ein anderes als deines. Ich hätte natürlich ruhen können, aber mir gehen so viele Gedanken durch den Kopf.“

„Was für Gedanken?“

Songlian gab keine Antwort, sondern zuckte nur mit den Achseln.

„Soll ich dich allein lassen, wenn du nachdenken möchtest?“

„Nein, bleib nur. Du störst mich nicht.“

Mister X sprang von seinem Schoß und strich maunzend um Fars Beine, ehe er auf seinen Katzenbaum sprang und sich dort zusammenrollte.

„Ich möchte mich entschuldigen, dass ich dich geküsst habe“, sagte Songlian plötzlich.

Kein 'Es tut mir leid?', fuhr es Far durch den Kopf.

„Darüber denkst du die ganze Nacht nach?“

„Nicht die ganze Nacht. Aber du hast bis eben nicht mehr mit mir geredet. Ich wusste ja nicht, dass es dir so unangenehm war.“

„Ist schon vergessen“, murmelte Far, obwohl das gelogen war. Es ging ihm überhaupt nicht mehr aus dem Kopf. Und unangenehm war es eigentlich nicht gewesen und genau das bereitete Far Probleme. Außerdem erinnerte er sich viel zu gut an Songlians im Kerzenlicht schimmernde Haut, als Phillip ihn massiert hatte. An der Miene seines Partners erkannte er, dass der Vampir ihm nicht glaubte. Far sah wieder aus dem Fenster und drehte Songlian demonstrativ den Rücken zu.

„Du bringst mich eben ein wenig durcheinander“, versuchte er sich möglichst glaubhaft herauszureden.
„Ach“, ertönte es hinter ihm.
„Erst bekomme ich einen Vampir zum Partner, dann stellt er sich als stinkreich heraus, bedroht mit einem völlig irren Gesicht eine Vampirin und schläft in aller Öffentlichkeit mit seinem Masseur.“
„Na ja, geschlafen habe ich da mit Phillip nun nicht gerade. Und so öffentlich war es ebenfalls nicht“, protestierte Songlian und wieder klang seine Stimme amüsiert. Hatte er etwa seinen Spaß daran, ihn in Verlegenheit zu bringen?
„Wieso stört dich meine Beziehung zu Phil derartig?“
Weil mein Herz rast, wenn ich dich berühre. Weil mein Magen flattert, wenn ich deinen Geruch wahrnehme. Weil du mich geküsst hast … Far erschrak vor den eigenen Gedanken und schob sie rasch weit, weit von sich. Er blieb Songlian eine Antwort schuldig. Sandelholz und Zimt drangen an seine Nase. Songlian stand dicht hinter ihm.
„Sei doch einmal ehrlich, Far. Was hast du gefühlt, als ich dich geküsst habe?“, fragte er.
Far flüchtete aus dem Zimmer.

Den ganzen Morgen über hatten sie miteinander kein Wort geredet. Songlian hatte für Far Frühstück gemacht und sich eine Blutkonserve gegönnt. Überhaupt hatte der Vampir die Funktion des Kochs übernommen. Damit nicht alles in Ketchup ertränkt würde, wie er sich ausdrückte. Zusammen waren sie hinterher ins Polizeirevier gefahren und hatten den großzügigen Trainingsraum aufgesucht. Während Far erst den Schießstand aufsuchte und seine durcheinander geratenden Emotionen an den Zielscheiben austobte, trainierte Songlian mit seinen beiden Säbeln.
Far brach seine Schießübungen ab, um sich den Rest von Songlians Schattentanz anzusehen. Der Vampir führte seine Waffen, als wären sie Verlängerungen seiner Arme. Tödlich, präzise und fließend vollzog er einen Tanz, als wäre er alleine in dem Trainingsraum. Die anwesenden Officers der SEED sahen

ihm ehrfürchtig zu, wovon sich Songlian keineswegs stören ließ. Far kam zu dem Schluss, dass er lieber nicht Songlians Feind sein wollte. Unter der sonnengebräunten Haut des Vampirs bewegten sich die geschmeidigen, kräftigen Muskeln eines Raubtiers und bei diesem Anblick kehrte das Kribbeln in Fars Magen zurück.

Ich sollte wohl mal zum Arzt gehen, dachte er verwirrt. Inzwischen hatte der Vampir seine Übungen beendet und verstaute die scharfen Waffen in der dafür vorgesehenen weichen Lederscheide. Keiner der anwesenden Kollegen würde freiwillig mit Songlian trainieren, das war Far bewusst und ein wenig tat ihm der Vampir leid, der innerhalb des Reviers die Rolle des Ausgestoßenen oder des Freaks übernehmen musste. Songlian versuchte die Kollegen so wenig wie möglich zu provozieren, indem er sich sehr zurückhielt. Dies hatte jedoch wieder zur Folge, dass ihn niemand wirklich kennenlernen konnte.

„Hey, Walker", rief er deshalb und holte zwei Holzstäbe aus einem Regal hervor, die von der Länge und Gewicht her ihren Dolchen entsprachen.

„Lust auf ein Spielchen?"

Ein beinahe zaghaftes Lächeln erschien in Songlians Gesicht.

„Gerne", sagte er und fing einen der Stäbe auf, der ihm zugeworfen wurde. Die übrigen Officers, die gerade auseinandergehen wollten, hielten inne. Das Schauspiel wollten sie sich nicht entgehen lassen.

„Baxter, Walker. Wie sieht es aus? Ihr gegen uns?", erklang eine neue Herausforderung. Cooper und Joey tauchten wie aus dem Nichts auf und grinsten sie breit an.

„Damit wir mal sehen, wie ihr im Team arbeiten könnt", fügte Cooper blinzelnd hinzu.

„Opa, euch schaffen wir mit links." Far ging vergnügt neben Songlian in Position.

„Opa", schnaufte der Teamleiter empört.

„Also los, Coop, machen wir sie fertig", schrie Joey und stürzte sich mit Gebrüll auf Songlian. Die nächsten fünf Minuten wurden für Far die härtesten seit langer Zeit. Cooper war ein guter und erfahrener Kämpfer, aber er ließ sich selten im

Trainingsraum blicken. Und jetzt musste er sich zusätzlich auf Songlian konzentrieren. Der Vampir deckte Far beinahe spielerisch den Rücken, schien jede Bewegung von Joey und auch von seinem Partner vorauszusehen und stellte sich augenblicklich darauf ein. So konnte sich Far voll und ganz auf Cooper konzentrieren. Auf einmal krachte Joey rücklings zu Boden, als Songlian seinen Angriff abwehrte, selber fintete, Joeys Bewegung mit einer raschen Drehung ins Aus laufen ließ und ihn mit dem Holzstab an der Brust berührte. Gleichzeitig riss er dem Teamkollegen die Beine weg.

„Tot!", quietschte Joey, allerdings ziemlich munter. Songlian hielt sich jetzt zurück und achtete nur darauf, Fars Rücken zu schützen. Der Kampf zwischen Far und Cooper wurde immer heftiger. Coopers harte Ausbildung und die Erfahrung etlicher Jahre hatten ihn einige faire und unfaire Tricks gelehrt, die er nun schonungslos anwendete. Far dagegen kämpfte mit seinem Instinkt und nicht nach einem gelernten Schema. Seine Bewegungen waren unberechenbar und von einer kraftvollen Wildheit. Auf einmal flog Coopers Waffe hoch in die Luft und er bekam einen heftigen Tritt in die Körpermitte. Keuchend klappte er am Boden zusammen. Far fing Coopers Waffe auf und setzte sie ihm an den Hals.

„Aus", grinste er. Applaus und Pfiffe erklangen von ihren Zuschauern. Songlian reichte Joey die Hand, um ihm beim Aufstehen behilflich zu sein.

„Danke, dass du mich geschont hast." Joey lachte fröhlich wie immer. Ihm war nur allzu klar, dass der schnellere und stärkere Vampir ihn ganz anders hätte fertigmachen können.

„Danke für die Übung", erwiderte Songlian ernst. Er wandte sich in Richtung der Duschen.

„Walker, warte mal." Einer der Zuschauer hielt den Vampir am Arm zurück. Far blickte sich überrascht um und erkannte Thomas Lennox.

„Auf ein Wort, Walker", bat Thomas und winkte seinen Zwilling Timothy heran.

„Diese eine Finte eben … Sei so gut und wiederhole die für uns, ja?"

„Das ging eben zum Mitverfolgen ein wenig fix", sagte Timothy. Far fiel ein Stein von der Seele. Tom und Tim waren feine Kerle, und wenn sie Songlian akzeptierten, würde es der Vampir unter den anderen Kollegen nicht mehr allzu schwer haben. Er half dem schwer atmenden Cooper auf eine Bank.
„Ich bin wohl nicht richtig in Form." Cooper ächzte, als er sich auf die Bank fallen ließ. Far grinste.
„Für einen alten Mann hast du dich ganz gut geschlagen. Benötigst du Hilfe?"
„Nein, geh nur. Ich kann meine geknickten Federn alleine glätten", sagte Cooper.
Also räumte Far die Holzstäbe fort, reinigte seine DV8, lud sie neu und ging in die Duschräume. Irgendwo in einer der Kabinen rauschte bereits Wasser herab. Far duschte in aller Ruhe, schlang sich hinterher ein Handtuch um die Hüften und suchte seinen Spind auf. Zwei Spindreihen weiter entdeckte er Songlian, der in seinem Fach nach irgendetwas suchte. Wassertröpfchen perlten über die nackten Schultern des Vampirs und sein Haar hing ihm nass ins verärgerte Gesicht. Sein Suchen wurde hektischer.
„Was ist los?"
Songlian wirbelte herum, als würde er angegriffen werden, entspannte sich aber bei Fars Anblick gleich wieder.
„Ich suche meinen Dienstausweis und kann ihn nicht finden." Wieder tauchte Songlian halb in den Spind.
„Es wäre mir schon sehr peinlich, wenn ich ihn verloren hätte", drang es dumpf aus dem Schrank.
Far trat an seine Seite, spähte an Songlian vorbei ebenfalls in den Spind und untersuchte einer Idee folgend die Kleidung, die auf einer Bank lag. Sandelholz und Zimt ... Er konnte sich an diesen Geruch wirklich gewöhnen.
„Er steckt in deiner Hosentasche", sagte Far und hielt dem Vampir den Ausweis entgegen.
„Ach ja. Jetzt fällt mir wieder ein, dass ich ihn da reingesteckt habe." Songlian nahm ihm erleichtert den Ausweis ab und ließ sich auf der Bank nieder.
„Danke, Far", sagte er. „Du hast mir da heute eine Tür geöffnet …"

Der winkte ab. „Sie können ruhig merken, dass man dir vertrauen kann“, meinte er.
„Tust du es denn?“, fragte Songlian unsicher. „Mir vertrauen, meine ich?“
Von sich überrascht nickte Far. Irgendwann hatte er ohne es zu merken aufgehört, in Songlian nur einen Vampir zu sehen.
„Aye, das tue ich wohl“, brummte er.
Songlian sprang wieder auf und trat einen Schritt auf ihn zu. Seine bernsteingelben Augen funkelten.
„Ich würde dich niemals verraten, Far“, sagte er eindringlich. „Niemals. Bei meiner Ehre.“
Far lächelte. „Schon gut, Song“, winkte er ab.
„Mein Name wird So-lian abgekürzt.“
Kopfschüttelnd tippte ihn Far mit dem Finger gegen die nackte Brust, das Kribbeln in seinem Magen bewusst ignorierend.
„Ich denke nicht daran, dich wie ein gewisser Masseur anzureden, kapiert?“
„Eifersüchtig?“, fragte Songlian vergnügt.
Far wandte sich brüsk ab, um sich bei seinem Spind endlich anzuziehen. Als er noch einmal zu Songlian hinüberblickte, hatte der seine Finger auf die Stelle gelegt, die er eben gerade berührt hatte. Ein verträumtes Lächeln lag auf dem Gesicht des Vampirs.

„Song? Song, hilf mir doch mal, ehe ich mich hier erwürge.“
Folgsam kam der Vampir aus seinem Zimmer, wo er sich umgekleidet hatte und musste über den sich bietenden Anblick lachen. Far, ebenfalls bereits im Smoking, kämpfte mit der Fliege, die sich einfach nicht binden lassen wollte.
„Dabei gibt es die Dinger bereits fertig mit Schließe“, stöhnte er und dröselte seinen wohl tausendsten Versuch ein weiteres Mal auf.
„Die selber Gebundenen sind eben eleganter und zeichnen dich als Mann von Welt aus.“ Songlian knotete mit geschickten Fingern und reichlich Übung eine perfekt sitzende Fliege.
Far seufzte, zupfte den Smoking zurecht, tastete nach seiner DV8 und verscheuchte Mister X, der auf seinen Socken lag.

Rasch zog er sich Strümpfe und die blank gewienerten Schuhe an und ließ eine prüfende Musterung durch Songlian über sich ergehen.
„Rasiert, frisiert und poliert." Songlian schien soweit zufrieden. „Wo ist dein Einstecktuch?"
„Verflixt." Far sah in der Schachtel nach, in der *Conolly's* ihre Kleidung geliefert hatte. Triumphierend hielt er das Tuch in die Höhe, faltete es rasch und stopfte es in die dafür vorgesehene Tasche. Songlian schüttelte den Kopf, holte es wieder hervor und faltete es richtig.
„An so einen Kammerdiener könnte ich mich gewöhnen", sagte Far frech.
„Den würdest du an den Rand der Verzweiflung treiben. Du hast übrigens Rasierschaum am Ohr."
Far eilte ins Bad. Inzwischen drängte die Zeit schon etwas.
„Kommst du endlich?", rief Songlian bereits von der Wohnungstür aus.
„Mister X braucht noch sein Abendessen."
„Das hat er schon. Nun komm endlich."
Gehorsam schloss sich Far dem Vampir an. Wenig später schossen sie in einem Einsatzwagen der SEED mit hoher Geschwindigkeit über die Straße in Richtung des Boarder Konzerns, einer Softwarefirma, die in der Second Avenue ihren Sitz hatte.
„Kannst du eigentlich auch normal fahren?", fragte Songlian, als der Wagen rasant durch eine Kurve schleuderte. Er versuchte Funkkontakt mit Jonathan herzustellen, kam aber mit dem ihm unbekannten Gerät nicht so ganz klar. Far drückte in rascher Reihenfolge zwei Knöpfe, ohne den Blick von der Straße zu nehmen.
„Hallo, Team 12", tönte Jonathans Stimme klar und deutlich aus dem Lautsprecher.
„Far und Songlian hier. Wir sind …"
„Pass auf!", schrie Songlian, weil ein alter Mann über die Straße lief.
Far riss das Steuer herum. Durch diesen heftigen Schlenker wurde Songlian unsanft gegen die Tür geschleudert.

„… sind unterwegs“, fuhr Far ungerührt fort.
„Wie ich höre, habt ihr Spaß. So-lian, ich hätte dich vor Fars Fahrkünsten warnen sollen.“ Jonathan lachte.
Far warf dem Vampir einen schrägen Blick zu. Seit wann war er mit Jonathan so vertraut, dass sie ihre Namen abkürzten?
„Du solltest lieber alle Fußgänger warnen, Jon“, keuchte Songlian und schloss die Augen, als Far jetzt bei Dunkelrot über eine befahrene Kreuzung schoss. Er hatte sich spontan entschlossen, lieber blind zu sterben. Es quietschte mehrfach, ein wildes Hupkonzert brach los und Songlian erlebte eine weitere Schleuderpartie. Doch wie durch ein Wunder kamen sie ohne einen Crash durch.
„Jon, Hilfe!“ Songlian klang jetzt kläglich.
„Meldet euch, wenn es brennt. Und viel Erfolg“, sagte Jonathan fröhlich, ohne auf den Hilferuf des Vampirs einzugehen.
„Ach ja, ihr habt noch fünf Minuten, um Mr. Parker zu treffen.“
„Das schaffen wir“, sagte Far gnadenlos und trat das Gaspedal durch.

Sie kamen gerade rechtzeitig beim Boarder Konzern an, um Alexander Parker aus seiner Stretchlimousine steigen zu sehen. Zwei Bodyguards mit der Figur zoogezüchteter Gorillas flankierten den beleibten Unternehmer, der in seinem Smoking wie ein Fußball wirkte.
„Mr. Parker? Baxter und Walker von der New Yorker SEED“, stellte Far sich und Songlian vor.
Der Unternehmer musterte sie streng und nickte nach einem Augenblick.
„Zwei außergewöhnlich ansehnliche junge Männer in zum Glück angemessener Kleidung. Ich hatte schon meine Befürchtungen, was für Gesellen mir das Department schicken würde.“
„Wir haben Order uns Ihre Anweisungen abzuholen und für Ihre Sicherheit zu sorgen.“ Far bemühte sich freundlich zu bleiben.
Parker gab einem seiner Gorillas einen Wink und der kramte zwei Ausweise aus seiner Tasche.

„Zeigen Sie die Ausweise vor, falls es Schwierigkeiten gibt. Halten Sie sich im Hintergrund und erledigen Sie Ihren Job, wie Sie es gewohnt sind. Sollten Fragen auftreten, sprechen Sie zuerst einen meiner Männer an. Und wenn ich Sie beim Trinken erwische, wird Ihr Vorgesetzter ein Donnerwetter erleben."
„Kein Alkohol während der Dienstzeit, Sir. Wir kennen unsere Pflichten", sagte Far, und jetzt war sein Ton gegenüber dem unhöflichen Firmenboss ziemlich spröde.
Songlian zog eine Augenbraue in die Höhe.
„Wenn Fragen auftreten, wenden wir uns direkt an Sie. Egal ob Sie in den Armen einer Frau liegen oder auf dem Klo sitzen. Davon kann nämlich Ihr Leben abhängen. Und sollten wir es als notwendig erachten Ihnen ein Kommando zu geben, werden Sie unverzüglich gehorchen oder sterben. Sind Sie einverstanden?"
Fars zuckersüße Stimme bewirkte, dass Parkers Gesicht puterrot anlief.
„Na hören Sie mal …"
Jetzt wurde er roh von Far unterbrochen: „Sie können gerne einen anderen Kollegen von der SEED anfordern, werden aber von diesen Leuten dasselbe zu hören bekommen. Oder Sie können kooperieren. Oder eben sterben. Es ist ja nicht unser Leben, um das es hier geht, Mr. Parker, Sir."
Einer der Bodyguards trat einen drohenden Schritt auf die Officers zu. Far wich nicht einen Millimeter, sondern starrte den Gorilla nur lässig an. Songlians Augen verengten sich zu warnenden Schlitzen. Zu seiner Überraschung lenkte Parker jetzt ein.
„In Ordnung. Offensichtlich verstehen Sie Ihren Job."
„Das tun wir. Sagen Sie, Mr. Parker, gab es Anzeichen für einen Anschlag?"
Der Dicke zuckte mit den Schultern, was die Nähte seines Smokings arg strapazierte.
„Nicht direkt. In der Vergangenheit haben die Dämonen es einige Male versucht. Bei so einer Veranstaltung und den vielen fremden und einflussreichen Leuten möchte ich mich lieber sicher fühlen."

„Na schön. Ich gehe vor und sehe mich kurz um. Walker, ich gebe dir Bescheid, wenn Mr. Parker hinein kann."
Songlian nickte und Far verschwand in dem Gebäude.
„Ihr Kollege hat ein ziemlich rüpelhaftes Auftreten", beschwerte sich Parker bei Songlian, nachdem Far nicht mehr zu sehen war.
„Dafür haben Sie den Besten erhalten, den Sie kriegen können", entgegnete Songlian in ruhigem Ton.
„Trotzdem bin ich Ihr Kunde. Daher kann ich eine entsprechende Behandlung erwarten", mokierte sich Parker weiter.
Jetzt wurde es auch Songlian zu bunt.
„Mr. Parker, ein Kunde bezahlt für eine Dienstleistung. Soweit mir bekannt ist, wird dieser Einsatz vom Staat finanziert. Wir kommen hierher und riskieren für Sie unseren Hals und Sie erwarten allen Ernstes, dass wir Ihnen den Arsch küssen? Wenn es Ihnen nicht passt, kann ich meinem Kollegen im Revier sofort einen Abbruch melden und Baxter und ich gehen Dämonen auf der Straße jagen, wo es uns der schlichte Bürger danken wird."
Die Bodyguards bauten sich tatsächlich einen Schritt vor ihrem Chef auf, der Songlian entgeistert anstarrte, und blickten den Vampir finster an.
„Und Mr. Parker, wenn Ihre Riesenbabys mich oder meinen Kollegen ein weiteres Mal bedrohen, werden wir sie eliminieren. Wir sind keine Pausenclowns, die sich von Ihren Affen beeindrucken lassen."
Songlian und Parker lieferten sich ein Blickduell, das der Vampir mit Leichtigkeit gewann. Wutschnaubend pfiff Parker seine Bodyguards zurück und sah schließlich ungeduldig auf die Uhr.
Im selben Augenblick tauchte Far wieder auf.
„Alles okay. Sie können hinein, Mr. Parker", sagte er.
Der beachtete die Officers nicht weiter, sondern rauschte hoch erhobenen Hauptes an ihnen vorbei. Mit einem Grunzen folgten ihm seine Gorillas.
„Dicke Luft?" Far grinste amüsiert.
„Wir sind noch mal aneinander geraten. So ein Arsch", brummelte Songlian.
Langsam folgten sie Parker. Ein großer Saal des Konzerns war für die Benefizveranstaltung hergerichtet worden. An aus-

gesuchten Plätzen befanden sich Schautafeln mit dem Gebäudemodell eines Krankenhausflügels. Überall liefen Leute in edler Garderobe mit Champagnergläsern in der Hand herum. Kellner im Frack reichten Hoers d'Oeuvres und eine Wandseite war mit einem exklusiven Buffet zugestellt. Tische waren zwanglos zu Gruppen positioniert und mit teurem Porzellan und Kristall gedeckt worden.
„Nobel, nobel", murmelte Far ein wenig beeindruckt. Er tastete nach seinem Knopf im Ohr, der von seinen offenen Haaren verdeckt wurde.
„Wir trennen uns, Songlian", entschied er.
„Ich werde den Saal vom anderen Ende im Auge behalten. Über Funk halten wir Kontakt. Gib mir Bescheid, wenn dir etwas Merkwürdiges auffällt."
Songlian nickte.
„Wollen wir mal hoffen, dass alles gut geht", brummte Far und stapfte quer durch den Saal.
Der Vampir seufzte leise. Seitdem er Far geküsst hatte, wich der ihm ständig aus. Er hatte sich im Trainingsraum des Polizeireviers zwar eindeutig auf Songlians Seite geschlagen, doch danach war er wieder geradezu unnahbar geworden. Songlians Blicke verfolgten ihn, als er durch den Saal schritt. Sein Lächeln, als er einer hübschen Dame aus dem Weg trat, und der jugendliche Schlenker, mit dem er einem gestressten Kellner auswich, entlockten Songlian einen weiteren leisen Seufzer. Er war sich sicher, dass es Far nicht unangenehm gewesen war, von ihm geküsst zu werden. Für einen winzigen Augenblick hatte der gut aussehende Officer seinen Widerstand gegenüber Songlian aufgegeben.
Bis sein verflixter innerer Moralapostel eingeschritten ist, dachte er.
„Ich krieg dich noch", murmelte er vor sich hin und weidete sich weiterhin an Fars Anblick.
„Was hast du gesagt?", fragte der über Funk und Songlian schwindelte schnell: „Ich sagte nur, dass hier nichts los ist."
„Sei einfach froh."

„Ooh, wen haben wir denn da? Kennen wir uns, junger Mann?“ Eine etwas zu grell geschminkte Dame in einer überladenen Garderobe strahlte Songlian Augen klimpernd an.
„Leider nicht, Teuerste, was wirklich eine Schande ist“, gab er höflich zurück. In seinem Ohr erklang ein belustigtes Auflachen.
„Nun, das können wir rasch nachholen, mein Hübscher. Greta Gilbert, Herausgeberin der *La Belle*.“
Songlian beugte sich artig über ihre diamantgeschmückte Hand. Er kannte die Modezeitschrift, die bei den Frauen der Renner schlechthin war, und stellte sich mit einem Lächeln vor: „Walker, Sicherheitsdienst.“
Mrs. Gilbert zog ein gespielt enttäuschtes Gesicht.
„Sie gehören zum Personal? Wer hätte das gedacht. Dabei sind Sie so charmant. Und ich hatte gehofft, eine nette Begleitung für heute Abend gefunden zu haben.“
„Eine hübsche Person wie Sie wird ja wohl keine Probleme haben, angenehme Gesellschaft zu finden.“
„Hör auf zu flirten“, tönte es vergnügt in seinem Ohr.
„Sie ist zu alt.“
Ich bin über vierhundert Jahre alt, dachte Songlian grinsend. Offensichtlich sah Far in ihm immer mehr einen Menschen, dass ihm solche Tatsachen einfach entfielen.
„Mr. Walker, wären Sie so freundlich mich zu meinem Tisch zu geleiten? Könnten Sie mir diese Zeit wohl opfern? Meine Freundinnen würden grün vor Neid werden“, bat die Dame und klimperte wieder mit den Augen. Songlian bot ihr prompt seinen Arm.
„Wie könnte ich eine solche Bitte abschlagen?“ Galant führte er Mrs. Gilbert zu einem Tisch, der sich ziemlich nah an der Bühne befand, wo später der Spendenaufruf stattfinden würde. Drei weitere Ladys saßen dort und sahen ihnen neugierig entgegen.
„Guten Abend, meine Damen. Ich habe die Ehre, Ihnen Ihre Freundin zurückbringen zu dürfen, auch wenn ich ihre Gesellschaft schmerzlich missen werde.“
„Vielen Dank, mein Lieber“, flötete Mrs. Gilbert als Songlian ihr noch den Stuhl zurecht rückte. Vertraulich beugte sich der

Vampir über die Verlagsinhaberin und hauchte ihr einen Kuss auf die Wange.
„Es war mir ein Vergnügen, meine Schöne." Augenzwinkernd entfernte er sich und gleich darauf stürzten sich die Freundinnen auf Mrs. Gilbert.
„Ich werde gleich ohnmächtig", sagte Far über Funk.
„Halt die Klappe, Baxter. Die nächste alte Lady gehört dir."
Ein Kellner sah Songlian, der anscheinend mit sich selber sprach, irritiert an, eilte dann aber weiter. Der Vampir richtete seine Aufmerksamkeit nun auf Alexander Parker, der wie eine dicke Hummel wirkte, nur dass er nicht von Blüte zu Blüte, sondern von Geschäftsmann zu Society-Lady durch den Saal schwebte. Dabei sprach er dem Champagner reichlich zu. Langsam nahmen die Leute ihre Plätze ein. Die Benefizveranstaltung begann. Zahlreiche Redner traten auf die festlich geschmückte Bühne, warben für den Bau einer neuen Kinderkrankenstation und baten um Spenden.
Songlian beschloss, später ebenfalls einen Scheck auszustellen. Es dauerte nicht lange und da langweilte er sich bereits. Jetzt wusste er, wieso er solche Veranstaltungen eigentlich mied.
„Song, da sind vier Typen, die sich an Parker rangehängt haben. Komm zu den Toiletten, aye?"
„Bin unterwegs", versprach Songlian und ging mit schnellen Schritten am Buffet vorbei. Niemand beachtete ihn, als er sich den Toiletten näherte. Von Parker und seinem Partner war nichts zu sehen.
„Wo bist du?", fragte Songlian leise.
„Parker hockt auf dem Klo. Ich stehe bei den Waschbecken", wisperte es zurück.
„Warte draußen."
„Okay", flüsterte Songlian und stellte sich neben die Toilettentür an die Wand. Er hörte leises Stimmengemurmel, als sich drinnen einige Leute unterhielten. Dann verließ ein älterer Herr die Toilette, warf Songlian einen kurzen Blick im Vorbeigehen zu und verschwand wieder im Saal. Plötzlich erscholl ein erschrockener Schrei, gefolgt von einem lauten Krachen. Zwei weitere dumpfe Geräusche erklangen, die sich verdächtig nach

einer Waffe mit Schalldämpfer anhörten. Songlian riss die Tür auf und zog noch in der Bewegung seinen Dolch. Die Waffe grub sich tief in das Hirn eines Dämonen, der Far in den Rücken fallen wollte. Sein Partner hing im Griff eines weiteren schuppigen Wesens und rammte ihm soeben beide Ellenbogen in den Leib. Mit einem schrillen Pfeifen ließ der Dämon ihn los und Far tauchte seitwärts weg. Songlian warf seinen Dolch. Zielsicher traf die Waffe in das Herz des Dämons, der sofort zu einem schwarzen Wölkchen verpuffte. Der Dolch fiel klirrend auf die Fliesen. Jetzt bewegte sich links von Songlian etwas. Dieses Mal konnte Far allerdings schießen und ein dritter Dämon löste sich in Asche auf.
„Das waren alle", keuchte Far und rieb sich seinen Ellenbogen.
„Den Letzten habe ich nur anschließen können. Es waren tatsächlich die vier, die ich entdeckt hatte."
„Bist du in Ordnung?", fragte Songlian besorgt.
„Klar. Mr. Parker, Sie können jetzt herauskommen."
Eine Kabinentür wurde zaghaft einen Spalt weit geöffnet. Der dicke Unternehmer spähte vorsichtig hinaus.
„Sind sie fort?", fragte er ängstlich.
Far nickte beruhigend und begann dann vor dem Spiegel in aller Seelenruhe seinen Smoking zu richten.
„Lassen Sie uns wieder in den Saal gehen, Mr. Parker. Die Spendensammlung beginnt gleich." Far zwinkerte Songlian zu.
„Gute Arbeit, Partner", lobte er.

~~*~~

Seit ihrem ersten gemeinsamen Einsatz waren einige Wochen vergangen. Far und Songlian gingen behutsam miteinander um, sprachen nur unverfängliche Themen an und stürzten sich in ihre Arbeit. Als Partner wuchsen sie immer mehr zusammen, und Far gewöhnte sich seiner Meinung nach viel zu schnell an Songlian. Über den Kuss hatten sie nicht mehr gesprochen. Dafür war Songlian dazu übergegangen, in seiner freien Zeit auszugehen. Meist kehrte er erst nach Stunden zurück und wo er sich herumtrieb, erzählte er Far nicht. Wegen Ooghi mochte Far ihn nicht mehr fragen. Über den Dämonen hatten sie seit jenem peinlichen Vorfall in seinem Wagen ebenfalls nicht mehr geredet. Far hatte versucht auf eigene Faust Nachforschungen anzustellen, nur verfügte er leider nicht über solche Informationsquellen wie Songlian. Mehrere Tage über hatte er sogar vor dem Kasino Fortuna herumgelungert, von dem Kate berichtet hatte, dass Ooghi dort anzutreffen war. Einmal hatte er versucht hineinzugelangen, aber man musste bereits an der Tür seine Kreditwürdigkeit nachweisen und über die geforderte Geldmenge verfügte Far nicht. Und an Songlians Konto hatte er nicht gehen mögen.

Jetzt reinigte Far seine Waffe und versuchte sich neue Möglichkeiten auszudenken, an Ooghi heranzukommen, als Songlian an der Tür auftauchte.

„Hey", sagte der Vampir.

Far sah kurz auf. „Hey." Er registrierte Songlians stylishes Outfit, das den Vampir einfach hinreißend aussehen ließ.

„Gehst du wieder aus?", fragte er.

„Hm."

„Wohin?" Far tat gleichgültig und wienerte energisch mit dem weichen Tuch an seiner DV8 herum.

„Nur so ein Club", antwortete Songlian kurz angebunden. „Könnte vielleicht spät werden."

Er war schon auf dem Weg zur Tür, als Far wie beiläufig sagte: „Du gehst in letzter Zeit oft fort."

„Ist das ein Vorwurf?"

„Nein, nein."

„Nun ja, jetzt wo ich die Probezeit in der Zentrale bestanden habe und nicht mehr unter Beobachtung stehe, sollte ich mich ja wohl mal nach einer eigenen Bleibe umsehen, nicht wahr?"

Songlian wollte ausziehen? Far schluckte schwer.

„Okay", sagte er nach außen hin gleichgültig. „Wenn du meinst. Willst du den Wagen nehmen?"

Der Vampir schüttelte den Kopf. „Ich gehe zu Fuß. Gute Nacht."

„Gute Nacht", murmelte Far. Er wartete, bis die Wohnungstür ins Schloss gefallen war, dann sprang er auf, schnappte sich seine

Jacke und stürzte Songlian hinterher. Heute Abend würde er endlich herausfinden, wohin der Vampir ging.

Der Club hieß *Battlefield* und lag beinahe außerhalb der Stadt. Songlian war erst ein Stück zu Fuß gegangen und hatte sich dann ein Taxi genommen. Far hatte Glück und konnte rechtzeitig ein weiteres Taxi anhalten, um Songlian weiter zu folgen. Der Türsteher des Clubs hatte den Vampir ohne Weiteres hineingelassen. Geschlagene drei Stunden wartete Far auf der Straße, doch Songlian verließ das *Battlefield* nicht wieder.
„Dann also hinein", murmelte Far, der sich draußen nicht länger die Beine in den Bauch stehen wollte. Als er sich an dem Türsteher vorbeidrücken wollte, hielt dieser ihn auf.
„Wo wollen Sie denn hin, Mann?"
„Da rein", erklärte Far ungehalten.
„Und Ihre Einladung?"
„Ich habe keine. Aber ich bin ein Freund von Songlian Walker", sagte Far.
„Mr. Walker hat mir gar nicht gesagt, dass er jemanden erwartet." Der Türsteher richtete sich zu seiner ganzen imposanten Größe auf.
„Warten Sie", murmelte Far. Er wühlte in seiner Jackentasche herum, bis er seinen Dienstausweis gefunden hatte. Den hielt er dem Mann unter die Nase.
„Wenn Sie keine Razzia in Ihrem Club wünschen, nur weil ich einen Dämon dort drinnen vermute, dann sollten Sie mich lieber hineinlassen." Ein freundliches Lächeln unterstrich seine Worte. Sofort änderte sich die Miene des bulligen Mannes.
„Entschuldigen Sie, Officer. Hätten Sie mir den Ausweis gleich gezeigt, dann …"
„Schon gut", brummte Far friedlich. Er steckte den Dienstausweis wieder ein. „Es war mein Fehler. Darf ich jetzt rein?"
Der Türsteher nickte eifrig und winkte einladend. „Viel Spaß, Sir."
„Danke."

Far betrat den Club. Blinkende, bunte Lichter empfingen ihn im Halbdunkel und eine seltsame aufputschende Musik brachte die Besucher zum Tanzen. Der Boden war mit einem dicken, schwarzen Teppich ausgelegt, die Wände blutrot gestrichen. Eine riesige Bar befand sich in der Mitte des Clubs und an den Wänden entlang waren abgeschirmte Nischen und kleine Räume, deren Wände aus farbigem Glas bestanden.

„Was zur Hölle …“ Far starrte in eine Nische, wo sich eine Gruppe junger Leute gerade eine Linie genehmigten. Gleich daneben wechselten einige dubiose Pillen ihren Besitzer. Pärchen knutschten miteinander, wohin Far auch immer blickte. Dabei schien es egal, wer es mit wem trieb. Etliche Hände waren nicht mehr sichtbar, sondern unter Schichten von Kleidung verborgen. Die Tanzfläche war voll und viele von den Feiernden hatten entrückte Gesichter. Das war Songlians Club? Hier vertrieb sich der Vampir die Abende und Nächte? Irgendwie wollte dieses Ambiente überhaupt nicht zu dem Vampir passen. Far konnte seinen Partner nirgendwo entdecken. Ein wenig zögernd setzte er sich an die Bar und bestellte sich Gin. Mit dem Glas in der Hand beobachtete er dann, wie mehrere Personen einen der gläsernen Räume betraten. Was hinter den bunten Scheiben geschah, konnte er nur erraten.

„Was sind das für Räume?“, erkundigte er sich daher bei dem Barmann.

„Sie sind wohl zum ersten Mal hier?“, fragte der.

Far nickte.

„Die Räume können gemietet werden. Sie feiern, Sie tanzen, Sie trinken und dann gehen Sie mit einer hübschen Braut dort hinein“, sagte der Barmann.

„Verstanden“, entgegnete Far. Das war kein Club, sondern eine Mischung aus Bordell und Drogenhölle. Er bestellte einen weiteren Gin und sah sich von seinem Platz aus weiter nach Songlian um.

Der Vampir bemerkte Baxter sofort. Unter den Anwesenden fiel Far wie ein Windhund unter lauter Cocker Spaniel auf. Still lächelte er in sich hinein.
„Jemand den du kennst?", fragte sein Begleiter, ein ansehnlicher Bursche mit dunklem Schopf und mandelförmigen Augen. Ein Hauch Eifersucht schwang in seiner Stimme mit, als er Far musterte.
„Mein Partner, Barnaby", entgegnete Songlian.
„Willst du ihn dann nicht herrufen?"
Doch der Vampir schüttelte den Kopf. Immerhin war er hier, um Spaß zu haben und nicht um den Babysitter für seinen Partner zu spielen, der ihm heimlich gefolgt war und sich nun sichtlich unwohl fühlte. Er beobachtete Far, der zur Bar ging. Was würde er nicht alles für eine Nacht mit diesem Mann geben. Leise knurrend schüttelte Songlian diesen Gedanken ab.
„Was will er denn hier?", erkundigte sich Barnaby neugierig.
„Das weiß er selber nicht." Aber auch in Songlian war eine gewisse Neugierde aufgekommen und er fragte sich, warum Far ihm nachgegangen war. Er leerte sein Glas und zog seinen Gefährten auf die Füße.
„Komm, lass uns auf eine letzte Runde ins Separee gehen. Dann werde ich meinen Partner erlösen. Er ist hier absolut fehl am Platz." Gemeinsam steuerten sie einen der gläsernen Räume an. Songlian widerstand der Versuchung, sich noch einmal zu Far umzudrehen. Wieso nur hatte ihm sein Partner folgen müssen? Irgendwie wurde zwischen ihnen alles immer schwieriger.

Zufällig drehte sich Far um und entdeckte Songlian. Der Vampir bewegte sich beinahe träge durch die Feiernden und hielt die Hand eines gut aussehenden Mannes umfasst. Songlians Sakko fehlte, sein Hemd hing über der Hose und rutschte halb über eine Schulter. Er sah ungemein sinnlich aus. Zu Fars Entsetzen gingen die beiden direkt auf einen Raum mit gelben Scheiben zu. Songlian holte eine Chipkarte aus der Tasche und öffnete die Tür. Im nächsten Moment waren die beiden Männer verschwunden.

„Das glaube ich jetzt nicht“, knurrte Far.
„Erst dieser Wicht namens Phillip und nun das.“ Er kippte seinen Gin hinunter und versuchte seinen Ärger zu unterdrücken. Wieso nur regte er sich derartig auf? Es war ganz allein Songlians Sache, wie er seine Freizeit verbrachte.
Drei Gläser Gin später hielt es Far nicht mehr auf seinem Platz. Dieser Club passte doch gar nicht zu Songlian, der bislang immer einen beherrschten, kühlen Eindruck auf ihn gemacht hatte. Den Geschäftsmann nahm ihm Far ja ab, aber das hier? Drogen, Sex und diese komische Musik, die in seinen Knochen widerhallte und seltsame Gefühle weckte … Songlian war ein Vampir. Er hatte gefälligst in einem Sarg zu liegen oder nach Jungfrauen zu suchen.
Schnurstracks marschierte Far auf den gelben Raum zu und klopfte an die Tür, ehe er es sich anders überlegen konnte. Einen Moment lang musste er sich gedulden, ehe ihm geöffnet wurde. Es war der Fremde, der vor ihm stand und mit einem warmen Lächeln bedachte.
„Es ist dein Partner“, sagte er in den Raum hinein. Also hatte Songlian ihn gesehen und ignoriert. Far spähte an dem Fremden vorbei. Der Raum war in blaues Licht getaucht. Zahlreiche bunte Kissen boten sich als Ruheplatz an und dort saß Songlian ganz lässig barfuß und mit nacktem Oberkörper. Versonnen drehte er ein Glas Whiskey in der Hand. Dies war nicht der kühle Geschäftsmann, wie Far feststellte. Dies war der erotische Songlian, der ihm Magenkribbeln verschaffte.
„Wie freundlich von dir, dass du Barnaby und mir ein wenig Zeit gelassen hast“, sagte Songlian mit samtiger Stimme und halb geschlossenen Augen.
„Wolltest du mitmachen?“, fragte Barnaby und musterte Far mit anerkennenden Blicken. Interessiert schaute Songlian auf.
Ohne auszuholen, schlug Far zu. Mit blutender Nase taumelte Barnaby zurück, doch ehe Far nachsetzen konnte, stand Songlian zwischen ihnen und fing seine Faust ab. Far wusste nicht, woher seine plötzliche Wut kam, aber er konnte den Vampir abschütteln. Barnaby wurde gepackt und erhielt erst einen Stoß, der ihn aus dem Separee warf und gleich darauf einen weiteren Hieb.

Zwischen einer Gruppe Feiernder ging Barnaby zu Boden. Far war froh, jemanden zum Abreagieren gefunden zu haben und wollte sich schon erneut auf Barnaby stürzen. Nur hielt ihn dieses Mal Songlian eisern fest.

„Mach keinen Unsinn, Far", sagte er in einem verzweifelten Appell an Fars Verstand. Schon tauchte die Security auf. Während sich einer um den stöhnenden Barnaby kümmerte, wandte sich der andere an Songlian:

„Was ist denn hier los, Mr. Walker?"

„Ein Missverständnis. Ich bitte das zu entschuldigen. Mein Freund hier wird jetzt mit mir gehen", antwortete Songlian und zischte verärgert in Fars Ohr: „Kann ich dich loslassen?"

Mit einem Ruck löste sich Far von ihm, funkelte allerdings weiterhin Barnaby an, der ihn aus großen Augen anstarrte und seine blutende Nase befühlte.

Songlian zog sich rasch sein Sakko über, flüsterte seinem Gefährten etwas zu, worauf der kurz nickte, und packte Far dann wieder am Arm. Seinen Partner mit sich ziehend, steuerte er unter den wachsamen Blicken der Security auf den Ausgang zu. Nach dem seltsamen Club wirkte die kühle Nachtluft ziemlich ernüchternd auf Far.

Sobald sie sich auf der Straße befanden ließ Songlian ihn los. Leise lachend lehnte er sich gegen eine Mauer und schüttelte vergnügt den Kopf. Far ließ die Arme hängen und starrte den Vampir nur an. Noch immer standen Hemd und Sakko offen und gaben den Blick auf Songlians nackten Oberkörper frei. Die hautenge, lederne Hose verbarg ebenfalls keine Geheimnisse, sondern zeigte viel zu viel von seiner Figur. Die bernsteingelben Augen waren halb geschlossen und funkelten amüsiert. Songlian verschränkte die Arme vor der Brust und schien auf eine Reaktion von Far zu warten.

„Du siehst wie ein Stricher aus", sagte der böse, was lediglich zur Folge hatte, dass eine fein geschwungene Augenbraue in die Höhe rutschte.

„Was hast du eingeworfen?"

„Crawlers", antwortete Songlian bereitwillig.

„Oh Mann!“ Far fuhr sich fassungslos durch den dichten Schopf. Crawlers zählten zu den synthetischen Drogen und steigerten die Wahrnehmung. Gleichzeitig verursachten sie eine leichte Schläfrigkeit. Kein Wunder, dass Songlian so träge wirkte. Wobei diese Trägheit seine Sinnlichkeit bloß unterstrich.
„Keine Sorge, Far. Vampire werden nicht süchtig.“ Songlian lächelte verschmitzt.
„Brauchst du das Zeug, um mit diesem Kerl zu ficken?“, fauchte Far wütend. Sorgen! Als ob er sich Sorgen machen würde …
Auf einmal veränderte sich Songlians Gesichtsausdruck. Schlagartig verschwand alles Heitere. Er löste sich von der Mauer und trat auf Far zu. Die erweiterten Pupillen des Vampirs fixierten ihn.
„Keineswegs, Far Baxter“, erwiderte er ungehalten, als er so dicht vor Far stehen blieb, dass dieser seine Körperwärme spüren konnte.
„Ich nehme sie, damit *du* mir für eine Weile aus dem Kopf gehst. Und dann kommst du, schleichst mir nach und zettelst eine Schlägerei an.“ Sie starrten einander in die Augen. Keiner von ihnen war bereit auch nur ein Stück zurückzuweichen.
Fars Herz klopfte ihm bis zum Hals. Auf einmal packte er Songlian mit beiden Händen am Kragen und stieß den Vampir gegen die Mauer zurück. Seine Lippen pressten sich grob auf Songlians und entlockten dem ein leises Stöhnen. Fars Zunge berührte Songlians Lippen und bereitwillig öffnete der seinen Mund. Die Hände des Vampirs gruben sich in Fars hellbraunes Haar und ihre Körper drängten sich aneinander, während sie sich küssten. Fars Haut schien sich überall dort zu entzünden, wo sie einander berührten. Der aufregende Geruch des Vampirs hüllte ihn ein und sorgte dafür, dass sein Verstand komplett aussetzte. Alles wirkte so perfekt, als wären sie füreinander bestimmt worden: die Beschaffenheit von Songlians warmen Lippen, der Geschmack seines Mundes, die Glätte seiner Haut, von der Far unbedingt mehr spüren wollte. Er drängte sich dichter an Songlian, versuchte mit ihm zu verschmelzen und eins zu werden. Seine Finger rutschten wie von allein unter das offen stehende Hemd und begannen die nackte Haut zu liebkosen.

Doch jäh schaltete sich sein Verstand wieder ein und zerstörte diesen wunderbaren Moment. Keuchend löste sich Far von ihm und wandte sich mit einem Ruck ab. Mit einer zitternden Hand strich er sich eine Haarsträhne zurück, während er sich zu sammeln versuchte. Er konnte sein eigenes Verhalten nicht erklären. Aber er würde diese ungewohnten Empfindungen auch nicht mehr ignorieren können, die ihn immer dann überkamen, wenn er mit Songlian zusammen war. In einer unbewussten Reaktion ballte er die Hände zu Fäusten.
„Far?“, fragte der Vampir nach einer ganzen Weile leise. Er musste etwas näher gekommen sein, denn er stand nun direkt hinter ihm. Eine Hand legte sich unsicher auf Fars Arm. Der drehte kaum den Kopf.
„Kannst du nicht einfach mal deinem Gefühl folgen? Ist das so schwer für dich?“
„Lass uns nach Hause fahren“, sagte Far mit müder Stimme, Songlians enttäuschten Blick bewusst meidend.

Auf der Suche nach einem Taxi kamen sie nur zwei Straßen weit. Dann versperrte ihnen auf einmal ein dunkler Transporter den Weg, aus dem mehrere flinke Gestalten sprangen. Ehe sich Far versah, wurden er und Songlian zu Boden gezerrt. Jemand drehte ihm schmerzhaft die Arme auf den Rücken, und als er sich zu wehren versuchte, blitzten Fangzähne warnend an seinem Gesicht auf. Einen Herzschlag lang erstarrte Far beim Anblick des gefährlichen Gebisses. Dann versuchte er sich verzweifelt freizukämpfen. Ein fieser Hieb in seine Nieren ließ ihn aufschreien. Er trat mit einem Bein zu und konnte sich aus dem Griff befreien, indem er sich heftig herumwarf. Im nächsten Moment war er auf den Füßen und rannte wie ein Hase von dem Transporter fort. Wieso nur war er ohne eine Waffe aus dem Haus gegangen? Obwohl er keinen Verfolger hören konnte, wusste Far, dass ihm jemand auf den Fersen war. Während er die Straße entlang hetzte, zog er sein Handy aus der Tasche und drückte die Kurzwahl für Jonathans Telefonnummer. Dann versenkte er das Handy rasch wieder in der Jacke. Gerade rechtzeitig, denn schon

packte ihn sein Verfolger bei den Haaren, riss ihn erneut zu Boden und schlug ihm hart den Kopf auf den Asphalt. Blut sammelte sich in Fars Mund und er drohte das Bewusstsein zu verlieren. Einzig die langsam aufsteigende Panik hielt ihn wach, denn es war überhaupt nicht gut, in Anwesenheit eines Vampirs zu bluten. Wieder wurden ihm die Arme auf den Rücken gedreht und die Handgelenke mit Kabelbinder zusammengebunden. Dann zerrte ihn der Angreifer unsanft zum Transporter zurück. Gemeinsam mit Songlian, der ähnlich verschnürt war, wurde er in das Gefährt gestoßen. Mit einem unheilvollen Geräusch schlug die Tür zu und schon schoss der Transporter mit durchdrehenden Reifen vorwärts.
„Je später der Abend, desto netter die Gäste", begrüßte sie eine kühle Stimme.
„Bhreac", hörte Far durch das Rauschen in seinem Schädel Songlian betroffen sagen.
„Ja, mit mir hast du wohl nicht gerechnet. Unser Bruder schickt dir eine Einladung, So-lian."
Bruder? Far schüttelte die Benommenheit ab und zwang sich ein anschwellendes Auge zu öffnen. Mehrere Vampire hockten um ihn herum, blickten gierig auf das Blut, das ihm über das Gesicht lief, und warteten nur auf eine falsche Bewegung. Fars Herz rutschte eine ganze Etage tiefer. So musste sich eine kleine Maus fühlen, die zwischen den Pranken einer Katze festsaß. Vorsichtig rutschte er näher an Songlian heran, was die Vampire kommentarlos tolerierten. Vor Songlian saß ein Mann, der seinem Partner entfernt ähnelte. Er war ein wenig kleiner und stämmiger als Songlian, hatte langes dunkelbraunes Haar und kastanienfarbene, grausame Augen.
„Eine Einladung nur für mich?", fragte Songlian mit einem deutlich besorgten Blick in Fars Richtung. Sein Knie berührte wie zufällig Fars Bein. Es half aber nicht wirklich, um ihn zu beruhigen. Bhreac folgte dem Blick seines Bruders und Fars Blut schien nun zu Eis gefrieren. Diese abgrundtief bösen Augen versprachen nichts Gutes. Ungewollt stiegen in Far die Bilder seiner ermordeten Familie empor. Würde sein Anblick genauso schockierend auf den Finder seiner Leiche wirken?

„Mach dir um deinen Partner keine Sorgen, So-lian. Der ist bereits Geschichte“, versprach Bhreac.
Hurra, dachte Far und versuchte erfolglos den Fingern auszuweichen, die Blut von seinem Gesicht wischten. Bhreac leckte sich vielsagend die Finger ab und fuhr dann leise fort: „Ein Vampir und ein Officer der SEED können doch nicht ernsthaft Partner sein, nicht wahr, So-lian?“
Der schwieg und senkte den Blick. Was immer er auch antwortete, sein Bruder würde es zu seinen Ungunsten auslegen. Als Bhreac keine Antwort erhielt, rammte er seine Faust in Songlians Magen. Far zuckte zusammen, als hätte der Hieb ihn getroffen und Songlian stöhnte neben ihm auf.
„Überlege dir schon mal, was du Lorcan sagen willst, mein lieber Bruder. Im Gegensatz zu mir wird er mit dir nicht so freundlich umspringen.“ Mit einem Ruck hielt der Transporter.
„Zwischenstopp.“ Bhreacs Lächeln verhieß nichts Gutes.
„Was hast du vor?“, fragte Songlian bang. Sein Bruder schaute nur boshaft in Fars Richtung.
„Wir entsorgen jetzt Müll.“
„Das kannst du nicht tun, Bhreac“, protestierte Songlian, während Far schon im Genick gepackt wurde. Der Angstschweiß brach ihm aus. Er wollte nicht wie seine Familie zerfetzt werden.
„Bhreac, beim Blut! Das kannst du nicht einfach tun.“
Die Gefangenen wurden stolpernd auf die menschenleere Straße gezerrt, wo Bhreac die Proteste seines Bruders mit einem weiteren Schlag zum Verstummen brachte. Sie befanden sich jetzt auf der High Bridge über dem Harlem River, erkannte Far. Zwei der Vampire stießen ihn wuchtig gegen das Geländer, während Bhreac mit Songlian am Transporter zurückblieb.
„Möchtest du etwas zum Abschied sagen, So-lian?“, erkundigte sich sein Bruder. Songlian zog angstvoll an seinen Fesseln, als die Absicht der Vampire deutlich wurde. Doch der Kabelbinder hielt. Far bekam weiche Knie und riskierte einen Blick in die Tiefe. Der Fluss schien unendlich weit entfernt.

„Nein? Keine rührseligen letzten Worte? Nun, dann guten Flug, Baxter. War nett, dich kennenzulernen. Lucas, wenn ich bitten darf?“
Ehe Far überhaupt reagieren konnte, fiel er schon. Für einen Sekundenbruchteil erhaschte er einen Blick auf Songlians entsetztes Gesicht, dann übernahm sein Körper die Kontrolle. Far versuchte sich in der Luft zu drehen, sodass er mit den Füßen voran in den Fluss tauchte. Dies gelang ihm auch halbwegs, trotzdem trieb ihm der heftige Aufprall die Luft aus den Lungen. Das kalte Wasser ließ seinen Herzschlag für einen Moment stocken, dann zerrte bereits die Strömung an ihm, noch während er in die Tiefe sank. Panisch begann Far mit den Füßen zu strampeln.

Das Klingeln des Handys riss Jonathan aus dem Schlaf. Er tastete mit der Hand über den Nachttisch, fühlte eine Zigarettenpackung, einen Roman und dann das klingelnde Handy. Im Dunkeln nahm er das Gespräch an.
„Hallo?“ Jonathan erhielt keine Antwort, aber er glaubte Geräusche zu hören.
„Hallo?“, fragte er wieder und schaltete das Licht ein, als ob das zu einer besseren Verständigung beitragen könnte. Er vernahm etwas, das wie das Klappen einer Autotür klang und dann eine Männerstimme. Die klang eindeutig drohend. Erschrocken sprang Jonathan aus dem Bett und rannte lediglich mit seiner Pyjamahose bekleidet aus seinem Appartement, das mit zum Revier der SEED gehörte. In seinem Büro aktivierte Jonathan mit seinem Kennwort gleich mehrere Rechner. Das Handy hielt er dabei zwischen Ohr und Schulter eingeklemmt. Bildschirme leuchteten auf und blendeten ihn im ersten Moment. Einer der Computer zeigte ihm eine Straßenkarte von New York. Jonathan begann Fars Handy zu orten. Gleich darauf hatte er die Position seines Kollegen als Punkt auf dem Bildschirm. Er näherte sich der High Bridge und hielt dann dort an. Jonathan starrte gebannt auf den Bildschirm, griff blindlings nach seinem Telefon und hielt es sich an das freie Ohr. Aus dem Handy drang etwas, das

wie ‚Müll entsorgen‘ klang. Hastig wählte er Coopers Nummer und musste einen Augenblick lang warten. Auf einmal verschwand die Peilung von seiner Straßenkarte.
„Scheiße“, flüsterte Jonathan. In diesen Moment nahm Cooper das Gespräch an.
„Far ist in Schwierigkeiten“, rief Jonathan nur und warf den Hörer zusammen mit dem Handy achtlos auf den Tisch. Seine Hände bewegten sich flink über die Tastatur, als er nun Songlian zu orten versuchte. Dessen Handy war nicht eingeschaltet, was die Peilung erschwerte. Während die Peilung anlief, wählte Jonathan die Mobilfunknummer des Vampirs an. Wie befürchtet meldete sich Songlian nicht. Cooper und Joey kamen ins Büro gestürmt.
„Was ist los?“, wollte der Teamleiter wissen.
„Far hat ganz offensichtlich ein Riesenproblem, und ich schätze, Songlian steckt in der gleichen Klemme.“ Jonathan deutete auf sein Handy.
„Far hat meine Nummer gewählt, und ich habe eine fremde Stimme gehört. Ich konnte kaum etwas verstehen, aber der Tonfall klang nicht gerade nett. Dann wurde entweder das Handy zerstört oder etwas anderes ist passiert. Ich habe jedenfalls keine Peilung mehr. Songlian versuche ich gerade zu ort…“
Jonathan brach ab, denn Songlians Position wurde soeben auf dem Bildschirm sichtbar.
„Auf der High Bridge und in Richtung Manhattan unterwegs“, sagte Joey.
„Die High Bridge war eben Fars letzte Position. Wieso hat er für einen Moment mitten auf der Brücke gehalten und wieso geht mir dann ausgerechnet seine Peilung flöten?“
Joey und Cooper sahen sich eine Sekunde lang an.
„Far ist baden gegangen“, antwortete Joey.
„Ruf die Kollegen von der Flusspolizei an. Wir fahren hin. Und halt uns auf dem Laufenden“, rief Cooper noch und dann rannten er und Joey bereits zur Tür hinaus.

Er brauchte Luft und dafür durfte er die Orientierung nicht verlieren. Die Strömung riss ihn so leicht wie ein welkes Blatt mit sich. Far strampelte wie verrückt mit den Beinen, aber die Strömung zog ihn ein weiteres Mal nach unten. Eine Menge Wasser drang in seinen Mund.
Nicht panisch werden, redete er sich ein und gab den Kampf für einen Moment auf. Sein Körper folgte dem Sog und nach einer endlosen Weile durchbrach Far die Wasseroberfläche. Gierig schnappte er nach Luft, ehe er zurück in die Tiefe sank. Dieses Mal verhalf ihm das Füßestrampeln wieder an die Oberfläche. Far drehte sich auf den Rücken und ließ sich mit der Strömung treiben. Mit seinen gefesselten Händen hatte er ohnehin keine Chance, gegen den Sog zu schwimmen. Ständig ging er unter, schluckte für bedrohliche Momente Wasser und tauchte schließlich hustend und spuckend auf. Seine Glieder begannen rasch auszukühlen. Auf einmal prallten seine Schultern und der Kopf schmerzhaft gegen einige Felsen, die aus dem Wasser ragten. Schon rutschte Far von der Strömung getragen an den Felsen entlang, als er einer Eingebung folgend mit den Füßen erneut heftig Wasser trat. Mit einer letzten Kraftanstrengung gelang es ihm, sich mit den Schultern zwischen den Felsen zu verkanten. Noch immer überspülten Wellen sein Gesicht, aber wenigstens drohte er so nicht mehr unterzugehen.
Nun hieß es durchhalten …

Die Flusspolizei drosselte an der High Bridge das Tempo, schaltete die Suchscheinwerfer ein und suchte langsam den nachtdunklen Harlem River ab. Cooper, Joey und mehrere Besatzungsmitglieder standen an der Reling und spähten in die Nacht.
„Hoffentlich finden wir ihn nicht mit dem Gesicht nach unten treibend“, sprach Joey seine Befürchtungen aus.
„Aye, hoffentlich.“ Cooper brüllte lauthals Fars Namen. Aber entweder antwortete ihm niemand oder die Geräusche, die das Polizeiboot verursachte, verschluckten einen Hilferuf.

„Ein zweites Boot ist bereits unterwegs und kommt uns entgegen“, erklärte der Kapitän, der sich zu Cooper und Joey gesellte.
„Wir werden Ihren Kollegen ganz sicher finden.“
Der Scheinwerfer schwenkte minutenlang langsam über den rauschenden Fluss, blieb dann an einigen Felsen hängen und enthüllte eine dort festhängende Gestalt.
„Oh, verdammte Scheiße“, fluchte Cooper. Er umklammerte die Reling mit beiden Händen, als er sich vorbeugte und brüllte: „Halte durch! Wir holen dich!“ Rasch packte er Joey am Schlafittchen und zog ihn zurück, denn der war schon auf die Reling geklettert, um in das Wasser zu springen.
„Überlass das den Profis“, knurrte er, weil er sich nicht um einen weiteren Partner sorgen wollte. Gespannt beobachtete er, wie sich ein Besatzungsmitglied, das mit einer Leine und einer Schwimmweste gesichert war, ins Wasser fallen ließ. Der Mann schwamm mit einem Rettungsring im Schlepptau direkt auf die Felsen zu, wobei ihn die Strömung unterstützte. Wenig später hatte er Far erreicht und stülpte ihm den Rettungsring über Kopf und Schultern.
„Sie haben ihn“, flüsterte Cooper bang und atmete schließlich erleichtert auf, als er Far den Kopf drehen sah, um einer Welle auszuweichen.
„Holt sie an Bord“, forderte der Kapitän.
Das Seil, an dem die beiden Männer hingen, wurde rasch eingeholt. Hilfreiche Hände streckten sich aus, um sie an Deck zu ziehen. Far hustete krampfhaft, erbrach einen ganzen Schwall Wasser und rang weiter hektisch nach Luft.
„Du sorgst ständig nur für Ärger“, schimpfte Cooper, um zu verbergen, welche Angst er ausgestanden hatte. Er zerschnitt den Kabelbinder, der Fars steife Hände fesselte, und warf ihm eine Decke um. Mitfühlend begann Cooper schließlich Fars Hände zu reiben, um wieder Leben in die abgestorben wirkenden Gelenke zu bringen.
„Songlian …“, würgte Far hervor, der in der kühlen Nachtluft schlotterte.
„Was ist passiert?“, fragte Joey.

„Die … Vampire haben ihn“, stöhnte Far. Er versuchte Cooper seine Finger zu entziehen.
„Hör auf. Das tut weh“, beschwerte er sich, doch Cooper fuhr erbarmungslos fort, sie zwischen seinen Händen zu reiben.
„Jonathan hat Songlians Peilung auf dem Schirm“, beruhigte er Far.
„Jetzt bringen wir dich erst einmal ins Revier.“

Im Lazarett gerieten Doc Harper und Far aneinander. Der Doc wollte unbedingt, dass er sich ausruhte. Far dagegen war sich sicher, keine Ruhe finden zu können. Jedenfalls nicht, solange sich Songlian in der Gesellschaft seines Bruders befand. Nach einem lautstarken Wortwechsel eilte Far mit einer frischen Decke um die Schultern so rasch wie möglich in Jonathans Büro. Der IT-Techniker hockte an seinem Schreibtisch und ließ seine Finger über die Tastaturen sausen. Joey saß mit einem Becher heißen Tee auf dem Fußboden und lehnte seinen Rücken gegen einen Aktenschrank. Cooper stand neben Jonathan und starrte ebenfalls auf den Bildschirm.
„Hey, da bist du ja. Alles in Ordnung?“, fragten sie im Chor, als Far in ihre Runde platzte.
„Nichts ist in Ordnung. Aber vielen Dank für die schnelle Rettung. Was ist mit Songlian?“, fragte Far.
Joey stand auf, schenkte Tee in einen weiteren Becher und reichte diesen an Far weiter.
„Wir haben die Peilung verloren“, antwortete Jonathan. Die Tasse zersplitterte klirrend am Boden. Heißer Tee spritzte in alle Richtungen. Far zwängte sich grob zwischen Cooper und Jonathan, um einen erschrockenen Blick auf den Monitor zu werfen.
„Das kann nicht sein.“
Goodman zog ein bedauerndes Gesicht. „Vielleicht haben sie sein Handy entdeckt und entsorgt.“
„Wo habt ihr die Peilung verloren?“
„Far, du wirst nicht auf eigene Faust auf die Suche gehen“, sagte Cooper streng.

„Habe ich nicht vor. Wo, Jonathan?"
Der Techniker legte ein neues Bild auf den Schirm und deutete mit dem Mauszeiger auf einen bestimmten Punkt auf der Straßenkarte.
„Genau hier. Hast du vielleicht eine Idee, Far?"
„Bist du dir mit diesem Ort sicher?", fragte Far verblüfft nach. Die letzte Peilung lag im Nobelviertel der Stadt.
Jonathan nickte beinahe gekränkt. „Natürlich bin ich mir sicher."
„Wir haben bereits einige Einsatzfahrzeuge dorthin geschickt, die die Gegend absuchen", erklärte Cooper.
„Songlians Bruder Bhreac hat uns abgefangen. Er sollte Songlian zu Lorcan bringen", berichtete Far.
„Und du hast bei diesem Familientreffen gestört", brummte Joey, der sich wieder auf den Fußboden gehockt hatte.
Far nickte, holte sich eine neue Tasse Tee und setzte sich wegen des akuten Mangels an freien Stühlen neben ihn auf den Boden.
„Die Vorstellung, mich wie eine Ratte zu ersäufen, sagte ihnen offensichtlich zu. Haben die Einsatzfahrzeuge bereits eine Spur gefunden?"
Cooper schüttelte den Kopf, und Far fluchte.
„Die machen kurzen Prozess mit Songlian."
„Wenn sie Songlian hätten auslöschen wollen, dann hätten sie ihn doch gleich umgebracht und nicht erst mitgenommen, oder?" Joey versuchte erfolglos Far zu beruhigen.
„Wieso waren die überhaupt hinter euch her?", erkundigte sich Cooper plötzlich.
Far verzog das Gesicht. Er wollte seinen Partnern nicht unbedingt auf die Nase binden, dass er hinter Ooghi her war. Was Cooper dazu zu sagen hätte, war ihm sowieso klar.
„Wir sind auf einige Vampire gestoßen und haben einen von ihnen getötet", erklärte er deshalb.
„Dummerweise gehörten die zum Gefolge von Songlians Brüdern." Dies entsprach ja der Wahrheit, wenn auch nicht der Ganzen.
„Das ist allerdings schon einige Wochen her. Aber Bhreac und dieser Lorcan nehmen die Angelegenheit wohl persönlich."

„Die fangen euch einfach ab, sobald ihr mal privat und allein unterwegs seid?“ Joey sprach aus, was Far ebenfalls gerade gedacht hatte.
„Sie müssen euch bereits eine Weile beobachtet haben und schlugen im günstigsten Moment zu.“ Cooper hatte offenbar den gleichen Gedankengang.
„Das ist ja gruselig“, murmelte Jonathan, der sich weiterhin mit seinem Computer beschäftigte.
„Beschreib mir mal den Transporter, Far. Hatte er einen Aufdruck oder hast du dir etwas von dem Kennzeichen einprägen können? Wie war er innen ausgestattet?“
Erwartungsvoll sah der IT-Techniker seinen Kollegen an.
„Mitternachtsblau oder anthrazit oder schwarz. Das war im Dunkeln nicht genau zu erkennen. Kein Aufdruck. Innen war er mit hellgrauem Stoff ausgestattet. Das Kennzeichen …“ Far überlegte, versuchte sich verzweifelt zu erinnern.
„Ich glaube, es war eine Sechs und eine Vier am Ende.“ Schon bewegten sich Jonathans Finger wieder.
„Ein älteres oder neueres Modell?“
„Neu. Ein Freightliner Sprinter. Und – verdammt – es saßen fünf feindselige Vampire dort drinnen.“ Far lugte neugierig über Jonathans Schulter. Der IT-Techniker durchforstete gerade zeitgleich die Dateien der Zulassungsstelle und der ausgelieferten Transportwagen dieses Serientyps. Nach kurzer Zeit spuckte der PC über fünfhundert Ergebnisse aus.
„Ausschlussverfahren“, hörten seine Kollegen ihn murmeln. Er tippte eifrig weiter. Dann drückte Jonathan seine Kippe im Ascher aus, zündete sich eine weitere Zigarette an und verknüpfte die übrig gebliebenen Daten mit den dazugehörenden Personendateien. Gesichter der Besitzer der sechs Wagen flimmerten über den Monitor.
„Nein, von denen war keiner dabei.“ Far seufzte.
„Wir haben hier einen Kioskbetreiber, ein Angelfachgeschäft, ein Aktienunternehmen, einen Zeitungsverlag“, zählte Jonathan auf, „einen Familienvater mit fünf Kindern und eine junge Frau mit frischem Studienabschluss. Hast du eine Idee, Far?“
Der schüttelte den Kopf.

„Wenn ich an die Wohngegend denke, in der die Peilung verloren ging, dann würden die Aktien und der Verlag am besten hineinpassen“, sagte Cooper.
Jonathan tippte wieder Kommandos in den Rechner.
„Keiner von denen hat dort einen Wohnsitz.“
„Was ist mit Teilhabern?“, erkundigte sich Joey.
„Guter Gedanke. Warte, ich checke das kurz.“ Es dauerte circa drei Minuten, schließlich schüttelte Jonathan wieder den Kopf.
„Wir müssen also warten, bis die Fahndung etwas liefert“, sagte Cooper betroffen.
„Zusätzlich lasse ich die sechs Eigentümer sicherheitshalber überwachen. Falls doch einer von ihnen dahintersteckt, werden wir es herausfinden. Far, wenn du deinen Tee ausgetrunken hast, fährst du nach Hause. Komm ja nicht auf die Idee, Songlian im Alleingang zu suchen, klar? Ich werde den Chief unterrichten. Wenn wir etwas Neues herausfinden, melden wir uns bei dir, okay?“
Schweren Herzens fügte sich Far dem Befehl. Er nippte an seinem inzwischen lauen Tee und musste im Stillen zugeben, dass er sich ziemlich zerschlagen fühlte. Wenig später war er erschöpft über seinem halb vollen Becher eingeschlafen.

Seit Stunden wartete Far auf Neuigkeiten aus dem Revier. Es kamen aber keine. Er musterte sich im Spiegel seines Badezimmers. Eins seiner Augen war leicht geschwollen und blau angelaufen. Blutergüsse hatte er auch rings um die Handgelenke und über den ganzen Körper verteilt. Seine Nieren waren geprellt und auf der Stirn hatte er eine verkrustete Platzwunde samt einer dicken Beule. Selbst seine Lippen waren aufgeplatzt. Die Schatten einer anstrengenden Nacht lagen unter seinen müden Augen.
„Mann, Baxter, was siehst du furchtbar aus“, erklärte er seinem Spiegelbild. In der Küche trank er nur eine Tasse Gewürztee, fütterte Mister X, der bereits hungrig vor seinem Napf kauerte, und setzte sich anschließend mit seinem Handy auf die Couch. Seine Gedanken kreisten immer wieder um Songlian. Wo nur

konnten ihn die Vampire versteckt haben? Eine Weile starrte er das Handy wie hypnotisierend an.
„Das bringt doch nichts“, fauchte er ungehalten, sprang wieder auf und ging in Songlians Zimmer. Ein wenig befangen schaute sich Far um. Es war nicht seine Art, ungefragt in die Privatsphäre eines anderen einzudringen. Dennoch durchsuchte er die Sachen des Vampirs sorgfältig, in der Hoffnung auf irgendeine Spur oder einen winzigen Hinweis zu stoßen. Viel persönliche Habe hatte sein neuer Partner nicht. Bis auf die durcheinander gewürfelte Kleidung und die Waffen des Vampirs fand Far lediglich einen blauen Ordner im hintersten Winkel des Kleiderschranks, den er halb neugierig, halb mit schlechtem Gewissen hervorzog. Er erinnerte sich daran, dass Songlian diesen Ordner aus einem Versteck in Phillips Wohnung mitgenommen hatte. Und auch hier lag er verborgen in Songlians Schrank. Gespannt schlug Far den Ordner auf. Zuerst rutschten ihm Fotos mit seinem Gesicht entgegen, die er nicht begreifend anstarrte. Wieso besaß Songlian Bilder von ihm? Er entdeckte weitere Daten: säuberlich recherchierte Berichte über seine Wege, Vorlieben und Gewohnheiten. Fassungslos blickte Far auf Kopien seiner Urkunden, Krankenberichte, Dienstakten und Ausweise. Sein ganzes Leben schien sich in diesem Ordner zu befinden. Der Vampir musste ihn über etliche Monate hinweg beobachtet haben, um eine solche Flut von Informationen über ihn sammeln zu können.
„Songlian Walker“, knurrte er, als ihm klar wurde, wie genau und präzise der Vampir Erkundigungen über ihn eingeholt hatte. Von wegen, er hätte Far lediglich eine Weile beobachtet.
„Darüber werden wir bestimmt ein Wörtchen zu reden haben.“
Einen Hinweis auf den derzeitigen Aufenthalt des Vampirs hatte er jedoch immer noch nicht. Ungeduldig rief er im Revier an, erhielt aber auch dort keine Neuigkeiten. Stattdessen versuchte ihn Cooper erfolglos zu beruhigen und ermahnte ihn erneut, zu Hause zu bleiben und abzuwarten.

Nach einer weiteren schlaflosen Nacht und mehreren erfolglosen Anrufen bei der SEED, beschloss Far kurzerhand aktiv zu werden. Er setzte sich an seinen Küchentisch und begann auf einen Zettel alles von dieser verhängnisvollen Nacht zu notieren, was ihm in Erinnerung geblieben war. Bis zu dem Zeitpunkt hin, als Bhreac ihn über das Brückengeländer geworfen hatte.
„Halt! Nicht Bhreac! Das war dieser andere Vampir." Far sprang auf.
„Lucas! Zum Teufel, Bhreac hat ihn mit Lucas angesprochen." Und genau diesen Namen hatte Songlian bei *Southly & Lorenz* genannt. Far hastete zu seinem Computer und schaltete ihn ein. Kurz darauf hatte er sich in die Vampirkartei des Departments eingeloggt und versuchte sich an den Nachnamen des geheimnisvollen Lucas zu erinnern.
Winter, fiel ihm nach einer Weile ein. Er gab den Namen in die Suchmaske ein und drückte auf Enter. Das Foto eines Mannes mit einem militärischen Haarschnitt erschien auf dem Bildschirm. Far erkannte in ihm einen der Vampire aus dem Sprinter wieder. Aus der Datei ergab sich nur eine vage Verknüpfung zu den Daten von Songlians älterem Bruder Lorcan. Far schaltete den Rechner aus. Endlich konnte er etwas unternehmen. Vorsorglich holte sich Far seinen Waffengürtel und legte ihn um seine Hüften. Nun zog er eine längere, schmal geschnittene Jacke darüber, steckte sein neues Handy ein und hielt auf der Straße ein Taxi an. Seine Fahrzeuge waren mit einem Peilsender versehen, daher ließ er sie lieber in der Tiefgarage. Immerhin hatte er den Befehl zu Hause zu bleiben und er hielt es durchaus für möglich, dass Cooper jemanden beauftragt hatte, ein Auge auf Fars Dodge und auf sein Motorrad zu behalten, um die Ausführung seines Befehls zu kontrollieren. Er gab dem Taxifahrer die Adresse der *Southly & Lorenz* Bank und lehnte sich ungeduldig in dem Sitz zurück.
Ein ganzer Ordner angefüllt mit meinem Leben, ging es ihm wieder durch den Kopf, und er wusste nicht, ob er sich beunruhigt fühlen sollte oder nicht.
Darunter Zeitungsartikel und Polizeiberichte über den Mord an meiner Familie. Wie hatte Songlian diese ganzen Daten nur zusammengetragen?

Und warum? Nur weil ich ihm gefalle? Das Taxi hielt vor der Bank. Far zahlte und stand kurz darauf in der kühlen Schalterhalle.
„Kann ich Ihnen weiterhelfen, Sir?", sprach ihn ein Wachmann an, da Far ein wenig unsicher innegehalten hatte.
„Aye, möglicherweise." Far zog seinen Dienstausweis und erklärte: „Ich suche einen ganz bestimmten Mann, der in dieser Bank gewesen ist. Wenn ich Ihnen das Datum nenne, könnte ich mir vielleicht die Überwachungsbänder ansehen?"
„Wieso interessiert sich die SEED für unsere Kunden?", wurde er gefragt.
„Weil es sich bei diesem Herrn um einen Vampir handelt, der meinen Partner entführt hat. Kann ich nun die Bänder sehen?"
Nach einem kurzen Zögern winkte ihm der Wachmann mitzukommen. In einem abseits gelegenen Büro stellte er Far dem Sicherheitschef, Mr. Cornel Truley vor, und erklärte kurz das Anliegen. Mr. Truley suchte sofort die passende Aufzeichnung hervor.
„Wir waren gegen elf Uhr hier und haben den Mann beim Gehen im Foyer gesehen", erklärte Far, um nicht das ganze Band ansehen zu müssen. Das Überwachungsvideo wurde vorgespult und dann schauten zwei Paar Augen gespannt auf den Bildschirm. Endlich entdeckte er Lucas Winter. Der Beobachter aus der Bank und der Vampir aus dem Transporter waren tatsächlich ein und dieselbe Person. Fars Finger tippte gegen den Bildschirm.
„Der hier ist es. Können Sie mir sagen, ob der ebenfalls ein Kunde von Ihnen ist? Sein Name ist Lucas Winter."
Mr. Truley gab den Namen in seinen Rechner ein. Mehrere Kontonummern tauchten auf.
„Was wollen Sie über ihn wissen, Sir?"
Fars Herz begann aufgeregt zu schlagen.
„Seine Anschrift. Ich brauche nur seine Anschrift, wenn Sie die haben."
„Die haben wir, Mr. Baxter. Soll ich Sie Ihnen aufschreiben?"

Ein weiteres Taxi brachte Far in genau die Wohngegend, wo Jonathan die Peilung von Songlians Handy verloren hatte. Einige Häuser von seinem Ziel entfernt bat er den Fahrer anzuhalten, er stieg aus und zahlte. Erst nachdem der Wagen um die nächste Ecke verschwunden war, näherte sich Far vorsichtig der Villa des Vampirs. Das Gebäude war ein relativ schlichter Backsteinbau, verfügte aber über mehrere stuckverzierte Balkone. Far trat durch das Tor in einen hübschen Vorgarten und gelangte ungehindert bis an die Tür.

„Winter“, las er auf dem Türschild. Probehalber drückte er gegen die Tür. Wie erwartet war sie verschlossen.

Das wäre natürlich zu einfach gewesen, dachte Far. Er trat um das Haus herum. Neben einer erhöht liegenden Terrasse führte eine Kellertreppe in die Tiefe. Die Kellertür war ebenfalls verschlossen. Doch wenn Far als Kind in einer Straßengang etwas gelernt hatte, dann war es das Knacken von Türschlössern aller Art. Im Nu hatte er die Tür offen und stand in einem Lagerraum. Ein Rasenmäher, Säcke mit Blumenerde, Gartenscheren, Pflanzkübel und Ähnliches lagerte hier und wartete darauf, benötigt zu werden. Far öffnete eine weitere Tür und fand sich auf einem quadratisch geschnittenen Flur wieder. Eine Treppe führte in die oberen Etagen, aber eine dicke Bohlentür mit einem schweren Balken als Riegel weckte Fars Aufmerksamkeit. Leise schob er den Balken beiseite und schob die Tür einen Spalt auf. Vor Überraschung weiteten sich seine Augen. Ihm schien es, als hätte er einige Jahrhunderte übersprungen und sich in die Zeit des finsteren Mittelalters zurückversetzt. Vor ihm lag eine Folterkammer mit den schrecklichsten Instrumenten, die sich Menschen jemals hatten ausdenken können.

Wie nostalgisch ist das denn?, dachte Far und verzog angewidert das Gesicht. Ein fauliger, süßlicher Geruch lag in der stickigen Wärme, die ihm entgegenschlug. Er schob die Tür ein Stückchen weiter auf. Der dahinterliegende Raum wurde durch einen dicken Vorhang geteilt. Der vordere Teil war bis auf diverse Folterinstrumente leer. Behutsam trat er ein. Angesichts eines von der Decke hängenden eisernen Käfigs, in der eine modernde Leiche kauerte, rümpfte Far die Nase. Von hier stammte auch

der widerliche, alles durchdringende Verwesungsgeruch. Er trat an einer eisernen Jungfrau, Daumenschrauben, Foltereisen und Spießen vorbei, bis er zum Vorhang kam. Vorsichtig schob er den samtenen Stoff beiseite und spähte in den hinteren Teil des Kellerraumes. An der gegenüberliegenden Wand brannte ein loderndes Feuer in einem riesigen Kamin. Direkt davor hing eine einsame, splitternackte Gestalt in Ketten.
„Songlian!“, wisperte Far und sprang vor. Nichts hätte ihn jetzt halten können. Mit wenigen Schritten befand er sich hinter dem Vampir. Doch dort stoppte er abrupt. Songlian wurde nur durch die Ketten aufrecht gehalten und kehrte ihm den Rücken zu. Zumindest das, was von seinem Rücken übrig geblieben war. Eine neunschwänzige Katze mit in die Riemen eingeflochtenen Metallschneiden lag in Reichweite auf einem Tisch. Die Riemen waren blutig und Hautfetzen hatten sich darin verfangen. Mit dieser Katze war Songlian buchstäblich das Fleisch vom Rücken gepeitscht worden. Far konnte zwischen den blutigen Überresten Teile seiner Wirbel und Rippen schimmern sehen. Dazu kam die unerträgliche Hitze, die der Kamin ausstrahlte. Obwohl Far hinter Songlian stand, spürte er, wie er selber bereits zu schwitzen begann. Er entdeckte weiterhin böse Bissspuren am Hals, an den Armen und Schenkeln des Vampirs. Außerdem war eine Schulter sichtbar ausgekugelt. Ein Mensch wäre längst tot gewesen. Stattdessen hatten die Heilkräfte des Vampirs ihn bisher am Leben erhalten. Far vermutete, dass Songlians Sippe ihn langsam zu Tode quälen wollte. Dafür sprachen auch die zahlreichen Bisswunden. Bestimmt hatten die Vampire von seinem Blut getrunken, um ihn zu schwächen und den Heilprozess zu verlangsamen. Und ganz sicher hatten sie die gemeine Peitsche bereits am Vortag eingesetzt, denn er konnte an dem misshandelten Körper Spuren eingesetzter Heilung erkennen. Ein schmerzhafter Klumpen bildete sich in Fars Magen. Ihm wurde übel.
„Song“, flüsterte er zutiefst betroffen und berührte den Vampir erst behutsam an der Schulter, ehe er um ihn herumtrat. Songlians Kinn berührte seine Brust. Das blauschwarze Haar hing ihm vor dem Gesicht. Vorsichtig hob ihm Far das Kinn an

und hoffte auf irgendeine Reaktion, doch sein Partner rührte sich nicht.
Raus hier und zwar schnell!, dachte Far. Jeden Moment konnte hier jemand auftauchen. Aus seiner Hosentasche holte er ein Taschenmesser hervor, stemmte eine Schulter unter Songlians Achsel und begann im Schloss der altmodischen Handschellen herumzustochern. Binnen zehn Sekunden hatte er die erste Fessel auf. Inzwischen rann ihm der Schweiß über den ganzen Körper. Das heiße Kaminfeuer schien ein direkter Zugang zur Hölle zu sein. Für die zweite Handschelle benötigte Far länger, weil er nun einen Teil von Songlians Gewicht tragen musste. Endlich war der Vampir frei. Behutsam ließ ihn Far auf den Boden gleiten. Und jetzt? Wie sollte es jetzt weitergehen? Sein Blick fiel auf einen seidenen Wandbehang, der eine mittelalterliche Szene und mehrere Mottenlöcher zeigte. Er riss ihn mit einem Ruck aus seinem Rahmen und wickelte Songlian darin ein. Dann bückte sich Far und hob ihn quer über seine Schultern. Mit seiner Last hastete er auf die Tür zu. Ehe er in den Kellerflur treten konnte, hörte er jemanden die Treppen hinuntersteigen. Einen Fluch hinunterwürgend huschte Far hinter die Tür und versteckte sich dort. Mit der freien Hand, die andere hielt Songlian auf seinen Schultern fest, zog er seine DV8.
„Es ist offen!“, ertönte eine wütende Stimme und mehrere Personen rannten in die Folterkammer.
„Weg!“, brüllte es ziemlich böse.
„Wie konnte er hier raus?“
Far trat leise aus seinem Versteck und hätte es beinahe ungesehen aus der Tür geschafft, da wirbelte einer der Vampire herum. Mit einem weiteren stummen Fluch blieb Far stehen und hob drohend seine entsicherte DV8. Mit dem dunkelbraunen Haar und den ebenfalls dunklen Augen sah der Vampir Bhreac derartig ähnlich, dass es sich nur um Lorcan handeln konnte. Einen weiteren Blutsauger kannte Far nicht, bei den übrigen beiden handelte es sich um Kate und Lucas Winter.
„Sieh an, der Officer von der SEED“, sagte Lorcan ruhig und neigte leicht den Kopf, eine Geste, die Far verflucht an Songlian erinnerte.

„Wir hielten dich für ertrunken, Far Baxter. Meine Hochachtung, dass du uns hier und so schnell aufgespürt hast.“
„Ich will gar nicht lange stören“, sagte Far mit einem sarkastischen Lächeln.
„Eigentlich bin ich bereits auf dem Sprung. Aber nett dich wiederzusehen, Katie, meine Süße.“
Lorcans Blick huschte zu seiner Favoritin, deren Gesicht eine Mischung aus Ärger und Angst zeigte.
„Ihr kennt euch?“, fragte Lorcan mit einer Ruhe, die seine kalten Augen Lügen strafte.
„Natürlich“, sagte Far boshaft.
„Wer könnte diesen leidenschaftlichen Kuss vergessen, nicht wahr, Kate? Ich muss schon sagen, Lorcan, dass du dir eine wirklich geile Braut ausgesucht hast. So anschmiegsam und niedlich, wie eine kleine schnurrende Katze.“
„Das war nicht so“, beteuerte Kate hastig, denn Lorcans Miene war auf einmal gar nicht mehr freundlich.
„Wir sprechen uns später“, knurrte der drohend.
„Erst einmal …“ Er warf sich herum und fuhr fauchend auf Far zu, in der Hoffnung ihn überrumpeln zu können. Doch Far hatte damit gerechnet. Er sprang rückwärts durch die Tür, schoss und traf Lorcan in Bauchhöhe. Der Vampir fiel heulend zu Boden, und ehe die anderen reagieren konnten, hatte Far schon die schwere Tür zugeworfen und den Balken vorgeschoben. Fäuste schlugen von innen gegen das Holz, begleitet von ohrenbetäubendem Wutgebrüll. Far ignorierte das Geschrei, rannte stattdessen mit seiner reglosen Last durch den Garten und auf die Straße hinaus. Ohne nach rechts und links zu blicken, hetzte er die Straße entlang. Es würde sicherlich nicht lange dauern, bis ihm die Vampire auf den Fersen waren. Ein hellblauer Lieferwagen kam ihm um eine Ecke entgegen. Far sprang ihm mitten in den Weg und zielte mit der DV8 auf den Fahrer.
„Anhalten!“, schrie er. Mit quietschenden Reifen kam der Ford Transit schlingernd zum Stehen. Der Fahrer starrte Far aus entsetzt aufgerissenen Augen an.
„Tür auf“, befahl der.

„Schnell!“ Tatsächlich glitt die hintere Tür auf. Far schickte ein Stoßgebet zum Himmel. Mehr eilig als vorsichtig legte er Songlian auf der Rückbank ab und kletterte in den Wagen.
„Ich bin ein Officer der SEED, und ich brauche Ihre Hilfe“, keuchte Far. „Fahren Sie los. Rasch!“
„Können Sie sich ausweisen?“, fragte der Fahrer misstrauisch.
„Scheiße, wenn Sie nicht gleich losfahren, brauchen wir beide nie wieder irgendeinen Ausweis. Geben Sie Vollgas, Mann, dann falle ich Ihnen später auch um den Hals.“ Fars gehetztes Gesicht schien den Ausschlag zu geben.
Der Lieferwagen schoss vorwärts und der plötzliche Ruck brachte Far beinahe aus dem Gleichgewicht. Ohne den Blick von Songlian zu nehmen, fummelte er seinen Ausweis aus der Tasche und hielt ihn in die Richtung des Fahrers. Der warf nur einen kurzen Blick darauf, aber seine Miene wurde sogleich zugänglicher.
„Ist das Finanzamt hinter Ihnen her?“, fragte er mit einem Anflug von Humor.
„Das Finanzamt nicht, aber Vampire“, entgegnete Far und spähte aus dem Fenster.
„Das ist doch das Gleiche.“ Der Fahrer lachte leise.
„Das war kein Witz“, erklärte Far ernst. Der Fahrer warf ihm einen erschrockenen Blick zu und trat das Gas voll durch.
„Oh Scheiße“, entfuhr es ihm erschrocken.
„Ja, so kann man es ausdrücken“, murmelte Far. Er beugte sich über Songlian und musterte ihn besorgt. Wie viel mochte der Vampir aushalten können?
„Wohin kann ich Sie bringen?“
„Erst einmal nur weg hier. Über das Wohin muss ich mir noch Gedanken machen.“
Für einen kurzen Moment nahm der Mann den Blick von der Straße.
„Sie sind also von der New Yorker SEED“, sagte er mit einem neugierigen Blick auf Fars Waffengürtel.
„Aye. Far Baxter. Vielen Dank, dass Sie uns helfen.“
„Sie können mich Peter nennen. Peter Faughten.“

Schweigend fuhren sie weiter, nur Fars Gedanken rasten. Es würde nicht lange dauern, bis sich Lorcan und seine Leute aus dem Keller befreit hatten. Sicherlich würden die Vampire dann zuerst den Weg zum Revier abriegeln. Dorthin konnte er Songlian also erst einmal nicht bringen, denn alleine mit dem schwer verwundeten Partner konnte Far nicht gegen die Vampire ankämpfen. Er musste irgendwo unterschlüpfen und Hilfe ordern. Ihm fiel Phillip ein.
„Peter, ich weiß jetzt, wohin Sie mich bringen könnten." Er nannte dem Lieferanten Phillips Adresse. Der programmierte sofort sein Navi mit den entsprechenden Daten.
„Kein Problem. Was ist mit Ihrem Freund, Far? Ist er tot?"
„Nein, aber es fehlt nicht mehr viel."
Peter warf ihm einen schrägen Blick zu. „Gleich werden Sie mir erzählen, dass ich einem Vampir das Leben rette."
Trotz der Situation grinste Far. „Genauso ist es. Songlian ist mein Partner."
Peter murmelte etwas und nahm den Fuß vom Gas, damit sie heil um eine Kurve gelangten.
„Er wird dringend Blut brauchen, wenn er noch eine Weile durchhalten soll", sagte der Mann.
„Das wird warten müssen, bis wir im Revier sind. Unsere Feinde riegeln mit Sicherheit bereits die Stadt ab. Wir werden also wohl eine Weile untertauchen müssen." Far seufzte. So hatte er sich Songlians Befreiung wirklich nicht vorgestellt.
„So lange wird Ihr Partner nicht warten können, wenn ich die Lage richtig einschätze."
Far starrte den Mann verblüfft an. „Schlagen Sie etwa vor, ich soll ihn mit meinem Blut füttern?"
Ihre Route überprüfend warf Peter einen Blick auf das Navi und nickte dann, während er erneut abbog.
„Muss ja nicht viel sein. Nur so viel, dass er durchhält. Sonst hätten Sie sich die Flucht mit ihm wahrscheinlich sparen können."
Far blickte wieder auf Songlian hinab. Peter schien recht zu haben. Songlian wirkte mehr tot als lebendig. Da bislang kein Verfolger zu sehen war, traf er eine Entscheidung.

„Halten Sie bitte einen Moment.“
Folgsam fuhr Peter auf den Seitenstreifen.
„Wir haben Ihnen bereits die ganze Rückbank vollgesaut. Tut mir leid“, murmelte Far, als er feststellte, dass bereits Blut durch die dicke Seide des Wandbehangs gesickert war.
„Wenn Sie das Department anrufen ...“
„Schon gut, das regle ich. Solange Sie nur nicht wieder mit der Waffe auf mich zielen.“ Peter kletterte zu ihm auf den Rücksitz und zog einen Verbandkasten unter einem Sitz hervor.
„Haben Sie einen Becher?“, fragte Far nervös.
„Ich hatte mir vorhin einen Kaffee gekauft. Warten Sie.“ Peter kippte einen kalten Kaffeerest aus und spülte den Plastikbecher dann mit Mineralwasser aus einer Flasche aus, ehe er ihn Far hinhielt.
„Ich halte den Becher und Sie opfern Ihr Herzblut, oder wie sagt man?“
Far zog den Dolch aus seinem Gürtel und streckte den linken Arm aus. Einen Augenblick lang zögerte er.
„Bisher hat er nur synthetisches Blut getrunken“, meinte er.
„Nun, frisch gepresster Orangensaft schmeckt auch besser als Konzentrat, nicht wahr?“, entgegnete Peter, der aber nun ebenfalls ein wenig nervös wirkte.
„Verdammt, Partner, dafür schuldest du mir was“, brummte Far und schnitt sich nun quer über das Handgelenk. Ziemlich schnell begann Blut zu fließen.
Peter hielt mit zittrigen Fingern den Becher unter das Blutrinnsal, während Far bereits mit einer Hand nach einer Bandage griff. Nicht lange und das kleine Behältnis war voll. Rasch presste Far die Bandage auf den Schnitt. Peter, der den Becher behutsam abstellte, half ihm einen straffen Verband anzulegen. Dann nahm Far den Becher an sich und wollte ihn schon an Songlians Lippen ansetzen. Innerhalb einer halben Sekunde verzog sich Songlians Gesicht zu einer raubtierhaften Fratze. Fangzähne brachen beim Geruch des frischen Blutes hervor und er riss seine Augen auf, ohne wirklich etwas zu sehen. Die Pupillen hatten sich nun zu schmalen Schlitzen wie die einer Katze verzogen. Flink wie eine Klapperschlange schlug der Vampir zu und

Far fuhr mit einem Aufschrei zurück. Die Fangzähne schnappten kurz vor dem Becher in die leere Luft. Songlian brach wieder zusammen.
„Oh verdammt“, murmelte Peter, der sich ebenfalls erschrocken hatte. Mit einer solchen Reaktion allein auf den Blutgeruch hatte keiner von ihnen gerechnet.
„Seine Instinkte übernehmen die Oberhand“, sagte Far. „Sie versuchen sein Überleben zu sichern.“
„Ich halte ihn wohl lieber fest, ehe er sich in Ihre Hand verbeißt.“ Peter war jetzt ein wenig bleich um die Nase. Far rechnete es dem Mann hoch an, dass er sich nach diesem Anblick noch an Songlian herantrauen wollte.
„Fertig?“, fragte Peter und packte die Schultern des Vampirs. Far nickte und näherte sich vorsichtig mit dem Becher. Erneut schnappte Songlian zu. Beinahe hätte Far das Blut verschüttet, doch jetzt lief es langsam in Songlians Kehle. Mühsam versuchte Far den Gedanken zu verdrängen, dass es sich um sein Blut handelte, das der Vampir so gierig schluckte.
„Okay, das hätten wir“, sagte er erleichtert. Er musste einige Male ziehen, ehe Songlian den Becher losließ, und stopfte ihn aufatmend in einen Müllbeutel, den Peter ihm hinhielt.
„Wir fahren besser weiter“, sagte der unsicher.
„Ja, gute Idee.“
Peter kletterte auf den Fahrersitz zurück und startete den Transporter. Auf einmal kicherte er.
„Eigentlich liefere ich Fertigmahlzeiten. Aber das die auf einmal so aussehen …“
Auch Far konnte sich ein Lächeln nicht verkneifen. Er mochte den aufgeweckten Lieferanten und wollte sich gar nicht vorstellen, wie ihre Flucht ausgefallen wäre, wenn Peter nicht vorbeigekommen wäre. Nach einer halben Stunde erreichten sie das Appartementhaus, in dem Phillip wohnte. Ein paar Jugendliche lungerten vor der Haustür herum.
„Ich tauche hier unter, bis meine Leute uns abholen“, sagte Far und drückte dankbar Peters Hand.
„Ohne Ihre Hilfe …“

„Schon gut, Officer. Ihr haltet schließlich auch für mich den Kopf hin, wenn ihr Dämonen tötet." Er half Far, den Vampir aus dem Transporter zu heben und sich über die Schulter zu legen.
„Viel Glück", sagte Peter zum Abschied.
„Ein bisschen Glück kann nie schaden. Ich danke Ihnen vielmals, Peter." Far wartete, bis der Transporter davonfuhr, dann trat er auf die Haustür zu.
„Hey!", tönte es da plötzlich von einem der Jugendlichen. Er zeigte auf Songlian.
„Den Typen kenne ich. Der wohnt hier. Wieso schleppst du den denn hier so an?"
„Weil er ein Kumpel von mir ist und sich völlig zugedröhnt hat. Ich bringe ihn zu seinem Mitbewohner zurück."
„Aye, den kenne ich auch. Phillip. Der hat so richtig entspannende Hände."
Far stieß die Haustür auf und eilte mit Songlian die Stufen hinauf. Entspannende Hände, pah! Er wollte gar nicht wissen, wen Phillip alles entspannt hatte.

~~*~~

Die Wohnung war leer, aber Phillip schien wenigstens aufgeräumt zu haben. Far legte den Vampir auf das Bett, ließ die Rollläden hinab und schaltete das Licht ein, da es ihm gar nicht behagt hätte, mit einem verwundeten, blutgierigen Vampir im Dunkeln zu hocken. Auch wenn es sich bei dem Vampir um Songlian handelte. Als Far ein Geräusch hörte, glitt er hinter die Schlafzimmertür und zog seine DV8. Waren ihm die Vampire doch so schnell gefolgt?
Dann werdet ihr jetzt euer blaues Wunder erleben, dachte er nicht gewillt sich unterkriegen zu lassen.
„So-lian, bist du hier?" Es war Phillip, der das Zimmer betrat.
„So-lian?", fragte er verblüfft, als er den Vampir auf dem Bett liegen sah. Ein leises Klicken in seinem Rücken veranlasste ihn erschrocken herumzuwirbeln. Far hatte seine DV8 wieder gesichert und steckte sie in den Holster zurück.

„Du?“, sagte Phillip erleichtert, als er sein Gegenüber erkannte.
„Sei vorsichtiger, wenn du hier nicht mal eine schlimme Überraschung erleben willst“, mahnte Far.
„Du bist hier bereits Überraschung genug. Was ist mit Songlian?“, fragte Phillip wütend.
„Wir mussten untertauchen. Seine Sippe sucht uns“, erklärte Far kurz angebunden. Phillip war inzwischen ans Bett getreten und hatte stirnrunzelnd einen Blick unter die Decke getan. Mit großen Augen drehte er sich zu Far um.
„Er … er …“, stammelte er entsetzt.
„Sie haben ihn beinahe ausgelöscht. Ich konnte ihn noch rechtzeitig herausholen.“
„Er braucht Blut“, sagte nun auch Phillip und riss sich sichtlich bemüht zusammen.
„Hatte er schon.“ Far hob seinen verbundenen Arm.
„Du hast … Mannomann!“ Phillip war sichtlich beeindruckt und seine Feindseligkeit gegenüber Far legte sich. Er lief in die Küche und Far konnte das Klappen des Kühlschranks hören. Kurz darauf war Phillip wieder zurück.
„Ich habe noch eine Blutkonserve hier.“ Beinahe schüchtern warf er Far nun einen Blick zu. Hübsch war der junge Mann. Kein Wunder, dass Songlian auf ihn abfuhr.
„Ich dachte, falls Songlian mal hierher zurückkehrt, dann hat er notfalls eine Konserve hier.“ Er reichte den Beutel mit dem synthetischen Blut an Far weiter.
„Das war eine gute Idee, Phil. Die kommt gerade im richtigen Augenblick.“ Er eilte mit der Konserve an Songlians Seite.
„Es wird aber nicht reichen“, sagte Phillip besorgt und folgte ihm.
„Reichen nicht, aber helfen wird sie ihm.“ Far hielt die Konserve über Songlians Gesicht und wollte gerade den kleinen Schraubverschluss öffnen, als der Vampir unvermittelt zuschnappte. Fars Hand knapp verfehlend schlugen die nadelspitzen Zähne in den Beutel. Blut spritzte, Songlian knurrte und Phillip zuckte mit einem wilden Satz zurück. Far stöhnte. Öfter wollte er das wirklich nicht machen müssen. Aber wenigstens trank Songlian die kostbare Flüssigkeit. Mit einem Tuch näherte sich Phillip vor-

sichtig und wischte die kleinen Blutrinnsale fort, die dem Vampir über das Kinn liefen.
„So kenne ich ihn gar nicht“, wisperte er mit einem Anflug von Entsetzen.
„Er ist ein Vampir, Phil. Das dürfen wir nie aus den Augen verlieren.“
„Er ist mein Freund“, begehrte Phillip auf, der scheinbar alles, was Far sagte, als Angriff wertete.
„So habe ich das auch nicht gemeint.“ Allmählich wurde es Far zu viel, sich ständig mit Songlians Betthasen zu zanken.
„Er liebt dich“, sagte Phillip da.
Fast hätte Far die Blutkonserve fallen lassen. Der Beutel war inzwischen beinahe leer.
„Rede keinen Unsinn, Junge“, brummte Far belustigt und warf Phillip einen raschen Blick zu.
„Es ist aber so. Er hat ständig von dir geredet.“ Ein Hauch von Eifersucht schwang in Phillips Stimme mit.
„Bis vor Kurzem hat er mich doch gar nicht gekannt“, meinte Far, doch dann fiel ihm wieder der Ordner mit den Recherchen über sein gesamtes Leben ein.
„Er hat dich vor einem Jahr mal beobachtet, als du ein paar Dämonen niedergemacht hast. Da hat er sich verliebt. Seitdem ist er wie besessen von dir. Ständig musste ich mir anhören ‚Baxter hier‘ und ‚Baxter dort‘. Aber er hatte Schiss, dich einfach anzusprechen“, sagte Phillip und hockte sich mit angezogenen Beinen an das Bettende.
„Phillip, ich bin ein Mann und Songlian ist ein Mann …“ Far suchte nach Worten, um das Offensichtliche zu erklären, doch Phillip unterbrach ihn schroff:
„Sehe ich etwa aus wie ein Mädchen? Und trotzdem haben wir miteinander gefickt.“
Diese direkte Unverfrorenheit brachte Far zum Verstummen.
„Du magst ihn doch auch“, brummte Phillip nun ruhiger.
Songlian ließ den leeren Beutel los, und Far legte die leere Konserve auf eine Kommode.
„Ich sollte jetzt meine Kollegen anrufen“, sagte er, ohne auf Phillips Worte einzugehen und zückte sein Handy.

„Sonst hättest du ihn doch gar nicht vor seiner Familie gerettet oder ihn von deinem Blut trinken lassen“, redete Phillip beharrlich weiter.
„Far hier. Hör mal Jon, ich habe Songlian …“ – „Sei still. Ich weiß, dass Coop sauer sein wird.“ – „Nein, nichts ist in Ordnung. Wahrscheinlich, falsch, ganz sicher werden wir verfolgt und Songlian ist schwer verletzt.“ – „Keine Ahnung, Jon. Ich benötige jemanden, der uns aus seinem Schlupfwinkel holt, und er braucht dringend Blutkonserven.“ – „Halt, nicht Coop und Joey. Es könnte sein, dass die beiden auch unter Beobachtung stehen. Aber vielleicht könnten Tom und Tim einspringen …“ – „Prima.“
Far atmete erleichtert auf. „Besorgt für Songlian eine Trage und die Sanitäter sollen in der Tiefgarage warten.“ – „Nein, ich bin okay.“ – „Soll er doch.“ – „Jon, schick schnell die Zwillinge los.“ Far nannte die Adresse und verdrehte die Augen. Ein paar Mal nickte er noch, was Jonathan ja gar nicht sehen konnte.
„Natürlich bin ich vorsichtig und natürlich passe ich auf ihn auf.“ – „Schon klar …“ – „Danke, Jon.“ Far beendete das Gespräch.
„Willst du nicht mal zu deinen Gefühlen stehen?“, fragte Phillip und knüpfte damit an seine Fragen an, als hätte Far nicht gerade eben telefoniert.
„Wenn ich zu meinen Gefühlen stehen würde, dann würde ich dir jetzt den Hals umdrehen.“
„Was bist du doch für ein prüder Scheißkerl“, äußerte sich Phillip unverschämt.
Plötzlich sprang Far auf ihn zu. Mit einem Schrei schoss Phillip in die Höhe und flüchtete auf die andere Zimmerseite, wo er das Bett zwischen sich und dem verärgerten Far hatte.
„Und du könntest aus deinem Leben etwas Sinnvolleres machen, als bloß Massageöl auf irgendwelche Leute zu kleckern.“
„Oh, ich kann durchaus noch ganz andere Sachen.“ Phillip, der sich jetzt auf der anderen Bettseite in Sicherheit fühlte, grinste frech.
Far setzte sich auf die Matratze. „Ich will lieber nichts weiter hören, wenn sich diese Sachen auf den *Wellnesstempel* beziehen.

Was hält dich überhaupt in diesem Laden? Das fantastische Einkommen kann es nicht sein. Brauchst du vielleicht Geld?", fragte er Phillip jetzt ruhiger.
Der starrte ihn an.
„Das soll kein Almosen sein, Phil. Aber vielleicht bist du knapp bei Kasse. Oder wohnst du wegen der schönen Aussicht in diesem Viertel? Ich habe vorhin ein paar deiner Nachbarn getroffen. Wirklich reizend. Sicherlich hat Songlian dir auch Geld gegeben." Nun lächelte Phillip, und Far stellte erneut fest, dass der Junge durchaus sehenswert war. Begann er jetzt etwa Songlians Geschmack zu teilen? Allmählich kannte er sich selber nicht mehr.
„So-lian zahlt mir monatlich eine Art Leibrente auf mein Konto. Du musst mir also kein Geld geben, denn ich habe genug."
Far zog ein verblüfftes Gesicht. „Er bezahlt dir ein Gehalt? Wofür? Dass du mit ihm in die Kiste springst?"
Phillip zuckte lässig mit den Schultern. „Das Ficken war umsonst, Baxter, wenn es dich schon so brennend interessiert. Bezahlt hat er mich fürs Spionieren."
Er sah Far grinsend an. „Bist du etwa eifersüchtig, Baxter?"
Warnend hob sich eine Augenbraue.
„Ich gehe mal draußen deine Kollegen abfangen, ehe die sich bei den vielen Appartements verlaufen." Phillip feixte und schwelgte in seinem verbalen Sieg gegenüber Far.
„Pass mir auf So-lian auf." Er verschwand, und Far war mit dem Vampir allein.
„Liebe", sagte er mit einem ungehaltenen Schnaufen, als er das Gesicht seines Partners betrachtete.
„Dieser dämliche Bengel hat doch einen Sockenschuss."

Ungeduldig schaute Far auf die Uhr, als er jemanden leise rufen hörte. Gleich darauf standen die Lennox-Zwillinge mit Phillip vor ihm.
„Entschuldige, aber wir sind lieber einen Umweg gefahren, um zu sehen, ob uns einer folgt", erklärte Tim und warf einen neugierigen Blick auf Songlian.

„Der sieht ja ziemlich fertig aus", sagte Tom erschrocken.
„Wenn ihr seinen Rücken sehen könntet, würde euch schlecht werden", brummte Far.
„Komm, Phil, fass mit an. Wir tragen ihn in den Wagen, und die Zwillinge sichern uns ab." Gehorsam half ihm Phillip beim Tragen und Far schob sich zu dem Vampir auf die Rückbank. Hier war es deutlich enger als in Peters Lieferwagen.
„Hör mal, du Klugscheißer. Pass in der nächsten Zeit auf, wem du die Tür öffnest. Ich glaube zwar nicht, dass mir diese Vampire bis hierher gefolgt sind, aber man kann nie wissen. Wenn du Hilfe nötig hast, ich wohne …"
„Ich weiß, wo du wohnst", unterbrach ihn Phillip grinsend.
„So-lian hat mir die Adresse neulich im *Wellnesstempel* gegeben. Du musstest dich ja hinter der Tür verstecken, sonst hättest du das auch mitbekommen."
„Du kleine Kröte!"
Phillip lachte bloß.
„Seht ihr man zu, dass ihr So-lian wieder auf die Beine bekommt", forderte Phillip die Officers auf und schob die Tür des Wagens zu. Sofort gab Tim Gas.
„Ich will dich gleich vorab warnen", sagte Tom, kaum dass sie ein Stück gefahren waren.
„Im Revier sitzt ein Chief mit einer Miene, die so süß wie eine unreife Zitrone ist und der dir liebend gerne den Hals umdrehen würde. Cooper wird dir zusätzlich in den Arsch treten …"
„Oh ja", murmelte Tim, den Blick auf die Straße gerichtet.
„Und dafür wird er extra Schuhe mit Stollen anziehen."
„Es lief auf einmal irgendwie alles aus dem Ruder", erwiderte Far in dem Versuch sich zu verteidigen.
„So kann man das also auch nennen. Na ja. Immerhin bringst du Songlian mit." Tim warf ihm einen tröstenden Blick zu.
„Nett von euch Jungs, dass ihr uns abholt", sagte Far, der sich an seine guten Manieren erinnerte.
„Also wirklich! Als ob irgendjemand in diesem verfluchten Revier Jonathan Goodman eine Bitte abschlagen könnte." Tom grinste.

„Das wäre, als würden wir uns über Gottes heilige Gebote hinwegsetzen“, sagte Tim mit dem gleichen Grinsen wie sein Zwilling.
„Das würde ja Fegefeuer bis in alle Ewigkeit bedeuten.“
„Wollt ihr Jon nicht aus eurem Team entlassen? Wir würden ihn mit offenen Armen empfangen.“
„Offene Aschenbecher wären besser. Aber was sagt denn James dazu?“, erkundigte sich Far, der sich bei dem Geplänkel langsam entspannte. James Fitzpatrick war der IT-Techniker des Teams 3, zu dem auch die Zwillinge gehörten.
„Er hat uns selbstverständlich die Freundschaft gekündigt. Aber spätestens, wenn wir Donuts mitbringen, ist er wieder unser Kumpel. Hey, Far, Ankunft in fünf … vier … drei … zwei … eins.“ Sie rauschten in die Tiefgarage der SEED.
Ein Sanitätsdienst nahm sie in Empfang, kaum dass der Wagen stand. Rasch wurde Songlian auf eine Trage gehoben und schon eilten die Sanitäter mit ihm davon. Einer jedoch blieb zurück und erkundigte sich fürsorglich nach Fars Handgelenk. Er warf einen Blick auf den sauberen Schnitt und legte schnell einen einfachen Verband an. Die Blutung war zum Glück bereits versiegt. Cooper packte Far am Arm, gleich, nachdem sich der Sanitäter verabschiedet hatte.
„Baxter“, sagte er ziemlich aufgebracht. Auf seiner Stirn pochte bedrohlich eine dicke Ader.
„Hatte ich dir nicht gesagt, dass du zu Hause warten sollst?“
Far wollte ihm erst erklären, dass Songlian sich mit Sicherheit noch in einer fiesen Folterkammer befinden würde, wenn er dem Befehl gefolgt wäre. Doch er hielt angesichts des finsteren Gesichts seines Teamleiters lieber den Mund und nickte. Cooper gab ihm mit der flachen Hand einen heftigen Klaps gegen den Hinterkopf.
„Das ist für den Anschiss, den ich mir vom Chief abholen durfte“, grollte er.
„Tut mir leid, Coop. Ich wollte nicht, dass du Schwierigkeiten bekommst“, sagte Far reumütig.
Doch schon legte Cooper ihm einen Arm um die Schultern.

„Komm, wir sollen sofort zu Morlay. Der will nämlich wissen, warum die Fahndung erfolglos war und wieso du diesen verrückten Blutsauger so schnell hast finden können.“

„Baxter, Sie impertinentes Arschloch! Wissen Sie eigentlich, was ein Befehl ist? Ich sollte Ihnen das Wort wohl einfach mal buchstabieren: B-E-F-E-H-L!“ Der Chief hatte ein puterrotes Gesicht und äußerst schlechte Laune. Um ihn herum wuselten hektische Boten mit diversen Unterschriftsmappen und Berichten und lenkten ihn ständig von seiner Standpauke ab.
„Das nächste Mal reiße ich Ihnen den selbstgefälligen Arsch bis zur Gurgel auf, kapiert? Sie haben Glück, dass hier gerade zwei Einsätze laufen und ich keine Zeit habe, um Sie zu erwürgen. Also marschieren Sie augenblicklich in Ihr Büro und schreiben Sie mir einen detaillierten Bericht. Und wenn ich Nachfragen stellen muss, werden Sie schlicht und ergreifend von vorne anfangen. Und was stellt diese Aufforderung an Sie nun dar, Baxter?“
„Sir, einen Befehl, Sir“, antwortete Far ziemlich kleinlaut.
„Na also. So bescheuert sind Sie doch gar nicht. Wegtreten.“
Froh, so glimpflich davon gekommen zu sein, hastete Far zur Tür.
„Ach, Baxter!“
Far zuckte wie unter einem Stromschlag zusammen und wandte sich noch einmal um.
„Aye, Chief?“
Der sah ihn mit zusammengezogenen Augenbrauen an.
„Gute Arbeit, Baxter“, sagte er nun beinahe widerwillig, aber dennoch mit einem kaum wahrnehmbaren Lächeln auf den Lippen.
„Danke, Sir.“ Leise schloss Far die Tür hinter sich. Cooper lehnte draußen im Flur an der Wand, Joey wie einen Schatten an seiner Seite. Die drei sahen sich erleichtert an. Auf einmal prustete Joey los.
„Hat er dich wirklich ein Arschloch genannt?“

„Schön war das nicht. Ich hatte den Eindruck, dass er gleich einen Herzinfarkt bekommt.“ Sie begaben sich auf den Weg zu ihrem Büro.
„Wie hast du Songlian denn nun gefunden?“, erkundigte sich Cooper.
„Ja, Far. Erzähl mal.“ Auch Joey sah Far von der Seite her gespannt an.
„Einer der Vampire, die uns entführt hatten, ist uns vorher einmal über den Weg gelaufen. Ich habe mich an den Namen erinnern können und ihn darüber gefunden. Mehr ist an der Geschichte nicht dran.“
„Und wie geht es Songlian?“, fragte Joey weiter. An einem der Automaten im Flur zogen sie sich Kaffee.
„Ziemlich schlecht. Ich musste ihn füttern.“ Far hielt seinen verbundenen Arm hoch.
„Oh Mann“, murmelte Joey betroffen. Far erzählte ihnen, wie er Songlian vorgefunden hatte und wie ihnen die Flucht gelungen war. Seine Partner hörten ihm schweigend zu.
„Ich würde zu gerne nach ihm sehen“, sagte Far am Ende seiner Erzählung.
„Morlay reißt dich in Stücke, wenn du nicht gleich an deinem Schreibtisch sitzt. Schreib du deinen Bericht, und wir erkundigen uns nach Songlian. Wenn wir was erfahren, teilen wir es dir sofort mit“, sagte Cooper.
Far nickte dankbar, warf den leeren Becher in den Abfallkorb und betrat das Büro. Der Rechner brauchte eine Weile, bis er einsatzbereit war und widerwillig begann Far seinen Bericht zu tippen. Er bemühte sich um anständige Formulierungen und detaillierte Angaben. Oft genug hatte sich der Chief darüber beschwert, dass Fars Berichte nicht besser als Rotz waren. Hinterher hatte er etwas über verdammte Straßengangs und mangelnde Schulbesuche gemurmelt. Meistens hatte sich an solchen Tagen Jonathan erbarmt und für ihn den Bericht gefertigt, während ihm Far erzählte, was vorgefallen war.
„Blöder Aktenkram“, nörgelte Far und löschte eine komplette Zeile, um sie neu zu formulieren. Mit den Fingerspitzen schnippte er unruhig gegen die Tastatur. Schließlich holte er sich

einen neuen Kaffee und setzte sich mit dem Becher zurück an den Rechner. Ob Songlian die Folter seelisch unbeschadet überstanden hatte? Far konnte sich an einen Kollegen erinnern, der einen Tag lang von Dämonen gequält worden war, ehe ihn ein Einsatztrupp befreien konnte. Der Mann war aus dem Dienst ausgeschieden und lebte nun weit von New York entfernt in erzwungener Symbiose mit beruhigend wirkenden Medikamenten. Wo nur Cooper und Joey blieben? Far trank seinen Kaffee und verzog das Gesicht. Tee wäre ihm lieber gewesen, aber den gab der Automat nicht her. Komischerweise mochte er aber den Kaffee, den Songlian kochte. Wieder Songlian!

Willst du nicht mal zu deinen Gefühlen stehen?, hörte er Phillips Stimme in seinen Gedanken.

„Er ist mein Partner", knurrte Far böse den Bildschirm an, der ihm nur unschuldig seinen unfertigen Bericht zeigte.

Und trotzdem haben wir miteinander gefickt. Vielleicht sollte einfach eine Straßenwalze Phillip überfahren, dass er sich jetzt so dreist in Fars Gedanken einschlich und ihn von diesem vermaledeiten Bericht abhielt.

Du bist eifersüchtig, meldete sich ein bösartiger Gedanke.

„Halt die Klappe!", schnauzte Far aufgebracht.

„Ich habe doch noch gar nichts gesagt."

Mit einem Keuchen fuhr Far herum und fegte dabei beinahe seinen lauwarmen Kaffee vom Tisch. Joey stand in der Tür.

„Ich wollte dir nur sagen, dass Songlian bestens versorgt wird. Der Doc hat ihm noch eine Blutkonserve verabreicht. Sag mal, hat er bei dir auch so zugeschnappt?"

Far nickte.

„Vampir halt", meinte er achselzuckend.

„Wow, aber so schnell … Du bist jedenfalls willkommen, wenn du nachher noch nach Songlian sehen willst. Der Doc hat der Krankenschwester Anweisungen gegeben, dass du zu ihm darfst."

„Danke, Joey. Gleich nach dem Bericht sehe ich nach ihm."

„Okay. Ich muss los. Bis denn, Far. Wenn etwas sein sollte, erreichst du uns über Jonathan."

„Bis denn, Joey." Far wandte sich erneut dem Bildschirm zu. Angespornt von der Aussicht, bald zu Songlian zu können, tippte er mit neuem Eifer den Bericht fertig, druckte ihn aus und legte ihn in das Fach seines Chiefs. Dann sauste er ohne Umwege zum Lazarett.

Gabriella, die hübsche Rothaarige, winkte Far sofort weiter, als sie ihn entdeckte.
„Er liegt im nächsten Zimmer, Mr. Baxter. Aber wecken Sie ihn nicht auf."
Far nickte und betrat leise den trist wirkenden Raum, in dem er vor einer Weile selbst gelegen hatte. Das Licht war gedämpft und erhellte nur eine kleine Insel, in deren Mitte das Bett stand. Songlian lag auf dem Bauch, das blauschwarze Haar wirr auf den hellgrünen Kissen. Die schönen Augen mit den langen Wimpern waren geschlossen. Ein Bettlaken bedeckte Songlians Körper bis zur Hüfte und wurde dann von einem sterilen Tuch abgelöst, das man über seinen zerschundenen Rücken gelegt hatte. Die zahlreichen Bissspuren schienen bereits zu verblassen und die Schulter war wieder eingerenkt worden. Trotzdem bot Songlian ein Bild des Jammers. Far zog sich einen Stuhl an das Bett heran und setzte sich.
„Hey, Partner", grüßte er leise. Vorsichtig legte er eine Hand auf Songlians. Die Haut des Vampirs fühlte sich trocken und heiß an. Auf einmal bekam Far Angst, dass Songlian vielleicht doch sterben könnte.
„Wieso musstest du in diesen blöden Club gehen?", fragte er vorwurfsvoll.
„Mr. Baxter? Ich habe Ihnen einen Orange Pekoe gemacht. Wenn ich mich richtig erinnere, trinken Sie nicht so gerne Kaffee." Gabriella trat an seine Seite und stellte eine dampfende Teetasse auf den Tisch neben Songlians Bett. Als sie Fars sorgenvolle Miene sah, legte sie ihm freundlich eine Hand auf die Schulter.
„Sein Zustand ist bedenklich und im Moment wirkt sein Anblick ziemlich niederschmetternd. In Lebensgefahr befindet er sich

aber nicht. Dafür scheinen Sie gesorgt zu haben, Mr. Baxter. Ohne Ihr Blut hätte er die Strapazen sicherlich nicht so gut überstanden. Und Sie dürfen nicht vergessen, dass er über die Heilkräfte eines Vampirs verfügt."
„Seine Sippe hat sich ziemliche Mühe gegeben, ihn fertigzumachen", murmelte Far.
„Ja, das ist richtig. Die Rückenverletzung und der hohe Blutverlust hätten ihn beinahe umgebracht." Gabriella drückte ihm sanft die Schulter.
„Mr. Walker kommt wieder in Ordnung, so schrecklich es auch aussieht. Sie werden sehen. Er ist sogar schon einmal kurz wach geworden, und sein erster Gedanke galt Ihnen. Ich glaube, er hält Sie für tot."
„Er hat gesehen, wie mich die Vampire in den Harlem River geworfen haben."
„Bleiben Sie ruhig ein bisschen bei ihm. Vielleicht spürt er ja Ihre Anwesenheit. Wenn ich etwas für Sie tun kann, rufen Sie mich einfach."
Far warf ihr einen dankbaren Blick zu und nickte. Leise entfernte sich die Krankenschwester wieder. Songlians Hand loslassend griff sich Far die Teetasse. Mit kleinen Schlucken trank er den leicht fruchtigen Schwarztee, während er auf Songlians leise Atemzüge lauschte.
„Mister X wird sich fragen, wo wir beide stecken", meinte Far, stellte die leere Tasse wieder ab und nahm erneut Songlians Hand in seine. Lange saß er so da, beobachtete seinen Partner und ließ die Gedanken schweifen. Gegen ein Uhr morgens kam Doc Harper vorbei, um nach Songlian zu sehen. Als er Far an dessen Seite entdeckte, schüttelte er den Kopf.
„Sie gehören selber in ein Bett", sagte er und zog vorsichtig das Tuch von Songlians Rücken. Die Verletzungen erschienen Far nicht mehr ganz so tief. Jedenfalls konnte er keine Knochen mehr erkennen.
„Es ist erstaunlich, was der Organismus eines Vampirs alles leisten kann", sagte der Doc beeindruckt.

„Leider fehlen mir bei den Krankheitssymptomen der Vampire die Erfahrung. Andernfalls könnte ich ihm sicherlich besser helfen."
„Sie tun bereits, was Sie können, Doc."
Behutsam deckte der Arzt Songlians Rücken wieder ab.
„Er hält Sie für ertrunken, Baxter. Und ehrlich gesagt sehen Sie auch so aus. Im Augenblick bieten Sie nicht den gewohnten attraktiven Anblick, der die Herzen unserer Krankenschwestern und Sekretärinnen höher schlagen lässt. Also fahren Sie jetzt nach Hause und schlafen Sie. Wenn ich feststelle, dass Sie vor neun Uhr wieder in der Zentrale sind, stelle ich Sie persönlich kalt. Verstanden?"
„Sie werfen mich raus?" Far konnte es nicht glauben.
„Genau, Mr. Baxter. Ich wünsche eine gute Nacht und angenehme Träume." Der Doc sah Far auffordernd an. Widerstrebend ließ der Songlians Hand los und erhob sich.
„Gute Nacht, Doc." Mit einem letzten Blick auf den Vampir verließ Far das Zimmer.
„Soll ich Ihnen ein Taxi rufen, Mr. Baxter?", fragte Gabriella.
Far nickte.
„Das wäre nett. Und vielen Dank für den Tee." Er winkte ihr und ging dann langsam zum Ausgang. Auf den Fluren kamen ihm einige Kollegen der Nachtschicht entgegen, grüßten freundlich und gingen auf die Suche nach Kaffee und Einsatzplänen. In einigen Büros herrschte Hochbetrieb. Das Flimmern von Computerbildschirmen und das Klingeln von Telefonen und Signalprogrammen drangen durch die Türen. Erst jetzt bemerkte Far, dass er tatsächlich müde war. Das Taxi wartete bereits vor der Tür, als er die Zentrale verließ, und es dauerte nicht lange, bis Far im Bett lag. Ein glücklicher Mister X schmiegte sich schnurrend an seine Seite.

Acht Uhr. Far sprang aus dem Bett, streckte sich mit einem herzhaften Gähnen und rannte beinahe ins Bad. Nach einer erfrischenden Dusche fühlte er sich schon viel besser. Er trank ein Glas Fruchtsaft, den er im Kühlschrank fand, und musterte

kritisch den weiteren Inhalt. Seitdem Songlian die Küche übernommen hatte, ernährte er sich wesentlich gesünder. Dennoch hatte er bislang keinen Bezug zu den Lebensmitteln entwickeln können. Far entschied sich für ein paar Würstchen, die er kalt herunterschlang, während er den Futternapf des maunzenden Katers füllte. Er nahm sich frische Dienstkleidung aus seinem Schrank, griff nach seinem Handy und den Schlüsseln und verließ im Eilschritt die Wohnung. Mit dem Dodge brauste er ohne Rücksicht oder Gnade ins Revier zurück.
Bevor er sich auf den Weg zu Songlian machen konnte, fing ihn allerdings der Chief ab.
„Baxter, Sie haben nachher einen Einsatz. Ihr Team wird Team 10 unterstützten. Es geht um die Neueröffnung eines Einkaufzentrums. Sie wissen ja, dass Menschenmassen die Dämonen anziehen. Goodman wird Sie instruieren."
„Geht klar, Chief", sagte Far rasch, da er unbedingt zu Songlian wollte. Leider ließ Morlay ihn nicht gehen, sondern musterte ihn von oben bis unten.
„Wie sieht eigentlich Ihre Uniform aus? Haben Sie darin geschlafen?", fragte er ungehalten.
„Wenigstens rasieren hätten Sie sich können."
Schuldbewusst sah Far an sich herab. Die Uniform war tatsächlich etwas verknittert, weil er sie nach dem Waschen ungebügelt in den Schrank gestopft hatte. Verlegen fuhr sich Far über den Dreitagebart.
„Tut mir leid, Chief", murmelte er.
„Na los, Sie Vertrauen-erweckender-Anblick. Laufen Sie schon und sehen Sie nach Ihrem Partner. Ich merke doch, dass ich nerve."
Far zog eine schuldbewusste Miene, ließ sich aber nicht zweimal auffordern. Im Laufschritt eilte er zum Lazarett. Inzwischen hatte die ältere Molly die Nachtschwester abgelöst, und sie bremste Far erst einmal aus, als der gleich in Songlians Zimmer stürmen wollte.
„Langsam, Mr. Baxter, langsam. Hier wird nicht gerannt, ist das klar?" Mit strenger Miene musterte sie ihn, während er ungeduldig von einem Fuß auf den anderen trat.

„Wie geht es ihm?“, brach es aus Far hervor.
„Er hatte vor einer halben Stunde eine weitere Blutkonserve, und nun schläft er wieder. Wecken Sie ihn ja nicht auf, sonst versohle ich Ihren netten Hintern.“
Ein freches Grinsen tauchte in Fars Gesicht auf, dann huschte er augenzwinkernd in Songlians Zimmer. Sein Grinsen schwand, als er Songlian sah. Der Zustand des Vampirs schien unverändert. Far ließ sich auf den Stuhl neben dem Bett fallen und seufzte leise.
„Hey, Partner“, begrüßte er Songlian leise, um ihn nicht zu wecken.
„Heute steht ein Einsatz an, und es ist echt unverschämt, dass ich da nun ohne dich hin muss. Du hast eine seltsame Art, dich vor der Arbeit zu drücken.“ Behutsam fasste er wieder nach Songlians Hand.
„Sieh zu, dass du bald wieder auf die Beine kommst. Mister X hat heute Morgen schon unter deiner Bettdecke nach dir gesucht.“
Finger schlossen sich mit einem leisen Druck um seine Hand. Songlian öffnete die Augen und zu Fars größtem Entsetzen füllten sie sich mit Tränen. Das hatte er nicht erwartet.
„Dachte … du wärst … ertrunken“, hauchte Songlian matt.
Far versuchte sich an einem beruhigenden Lächeln. „Und jetzt bist du enttäuscht?“
Der Druck von Songlians Fingern verstärkte sich. „So … froh …“
„Mit Sicherheit habe ich da ein paar Schutzengel überstrapaziert. Außerdem hatte ich den halben Fluss im Magen. Na ja, ich habe mich ja später bei deiner Sippe revanchiert. Du kannst Lorcan ja mal fragen, wie lange das Loch in seinem Bauch zum Heilen benötigt hat“, sagte Far mit einem Anflug von Bosheit.
„Was redest … du da?“
Far winkte ab. Das hatte Zeit, bis sich Songlian erholt hatte.
Der Vampir berührte den Verband um Fars Handgelenk.
„Du bist … verletzt.“
Far zeigte sich nun etwas reservierter. „Nicht wirklich. Aber du warst fast tot und du brauchtest es doch …“

Songlians bernsteingelbe Augen weiteten sich, als er begriff.
„Was hast … du getan?“ Er keuchte entsetzt.
„Was …“ Er versuchte sich verzweifelt in die Höhe zu stemmen. Far sprang erschrocken von seinem Stuhl auf und drückte Songlian gewaltsam nieder.
„Neinneinnein! Bleib bloß liegen. Bist du denn verrückt?“
„Was … getan?“ Songlian stöhnte und versuchte ihn abzuschütteln.
„Was ist denn hier los?“ Molly tauchte auf einmal auf, schubste Far rigoros beiseite und sorgte energisch dafür, dass sich Songlian wieder hinlegte.
„Mr. Baxter, so sehr ich Sie auch schätze, aber wenn Sie meinen Patienten aufregen, bekommen Sie sofort Besuchsverbot.“
„Nein“, entfuhr es ihnen zeitgleich.
„Benehmen Sie sich gefälligst“, forderte die Krankenschwester streng. Ihre Augen starrten Far nun vorwurfsvoll an.
„Wartet auf Sie nicht ein Einsatz, Mr. Baxter? Sie sollten lieber gehen, ehe ich mir wirklich Ihre Kehrseite vornehme.“
Far nickte. Er beugte sich kurz zu dem Vampir hinab.
„Ich komme heute Abend wieder vorbei. Erhol dich, okay?“
Songlian nickte nur schwach. Nun gab Far der Krankenschwester ein Küsschen auf die Wange.
„Nicht böse sein, Molly. Sie sind doch die Beste. Wenn Sie Songlian weiterhin wie ein Tiger bewachen, kann ich ja ganz beruhigt sein.“ Mit diesen Worten und einem letzten Winken verschwand er.

Ausgerechnet Team 10 sollten sie unterstützen. Cooper ahnte, dass es wieder Ärger zwischen Scott Wilburn und Far geben würde, die sich seit ihrer ersten Begegnung nicht hatten riechen können. Und jetzt, wo sich Scott zudem überall gegen Songlian aussprach, würde das Verhältnis bestimmt nicht besser werden. Während der ganzen Fahrt zum Einsatzort starrte Scott sein jüngstes Teammitglied provozierend an. Auch sein Partner Ethan Landon strafte Far mit verächtlichen Blicken. Der verhielt sich erstaunlich friedlich, versuchte die beiden Blödmänner zu

ignorieren und unterhielt sich leise mit Joey. Die beiden anderen Kollegen aus Team 10 waren William Butler und Jakob McKenzie, denen man deutlich ansah, dass sie keine Ahnung hatten, wie sie sich verhalten sollten.
„Wäre besser gewesen, wenn der Blutsauger draufgegangen wäre“, flüsterte Scott laut und deutlich Ethan zu, der die Lippen nur zu einem sardonischen Lächeln verzog.
Far brach mitten im Satz ab und schaute Scott nachdenklich an. Cooper hoffte, dass Far den ätzenden Kollegen nicht schon vor dem Einsatz ein Bett neben Songlian im Lazarett verschaffen würde, als sich plötzlich Joey zu Wort meldete:
„Hey, habt ihr das eben auch gehört? Da muss irgendwo genau eine Gehirnzelle einen Pups gelassen haben.“
Die Kollegen kicherten und Scotts Gesicht lief feuerrot an. Bei diesem Anblick versuchten William und Jakob das Lachen zu unterdrücken.
„Ist nicht schlimm, Joey. Nur Gestank, aber harmlos“, sagte Cooper ganz ruhig. Sollte sich der Idiot lieber mit ihm, als mit Far anlegen. Das Kichern begann von vorn.
„Nicht wahr, Scott?“, fragte Cooper bewusst herausfordernd.
„Konzentriert euch lieber auf den Einsatz“, knurrte Scott nach einem kurzen Blickduell.
Die restliche Fahrt verlief schweigsam. Far schien belustigt und hielt seinen Blick auf Scott gerichtet, der ihn seinerseits mit saurer Miene anstarrte. Die Bewachung des Einkaufzentrums verlief dagegen zunächst ziemlich ereignislos. Die Dämonen waren offensichtlich nicht an Boutiquen, Spielzeugläden und Eiscafés interessiert. Ein Clown und eine Hüpfburg boten Kindern Spiel und Spaß, für die Erwachsenen waren Bratwurststände und Bierbuden aufgebaut worden. Einige ältere Herrschaften hatten sich um ein Glücksrad versammelt, wo man Einkaufsgutscheine für das Zentrum gewinnen konnte. Doch dann war es mit der Ruhe schlagartig vorbei. Es begann mit einem schrillen Kreischen, in das sich immer mehr panische Stimmen mischten. Far konnte mal wieder kein Kommando abwarten, sondern rannte bereits auf ein kleines Geschäft zu, wo frisch

gepresste Säfte angeboten wurden. Gedanklich trat ihm Cooper in den verlängerten Rücken.
„Scott, es ist der Getränkeladen", gab er per Funk an den anderen Teamleiter weiter, da sich Scott mit seiner Gruppe am anderen Ende des Einkaufzentrums aufhielt. Auch er setzte sich nun in Bewegung, zog im Laufen seine Dienstwaffe und versuchte, nicht von der flüchtenden Menge niedergetrampelt zu werden. Das Glücksrad kippte um und begrub einen älteren Herrn unter sich. Eine Mutter verlor ihr Kleinkind in dem ganzen Durcheinander und blieb suchend stehen, was sich als fataler Fehler erwies, denn sie wurde einfach umgerannt. Eine Schaufensterscheibe ging zu Bruch, es wurde geschrien, geschubst und gedrängelt und darüber ertönte der scharfe Knall einer DV8. Cooper rutschte auf dem Obstsaft am Boden aus und musste sich an einem Stehtisch festhalten, um nicht lang hinzuschlagen. Dann entdeckte er den ersten Dämonen, der sich durch einen Stapel Orangenkisten wühlte. Die Leiche einer Verkäuferin lag zwischen zerbrochenen Saftpressen und Mixern am Boden. Zielen und Abdrücken war eins. Jetzt vermengte sich auch die Asche des Dämons mit dem schmierigen Gemisch am Boden.
„Es sind noch sechs", hörte er Scotts Stimme über Funk.
„Zwei sind die Rolltreppe hoch."
„Far, die Rolltreppe! Joey, geh mit ihm", kommandierte Cooper in sein Gerät und hastete schon wieder weiter.
Zwei weitere Tote und einige Verletzte lagen am Boden. Ein Schuhverkäufer versuchte, sich um die Verwundeten zu kümmern und schaute ängstlich auf, als Cooper an ihm vorbeirannte. In seinem Laden, hinter den blutverschmierten Scheiben, flogen Kartons umher. Ein Dämon fand sichtlichen Spaß daran, einen weiteren Verkäufer und zwei Kunden durch den ganzen Schuhladen zu jagen. Hinterrücks schlich sich Cooper an und ein weiterer Schuss erledigte dieses Problem. Auch aus der ersten Etage erklangen mehrere Schüsse. Cooper verließ das Geschäft und blieb, sich orientierend, vor dem Laden stehen. Mehrere Geschäfte weiter entdeckte er Jacob und William, die hinter einem Dämonen her hetzten, der mit lauter Luftschlangen be-

hängt war. Ein weiterer Schuss erklang aus ihrer Richtung, wo sich auch Ethan und Scott aufhalten mussten.
„Far, Meldung!“ Cooper lauschte und wartete. Nichts.
„Far! Ich will eine Meldung!“ Nichts.
„Baxter! Zur Hölle mit dir!“ Cooper wollte schon zur Rolltreppe laufen, als sein Funkgerät leise knackte und endlich Fars Stimme zu hören war:
„Zwei schuppige Freunde weniger, Coop.“
„Baxter, du Vollidiot! Antworte gefälligst gleich“, brüllte Cooper in das Funkgerät, aber ihm fiel ein riesiger Stein vom Herzen. Es herrschte einen Moment Stille.
„Tut mir leid, Coop. Ich musste erst Joey unter einem Kleiderständer hervorholen.“
„Wenn oben alles friedlich ist, kommt wieder runter“, sagte Cooper nun friedlicher. Er stellte fest, dass es inzwischen ruhiger geworden war. Um ihn herum richteten sich einige wenige Besucher des Einkaufzentrums vorsichtig in ihren Verstecken auf und vor einem Sportgeschäft sah er Scott sein Team um sich zu versammeln. Der rothaarige Klotz winkte ihm kurz zu, also schien soweit alles in Ordnung zu sein. Zu seiner Erleichterung tauchten nun auch Joey und Far auf der Rolltreppe auf und kamen zu ihm herunter. Mit einem Blick vergewisserte sich Cooper, dass die beiden unversehrt waren. Erleichtert nickte er ihnen zu.
„Kümmert euch erst einmal mit um die Verletzten, bis die Krankenwagen eintreffen. So eine Schweinerei hatten wir lange nicht mehr.“
Auf einmal bemerkte Cooper, dass Far ihm gar nicht zuhörte, sondern mit schneeweißem Gesicht zum Schuhgeschäft hinüber starrte. Cooper drehte sich um, weil er herausfinden wollte, was Far regelrecht hypnotisierte. Das Blut auf dem Schaufenster hatte er bereits bemerkt, als er in den Laden gestürmt war. Aber erst jetzt registrierte Cooper, dass die Dämonen unheimlich grinsende Smileys mit dem Blut gemalt hatten. Er hörte Far leise etwas murmeln, und als er genauer hinhörte, verstand er: „Ooghi lässt grüßen.“

„Hallo, Mr. Baxter." Freundlich wurde Far im Lazarett begrüßt.
„Hey, Gabriella. Durften Sie Molly wieder ablösen?"
Die Krankenschwester nickte und hob eine leere Blutkonserve hoch, die sie in der Hand trug.
„Unser Patient erholt sich zusehends und hatte gerade einen kleinen Snack. Gehen Sie nur rein. Er wird sich freuen, Sie zu sehen."
Far ließ sich dies nicht zweimal sagen und betrat Songlians Zimmer. Der Vampir lag wie erwartet in seinem Bett und hatte das Kinn auf seine verschränkten Arme gelegt. Er schaute auf, als Far eintrat.
„Hey", sagte Far und zog sich seinen Stuhl heran.
„Schon zurück?", fragte Songlian leise.
Far registrierte seine seltsame Stimmung und schob sie auf Songlians Verletzungen und die Schmerzen, die dieser sicherlich ertragen musste.
„Wir sind bereits seit einer ganzen Weile zurück, allerdings bestand der Chief darauf, dass ich erst den Bericht schreibe. Im Moment will er mich mit diesen Berichten ein wenig bestrafen, glaube ich. Ansonsten wäre ich eher gekommen."
Songlians Blick glitt kurz zu dem noch immer verbundenen Handgelenk seines Partners.
„Song? Ist alles in Ordnung? Ich kann auch gehen, wenn du möchtest." Unsicher sah Far seinen Partner an.
„Cooper sagte mir, dass du mich befreit hast", sagte Songlian plötzlich.
„Richtig."
„Was hast du gesehen?", wollte der Vampir wissen.
„Songlian, was soll das? Was willst du hören? Du hast da gehangen, und es war kein besonders schöner Anblick."
Irgendwie bekam Far den Eindruck, dass Songlian erleichtert war.
„Was haben sie dir angetan?", fragte er stirnrunzelnd und erhob sich unwillkürlich von seinem Stuhl.
Der Vampir wandte den Blick ab.
„Songlian, was?"

„Nichts, was ich nicht überleben würde“, antwortete der Vampir heiser.
Far stieß einen deftigen Fluch aus, und Songlian zuckte unwillkürlich zusammen. Er begann zu zittern. Sofort war Far wieder an seiner Seite und berührte sanft seinen Arm.
„Verzeih mir, Song. Ich wollte dich nicht aufregen.“
Songlian stöhnte auf und umfasste Fars Hand.
„Du regst mich nicht auf“, murmelte er.
„Dann bist du der Einzige, bei dem ich das noch nicht geschafft habe.“
„Erzähl mir, wie du mich gefunden hast.“ Songlian sah ihn jetzt mit einem schwachen Lächeln an.
Far hockte sich auf die Bettkante, weil Songlian ihn nicht loslassen mochte, und begann von seinem Besuch in der Bank zu berichten. Der Vampir sah ihn staunend an, als er hörte, wie Far ihn schließlich gefunden und befreit hatte. Far endete seinen Bericht, wie Tom und Tim sie aus Phillips Wohnung abgeholt hatten. Er verschwieg seinem Partner nur die Dinge, die Phillip zu ihm gesagt hatte. Daran musste er erst eine Weile knabbern.
„Lorcan angeschossen …“ Songlian seufzte. „Du bist irre, Baxter, völlig …“
Die Finger des Vampirs lösten sich von Fars Hand. Er war eingeschlafen.
„Gern geschehen.“ Far lächelte und erhob sich von seinem Platz auf dem Bett. Mister X würde bereits auf seine Mahlzeit warten. Und Songlian brauchte seinen heilsamen Schlaf.

Der Fernseher lief und zeigte einen Actionfilm, der Kater vertilgte sein Abendessen und Far hatte sich ein ausgiebiges Bad und eine Rasur gegönnt. Er öffnete seinen Spiegelschrank und stellte den Rasierschaum hinein. Dabei stieß er gegen seine Flasche mit dem Rasierwasser, die auch prompt aus dem Schrank fiel und im Waschbecken zerschellte. Far fluchte. Vorsichtig holte er die Scherben aus dem Becken und warf sie fort. Danach öffnete er das Fenster, weil es inzwischen wie in einer Parfumerie roch.

„Ungeschick lässt grüßen“, brummte er. Da fiel sein Blick auf eine weitere Flasche, die ihm Songlian kurz nach seinem Einzug einmal vom Einkaufen mitgebracht hatte. Der Duft würde besser zu ihm passen, hatte der Vampir behauptet. Far hatte das Rasierwasser achtlos beiseite gestellt, da er der Auffassung gewesen war, Songlian hätte sich ohnehin genug in sein Leben gedrängt. Jetzt holte er sie zögernd hervor und öffnete den Verschluss. Der Geruch nach verschiedenen Hölzern und Weihrauch stieg ihm in die Nase. Die dunkle und warme Note überraschte ihn. Bisher hatte er ein sportlich frisches, eher herbes Rasierwasser benutzt. Er roch ein weiteres Mal einmal an der Flasche. Irgendwie gefiel es ihm doch und so nutzte er es. Schließlich war Songlian nicht da, um dazu einen Kommentar abzugeben. In der Küche schenkte sich Far einen großzügigen Schluck Gin ein und wollte es sich gerade vor dem Fernseher bequem machen, als es an seiner Tür Sturm klingelte. Es war beinahe dreiundzwanzig Uhr, stellte er mit einem Blick auf die Uhr fest. Wer sollte um diese Zeit bei ihm klingeln? Far holte sich die DV8 und entsicherte sie, während er zur Tür ging. Er warf einen Blick durch den Spion und zog er die Tür auf.
„Mrs. Nelson, was kann ich für Sie tun?“
Eine alte Dame stand vor ihm, die eine Tür weiter wohnte.
„Mr. Baxter, Ihr Freund benötigt Hilfe“, sagte sie ganz aufgeregt und hatte tatsächlich sogar Farbe in ihrem sonst so blassen Gesicht.
„Mein Freund?“ Far war verwirrt.
„Na, Ihr Mitbewohner. Der junge Mann … Mr. Walker heißt er, glaube ich. Er ist ein paar Etagen tiefer, und ich kann ihn schließlich nicht tragen ...“
„Mrs. Nelson, Sie müssen sich irren. Mein Partner liegt im Lazarett des Departments“, sagte Far zu der Rentnerin.
„Also wirklich! Ich erkenne ja wohl Ihren Mitbewohner, wenn ich ihn sehe. Und er gehört eindeutig in ein Krankenhaus, so wie er aussieht.“ Mit großen Augen sah sie die Waffe an, die sich Far in den Bund seiner Jogginghose steckte. Er ging zur Treppe und schaute über das Geländer.

„Der Fahrstuhl ist wieder mal kaputt, und er schafft die Treppen einfach nicht“, fuhr Mrs. Nelson fort.
„Oh, verflucht. Songlian!“ Far entdeckte tatsächlich den Vampir, der etwa drei Etagen tiefer mit den Stufen kämpfte. Er rannte die Treppen hinunter, packte Songlian unter der Achsel, ehe der zusammenbrechen konnte, und zog den Arm des Vampirs um seine Schultern.
„Was hast du hier zu suchen?“, fauchte Far erschrocken.
Songlian schaffte im Moment nur ein erschöpftes Lächeln. Er trug die Kleidung eines Krankenpflegers, die er aus dem Lazarett entwendet haben musste.
„Hab mich … überschätzt“, keuchte er, während er sich von Far halb tragen und halb schieben ließ. Endlich erreichten sie Fars Wohnungstür, wo Mrs. Nelson ihnen besorgt entgegensah.
„Danke.“ Songlian schnaufte, konnte der alten Dame aber immerhin noch ein betörendes Lächeln schenken.
„Ich stehe in Ihrer Schuld, Mrs. Nelson.“
Far sah Songlian böse an.
„Sie können sicher sein, dass ich gleich mit jemandem entsetzlich schimpfen werde“, sagte er dann zu Mrs. Nelson.
„Es ist doch ganz romantisch, wenn sich junge Liebe nacheinander sehnt“, erwiderte die Rentnerin.
„Gute Nacht, Mr. Baxter, Mr. Walker.“ Sie ging zu ihrer Tür.
„Junge Liebe?“, quiekte Far empört.
Himmel, was denkt sich diese Frau eigentlich?
Songlian grinste nur. Far schleppte ihn in die Wohnung und erleichtert ließ sich der Vampir auf sein Bett sinken. Schweiß stand ihm auf der Stirn.
„Songlian Walker“, zischte Far und stemmte wütend die Hände in die Hüften. Er hätte dem Vampir am liebsten ein paar Backpfeifen verpasst.
„Ich hole dich nicht aus einer verfluchten Folterkammer, damit du kurz vor meiner Wohnung im Treppenhaus verreckst. Was machst du hier? Himmel! Die werden dich schon suchen!“ Far rannte aus Songlians Zimmer und ins Wohnzimmer zum Telefon. Dort wählte er das Revier an.

„Falls Sie einen Patienten vermissen, der ist soeben hier bei mir aufgetaucht. Können Sie mir vielleicht verraten …"
„Ich will nicht wieder zurück", wurde er unterbrochen.
„Warten Sie einen Augenblick, Doc", sagte Far in den Hörer und wandte sich dann Songlian zu, der ihm ins Wohnzimmer gefolgt war.
„Was soll das?"
„Ich will nicht ins Lazarett zurück. Entweder bleibe ich hier oder ich gehe zu Phil, wenn du mich nicht hier haben magst."
Zu Phillip? Jetzt schlug es aber wirklich Dreizehn!
„Dir ist ja wohl ein Glas Gurken auf den Kopf gefallen!", brüllte Far. Die sture Miene, die der Vampir nun aufsetzte, kannte Far allerdings noch gar nicht. Allein die Tatsache, dass er schwankend in der Tür stand, ließ Far wieder zum Telefon greifen.
„Doc, er will nicht. Ich werde ihn hier ins Bett stecken und …" – „Jaja!" – „Sicher." – „Natürlich." – „Stur wie ein Maultierarsch …" Er beobachtete wie Songlian mit einem Seufzen am Türrahmen zu Boden rutschte und müde den Kopf auf die angezogenen Knie legte. Mister X schmiegte sich schnurrend an seine Seite, und Songlian kraulte ihn am Kinn.
Far beendete das Telefonat und hockte sich neben ihn.
„Warum bist du nicht im Lazarett geblieben, Song?", fragte er nun leise.
„Du musst dich doch erholen." Er war ehrlich besorgt um seinen ungewöhnlichen Partner. Merkte der das denn nicht?
„Ich halte es ohne dich nicht aus", murmelte Songlian hilflos. „Ich halte es einfach nicht aus."
Mister X wusste, wann er das Feld räumen musste und zog sich auf seinen Katzenbaum zurück.
„Was redest du denn da?"
„Ich habe mich in dich verliebt, Baxter. Und du willst mich nicht. Du gibst mir dein Blut und alles wird nur schlimmer. Ich liege in diesem Krankenzimmer und dein Blut zerrt mich zu dir …" Songlians Stimme brach.

„Ich verstehe kein Wort. Komm. Lass dir erst einmal auf das Sofa helfen. Und zieh diesen Kittel aus. Der muss ja entsetzlich auf den Wunden scheuern."
Widerstandslos nahm Songlian auf dem Sofa Platz und ließ sich von Far aus dem Kittel helfen. Der Rücken des Vampirs sah immer noch nach einer mittleren Katastrophe aus, heilte aber zusehends.
„Ich hole dir eine Konserve …", sagte Far, doch Songlian schüttelte den Kopf.
„Bring mir Wein", bat er.
Far schaltete den Fernseher aus, ging in die Küche und suchte eine Flasche Wein hervor, die er entkorkte. Er schenkte Songlian großzügig ein Glas voll und brachte es zu dem Vampir zurück. Anschließend setzte er sich ihm gegenüber und forderte: „Erklär mir das mit dem Blut."
Songlian schwieg.
„Songlian!"
„Es ist einzigartig, Far. Das Blut eines jeden Menschen ist einzigartig. Wie ein Fingerabdruck. Man trinkt es, kostet den Geschmack und vergisst es wenig später wieder. Bei deinem Blut ist es anders. Ich kann es die ganze Zeit auf der Zunge schmecken. Ich habe das Gefühl es riechen zu können. Und es scheint in meinen Adern wie ein eigener Herzschlag zu pulsieren. Das liegt nur daran, weil ich so verliebt in dich bin."
Der Vampir klang kläglich.
„Warum denn ausgerechnet ich?" Far seufzte, das unglückliche Gesicht seines Partners ignorierend.
„Letztes Jahr, als der Winter zu Ende ging, hast du in einer Seitengasse eines Juweliers Dämonen gejagt. Kannst du dich erinnern? Ich war ebenfalls hinter ihnen her und hockte auf dem Hausdach. Du hast mich nicht bemerkt. Deine Ausstrahlung, deine Bewegungen und dein Mut … Ich habe mich sofort in dich verliebt", sagte Songlian. Der Einsatz kam Far tatsächlich wieder in den Sinn.
„Ich hatte damals Hilfe, ohne zu wissen von wem. Dämonen hatten sich in meinen Rücken geschlichen."
Songlian nickte.

„Ja, sie sind durch ein zweites Tor gekommen, während du gegen die anderen gekämpft hattest. Du konntest sie in diesem Augenblick nicht bemerken."
„Verdammt!" Far sprang auf und lief in sein Schlafzimmer. Songlian konnte ihn dort kurz kramen hören, dann kehrte Far mit zwei Wurfdolchen zurück, die er fassungslos anstarrte. Es waren Dolche von alter Machart, handgeschmiedet und nicht maschinell hergestellt. Das Heft dieser beiden Klingen war mit einem winzigen Runenmuster versehen. Solche Dolche verwendete Songlian, und er hatte diese beiden Waffen damals in der Gasse auf der Erde liegend gefunden, nachdem sich zwei seiner Angreifer in Asche aufgelöst hatten. Er legte sie zwischen ihnen auf den Tisch.
„Deine." Far stieß einen weiteren tiefen Seufzer aus.
„Ein halbes Jahr lang habe ich versucht dich zu vergessen, bis du mir wieder in die Quere geraten bist. Du bist auf ein paar flüchtende Dämonen gestoßen, die ich gerade gejagt hatte, und hast sie ausgelöscht."
Far nickte. Auch daran konnte er sich erinnern. Die Unterweltler waren gerannt, als wären alle Höllenhunde hinter ihnen her gewesen. Sie hatten ihn nicht einmal bemerkt, bis es für sie zu spät gewesen war.
„Danach habe ich ganz bewusst versucht, dich unterwegs zu treffen und vor einigen Monaten, als ich mir dann meiner Gefühle ganz sicher war, habe ich eine Detektei beauftragt, Informationen über dich zu sammeln."
„Du hast mir hinterher spioniert", sagte Far vorwurfsvoll und sprang aufgebracht von seinem Sessel auf.
„Ich habe diesen verdammten Ordner gefunden. Weißt du eigentlich, was das für ein Gefühl ist, wenn man herausfindet, dass man seit Monaten beobachtet wurde?"
„Ich konnte dich doch nicht einfach ansprechen. Ich, der Vampir und du, ein Officer der SEED." Songlian trank mit einer hilflosen Geste einen Schluck von dem Wein.
„Ich verstehe, wenn du deswegen wütend bist, Far. Es tut mir ja auch leid. Aber je mehr ich über dein Leben erfuhr, desto näher habe ich mich dir gefühlt."

„Songlian, das grenzt an Besessenheit.“
„Aye, besessen vor Liebe“, fauchte Songlian, der langsam die Geduld verlor.
„Hättest du dir nicht einen anderen Kofferraum suchen können? Mein Leben war so herrlich unkompliziert, bevor ich dich traf.“
Songlian stellte das Glas mit einem Klirren auf den Tisch ab und erhob sich steif.
„Wo … wo willst du hin?“, fragte Far aus dem Konzept gebracht.
„Schlafen und mich morgen endlich um eine eigene Wohnung kümmern“, antwortete Songlian schroff.
„Song … bitte. Songlian, zieh nicht aus!“
Dieses Mal sah ihn der Vampir wütend an. „Wird dir eigentlich klar, was du zu mir sagst, Far Baxter? Wenn du meine Liebe nicht erwiderst, dann ist das okay. Das kann ich schließlich nicht erzwingen. Du musst mir nur mal erklären, warum du allein auf Phillips Namen eifersüchtig reagierst, Barnaby grundlos schlägst, mich erst wegen eines Kusses tadelst und schließlich selber küsst und unbedingt mit mir zusammenwohnen willst, was du übrigens auch erst abgelehnt hast. Dieses Hin und Her macht mich total fertig. Du gibst mir dein Blut zu trinken und verschlimmerst damit für mich die Situation noch …“
„Warum fängst du denn immer mit meinem Blut an?“, fragte Far ratlos.
Jetzt ging Songlian richtig in die Luft. „Du hast damit Bande geknüpft, die ich in dieser Situation nun wirklich nicht gebrauchen kann!“, brüllte er. Der Ausbruch war zu viel für den angeschlagenen Vampir. Songlian taumelte, griff blindlings nach einem Halt und wäre beinahe gestürzt.
Far sprang vor und fing ihn auf. Einen Augenblick lang standen sie einfach nur da und hielten einander fest. Songlians Stirn ruhte auf Fars Schulter.
„Dein Blut fließt in mir, Far“, murmelte der Vampir erschöpft. „Ich höre, rieche und fühle dich viel intensiver als zuvor. Dein Blut zieht mich zu dir hin und dem Widerstand zu leisten schmerzt mich viel zu sehr.“

„Song, es tut mir leid. Ich weiß nicht, was mit mir los ist. Du bringst mich so durcheinander. Ich fühle mich zu dir hingezogen, aber ich will das nicht …“
Songlian hob den Kopf und sah Far einen ungemütlichen Moment lang genau in die Augen.
„Hilf mir ins Bett, aye? Ich muss unbedingt wieder schlafen.“

~~*~~

Far hatte bereits früh bei Doc Harper angerufen, um den Arzt zu fragen, was er nun mit Songlian anstellen sollte. Die Antwort bestand in Form von Molly, die per Taxi vor seiner Wohnung angeliefert wurde. Sie begann sogleich mit Songlian wegen dessen Ausbruch aus dem Lazarett zu schimpfen, bereitete gleichzeitig ein Frühstück für Far zu und säuberte das Katzenklo, um Far den Müllbeutel in die Hand zu drücken. Der ergriff die Flucht und fuhr zum Revier. Dort hatte er den Doc in aller Ruhe über Songlians Zustand in Kenntnis gesetzt und sich in die Arbeit gestürzt. Zu seinem Leidwesen verbannte ihn der Chief an seinen Schreibtisch, wo sich Far den ganzen Tag über mit Berichten, Rundschreiben, Statistiken und Karteiergänzungen herumschlagen musste. Als er endlich seinen Feierabend antreten konnte, mochte er gar nicht nach Hause gehen. Er würde sich dann wieder mit Songlian auseinandersetzen müssen und davor hatte er irgendwie Angst. Aber einmal musste er ja doch nach Hause. Als er die Wohnung betrat, stand Molly bereits in den Startlöchern.
„Sie haben sich verdammt viel Zeit gelassen“, schalt sie und verschwand eilig im Treppenhaus.
Far schloss die Tür und hängte seine Jacke auf einen Haken. Er hörte Songlian in seinem Zimmer telefonieren und warf einen Blick hinein. Der Vampir saß auf seinem Bett. Etliche Papiere und Mappen waren um ihn herum verstreut und er blätterte gerade einen weiteren Stapel durch, während er jemandem am Handy lauschte. Hinter ihm auf seinem Kopfkissen lag ein orangefarbenes Fellknäuel und schnurrte.

„Sobald wie möglich, wenn machbar. Von mir aus auch schon nächste Woche. Wenden Sie sich wegen des Vertrags und der Zahlung an die Kanzlei *Bellington & Smith*. Mr. Bellington ist bereits unterrichtet …“ – „Ja, vielen Dank. Und die entsprechenden Schlüssel können Sie auch dort hinterlegen.“ – „Ich habe zu danken. Auf Wiederhören.“ Songlian legte auf.
„Hey Far“, grüßte er dann etwas verspätet und schob die Papiere zusammen. Far hob eine der Mappen auf und öffnete sie. Der Grundriss einer Wohnung war als erste Seite abgeheftet.
„Du suchst dir wirklich eine neue Bleibe?“, fragte er erschrocken, als er die dazugehörige Beschreibung der Wohnung überflog.
„Nun nicht mehr. Nächste Woche ziehe ich um.“ Songlians Stimme klang höflich, aber kühl.
„Moment mal. Du hockst krank im Bett, und es gelingt dir tatsächlich innerhalb eines Tages eine Wohnung zu mieten? Wie soll das denn gehen?“
„Ich habe sie nicht gemietet, ich habe sie gekauft“, erklärte Songlian spitz.
„Und was das *Wie* angeht, so habe ich durchaus meine Möglichkeiten. Die Exposés hat mir heute Vormittag ein Bote gebracht.“
Far stand da und wusste nichts zu sagen. Er wusste nur, dass er Songlian nicht gehen lassen wollte. Der Vampir schien seine traurige Stimmung zu spüren.
„Far, es geht doch so nicht weiter. Ich kann unter diesen Umständen einfach nicht ständig in deiner Nähe sein. Du findest dein Leben im Moment kompliziert? Frag mich mal, wie es mir dabei geht.“
Far legte das Exposé vorsichtig auf die Bettdecke zurück. Er sah Songlian nicht an.
„Was muss ich tun, damit du nicht gehst?“, fragte er leise.
„Far …“ Songlian brach mit einer hilflosen Geste ab.
„Du hast recht, Song, ich habe Gefühle für dich. Ich kann damit nur nicht umgehen. Es ist so neu, macht mir Angst und es ist mir auch peinlich. Aber ich will nicht, dass du gehst.“ Nach dieser geständigen Ansage drehte sich Far auf den Absatz um und marschierte in sein Zimmer. Vom Balkon aus sah er be-

drückt auf die nächtliche Straße hinunter. Er konnte hören, wie Songlian in seinem Zimmer die Unterlagen zu Boden fegte, und vernahm dann das unsichere Tappen nackter Füße. Gleich darauf stand Songlian dicht hinter ihm. Arme umschlangen Fars Mitte und ein Kinn legte sich auf seine Schulter.
Fühlt sich eigentlich nicht schlecht an, musste Far zugeben und gestattete sich, sich ein wenig an Songlian zu lehnen.
„Warum hast du mich vor dem *Battlefield* geküsst, Far?", fragte der Vampir leise.
Far ließ sich mit der Antwort Zeit.
„Ich habe gesehen, wie du mit diesem Barnaby in das gelbe Separee gegangen bist. Der Barkeeper hat mir vorher erklärt, wozu man diese Zimmer mietet. Irgendwie bin ich wütend auf dich geworden. Ich war schon wütend als du dich von Phillip hast massieren lassen. Du … du hast so begehrenswert ausgesehen." Far konnte Songlians Lächeln in seinem Rücken regelrecht spüren.
„Ich habe im *Battlefield* Gin getrunken und gewartet. Dabei hat sich wohl meine Fantasie ein wenig selbstständig gemacht."
„Du bist tatsächlich eifersüchtig geworden und hast ihn geschlagen."
„Tut mir leid."
„Oh, es ist durchaus schmeichelhaft. Erzähl weiter."
„Ihr habt miteinander geschlafen?", fragte Far.
Songlian nickte kurz.
„Das hatte ich mir gedacht. War ja offensichtlich. Und vor dem Club, da fingst du auch noch an mich zu provozieren und auf einmal wollte ich einfach nur Barnabys Spuren auf deinem Körper überdecken. Klingt blöd, oder?" Far drehte den Kopf und befand sich auf einmal ziemlich dicht vor Songlians Gesicht.
„Eigentlich nicht", sagte der nachdenklich.
Far bemerkte, dass Songlian auf seine Lippen schaute. Er bekam erneut Herzklopfen. Mutig neigte er den Kopf und küsste Songlian. Es wurde ein sanfter, unschuldiger und ein wenig zaghafter Kuss. Ein vorsichtiges Zulassen seiner Gefühle.
„Aaah", seufzte der Vampir. „Das schmeckt nach mehr. Oder fühlt sich das für dich falsch an?"

„Mein Kopf sagt Ja, aber mein Herz meint Nein “, murmelte Far. Oder war es doch eher anders herum? Er war völlig durcheinander.
Songlian nahm seine Hand.
„Komm“, forderte er Far auf und zog ihn hinter sich her zu seinem Zimmer.
Far schaute genau auf Songlians zerschlagenen Rücken.
„Was hast du vor?“, fragte er ein wenig bang. Der sah ihn über die Schulter hinweg an.
„Nichts Schlimmes. Mit meinem Rücken werden wir uns ohnehin noch zurückhalten müssen.“ Sie liefen über die achtlos am Boden liegenden Exposés und ließen sich auf Songlians Bett fallen.
„Songlian, wann habe ich irgendetwas davon gesagt, dass ich mit dir ins Bett gehe?“, fragte Far nervös, als sich der Vampir über ihn beugte.
„Wenn du es wirklich nicht willst, dann sag es und ich lasse dich sofort los.“ Der Vampir sah ihn mit einem verschmitzten Lächeln an.
Ich will ja. Oder doch nicht? Gefangen in seinem inneren Konflikt blieb Far einfach nur still liegen. Er wollte nicht, dass Songlian ihn losließ. Aber gewisse Dinge entzogen sich völlig seiner Vorstellungskraft.

Fars innerer Kampf spiegelte sich nur zu deutlich auf seinem Gesicht ab. Auch Songlian fühlte sich auf einmal ziemlich aufgeregt. Er konnte kaum glauben, dass Far über seinen Schatten gesprungen war und ihn erneut geküsst hatte. Jederzeit mit einer ablehnenden Reaktion rechnend, knöpfte Songlian ihm das Hemd auf. Langsam strichen seine Hände federleicht über Fars Brust bis hin zu seinen harten Bauchmuskeln. Warm und glatt war die Haut, durchzogen von vereinzeltem Narbengewebe, lebendig, kraftvoll und von Anspannung durchtränkt. Fars Herz schlug viel zu schnell gegen seine Finger. Er rührte sich noch immer nicht, sah ihn bloß verwirrt an. Songlian fuhr mit den sanften Berührungen fort. Er strich über Fars raue Wange – er

hatte sie wieder einmal nicht rasiert – und ließ die Finger über Fars Lippen gleiten, was ihm ein leises Lächeln entlockte.
„Mein Magen kribbelt", sagte Far.
„Meiner auch. Vielleicht hört es ja auf, wenn du mich noch mal küsst."
Das Lächeln wurde breiter.
„Aye, vielleicht." Nackte Haut berührte nackte Haut, als sie sich aneinander schmiegten. Songlians empfindliche, vampirische Sinne schwelgten in Fars unvergleichlichem Geruch nach Erregung und Furcht, in seinem Geschmack und seinen Berührungen. Kräftige Finger griffen, nach einem Halt suchend, in sein blauschwarzes Haar. Songlians Zunge tauchte in Fars Mund und stieß spielerisch gegen seinen Gaumen, ehe sie mit der seinen einen langsamen Tanz aufnahm. Far seufzte leise. Der Laut war kaum mehr als ein Hauch, aber der Vampir empfand ihn als ungemein reizend. Dann unterbrach Far den Kuss und Songlian fühlte seine Lippen, die neckend über seinen Hals glitten. Doch der Vampir zuckte kurz zusammen. Für den Bruchteil einer Sekunde spürte er fremde Münder an seiner Haut und unerwünschte Hände an seinem Körper. Er schüttelte den Kopf, um diese Empfindungen abzuschütteln und blickte dann in fragende, stahlgraue Augen. Als wollte er sich versichern, dass alles in Ordnung war, kuschelte er sich erneut an Far und hieß die ihn umschlingenden Arme willkommen. Endlich einmal ließ Far Gefühle zu, da würde er doch auf keinen Fall an Lorcans Freunde denken. Er schob ein Bein über Fars Schenkel und rieb sich leicht an ihm. Seine Erregung flammte erneut auf. Far hatte die Augen nun geschlossen, genoss blind und atmete schwer. Songlian tastete sich in Richtung seines Hosenbundes vor. Mehr nackte Haut. Er wollte einfach mehr von Far spüren. Dessen Hände glitten mit leichtem Druck über seine Schultern. Genau über die Stelle, wo gröbere Finger Songlian gepackt hatten. Finger, die ihn festhielten, während sich Fangzähne in sein Fleisch gruben und er sich in dem festen Griff seiner Peiniger die Schulter ausrenkte. Der Vampir stieß heftig den Atem aus und genau diesen Moment wählte Far, um sich von ihm zu lösen.

„Es tut mir leid, Song. Aber ich glaube, mir wird das eben doch ein bisschen viel.“
Beinahe hätte Songlian vor Erleichterung aufgelacht. Er verstand einfach nicht, wieso er sich so sehr nach Fars Nähe sehnte und dann bei dessen Berührungen vor Schreck beinahe erstarrte.
„Bist du jetzt sauer?“ Far setzte sich auf und schaute ihn fragend an.
„Nein, bin ich nicht. Vielleicht sollten wir es einfach langsamer angehen lassen.“
„Sag mal, ist irgendetwas mit dir?“
Hastig schüttelte der Vampir den Kopf und lehnte sich gegen Fars Schulter.
„Ich fahr total auf diese Uniform ab“, murmelte Songlian und zupfte ablenkend an Fars dunkelblauem Hosenbein.
„Song … was ist mit der Wohnung?“
Der Vampir brauchte einen Augenblick, bis er sich an den Wohnungskauf erinnerte. Jetzt grinste er.
„Noch habe ich keinen Vertrag unterschrieben. Du könntest mir also noch eine bessere Lösung anbieten.“
„Zum Beispiel?“
„Ich könnte in dein Bett einziehen“, schlug Songlian vor.
„Die Entscheidung fällt mir jetzt aber wirklich nicht leicht.“ Far konnte es offenbar nicht lassen, ihn ein wenig zu necken.
„Komm schon, Baxter. Ich schnarche nicht, stehle niemandem die Bettdecke und habe auch keine kalten Füße.“
Far lachte und hob sich ergebend die Arme.
„Okay, okay. Du darfst in meinem Bettchen schlafen. Aber davon, dass du ausziehst, wird nie wieder die Rede sein, versprochen?“
„Versprochen. Nie wieder.“
Far erhob sich jetzt umständlich.
„Wo willst du hin?“, fragte Songlian.
„Keine Sorge, ich renne nicht weg. Ich muss duschen, Song. *Kalt* duschen.“
Songlian lachte.

Als Far in einem Morgenmantel aus dem Bad kam, hatte Songlian bereits die Bettwäsche von seinem Zimmer in das von Far getragen.
„Dein Dolch liegt noch unter dem Kissen", erklärte er.
„Ich werde ihn nutzen, falls du frech wirst", drohte Far.
„Ehrlich gesagt, bin ich etwas müde." Songlian schlüpfte unter die Decke.
„Dein Rücken, nicht wahr? Alles andere scheint bereits verheilt zu sein. Verdammt, wenn ich daran denke, wie sie dich gebissen haben, werde ich richtig stinkig." Far rubbelte sich mit einem Handtuch energisch die Haare trocken. Songlian horchte auf.
„Was hast du noch gesehen?", fragte der Vampir und bemühte sich um Gelassenheit.
„Dein ausgepeitschter Anblick hat mir gereicht. Was sollte es denn noch gegeben haben?"
Songlian zuckte bloß mit den Schultern.
„Song, war da noch etwas, über das du nicht reden willst?"
Verdammt, er ist sensibler, als ich dachte.
„Komm ins Bett, Far." Doch so einfach ließ der sich nicht von seinem Gedanken ablenken.
„Songlian!"
„Da war nichts", schwindelte der. Far konnte schnell wütend werden, wie der Vampir wusste, und genau das war er jetzt auch.
„Lüg mich nicht an, Walker! Ich hasse nichts so sehr, wie angelogen zu werden."
Ertappt biss sich der Vampir auf die Lippen. Auf einmal saß Far neben ihm auf der Bettkante.
„Song, entschuldige. Es ist für mich okay, wenn du nicht darüber reden willst. Aber bitte lüg mich nicht an", bat er.
„Ich *kann* darüber nicht reden", murmelte Songlian hilflos. „Aber, aye, keine Lügen. Tut mir leid."
„Versuchst du, mich vor irgendetwas zu schützen?", fragte Far sanft.
„Baxter, Vampire sind ein bösartiger Haufen. Es gibt Dinge, die sie einander antun können, die jenseits deines Vorstellungsvermögens liegen. Und jetzt genug davon. Willst du den Mantel eigentlich die ganze Nacht anlassen?"

Far sah ihn noch einen Moment lang an, als wollte er etwas sagen. Doch zu Songlian Erleichterung zog er sich bloß mit einer verlegenen Grimasse seinen Morgenmantel aus.

„Sieh mich nicht so an“, brummte er.

„Wie sehe ich dich denn an?“, fragte Songlian nun wieder belustigt.

„Hungrig“, erklärte Far.

„Oh ja und wie …“

Eigentlich hatte Far damit gerechnet, eine relativ schlaflose Nacht zu verbringen. Doch Songlians Nähe empfand er als angenehm und der Geruch von Sandelholz und Zimt begleitete ihn rasch in den Schlaf. Das gemeine Klingeln des Weckers riss ihn dann unsanft aus den Träumen und gewohnheitsmäßig wollte er das blöde Ding mit einem groben Hieb in Richtung Nachttisch zu Ruhe bringen. Nur da war kein Nachttisch mehr. Seine Faust hieb in ein Kissen. Neben ihm lachte jemand.

„Vorsicht. Sonst muss ich gleich wieder zu Doc Harper.“

„Morgen“, nuschelte Far.

„Guten Morgen, Mr. Baxter. Die Arbeit ruft. Ich mache dir Tee und füttere diesen pelzigen Fresssack, der da an der Tür bereits auf seine Mahlzeit wartet.“ Die letzten Worte richteten sich an Mister X, der leise maunzend an der Tür lauerte. Far schaute Songlians nackter Kehrseite hinterher, als der Vampir völlig unbefangen in die Küche ging. Dann hob er die Bettdecke und spähte an sich hinab.

„Mist“, murmelte er. Und noch einmal: „Mist!“

Es war ja nicht zu fassen, dass allein Songlians nackter Arsch eine solche Reaktion auslöste. Far flüchtete ins Badezimmer, ehe Songlian seinen Zustand bemerken konnte. Kalt duschen schien zu einer unschönen Gewohnheit zu werden. Fertig angezogen nahm er dann in der Küche seinen Tee entgegen. Songlian hatte sich inzwischen einen Morgenmantel locker übergeworfen und bereits Toast und Eier für Far fertig. Auch der Kater arbeitete sich gerade durch sein Frühstück.

„Song, du musst mich aber nicht ständig bekochen“, murmelte Far.
„Das hast du mir in den letzten Wochen mindestens hundert Mal gesagt. Schmeckt es dir nicht?“
„Doch. Aber ich komme mir dabei vor, als würde ich dich ausnutzen.“
„Keine Sorge, das tust du nicht. Es macht mir Spaß. Und du ertränkst alles in Ketchup. Ich habe genau gesehen, was du neulich mit dieser widerlichen Tiefkühlpizza angestellt hast. Da fallen einem wirklich die Fangzähne raus.“
„Heißt das, dass Ketchup wirksamer ist als Knoblauch?“, fragte Far zwischen zwei Bissen Toast.
Grinsend drehte sich Songlian zu ihm um. „Hast du gerade einen Witz gemacht, Baxter?“
Far schnippte einen Brotkrümel in seine Richtung.
„Sagst du nun wirklich diesen Wohnungskauf ab, oder hast du es dir anders überlegt?“, fragte Far wie beiläufig.
„Na ja …“ Songlian zögerte, sodass Far sofort erschrocken nachhakte: „Song?“
„Also, Far, wenn du mich nun so direkt darauf ansprichst, dann …“
„Songlian!“
„… bleibe ich wohl. Dein kuscheliges Bett hat mich schlicht überzeugt.“ Songlian grinste.
Far warf mit einer Scheibe Toast nach ihm und traf ihn mitten im Gesicht. Songlian wischte sich Butter und Krümel von der Wange.
„Wie gemein, mich so zappeln zu lassen“, knurrte Far.
„Ich werde nachher meinen Anwalt anrufen und ihm klarmachen, dass sein wankelmütiger Mandant sich gegen einen Kauf entschieden hat. Ich muss ohnehin noch einige andere Geschäfte mit ihm bereden.“
„Du solltest dich lieber noch ausruhen, Song. Gib deinem Körper doch eine Chance zu heilen.“ Dem Gesicht des Vampirs konnte Far entnehmen, dass er sich wie eine Krankenschwester aufführte.

„Es geht doch bereits einigermaßen. Sicherlich kann ich nächste Woche in den Dienst zurück", sagte Songlian zuversichtlich.
„Joey, Coop und Jon fragen bereits die ganze Zeit nach dir."
„Sie werden nach dir fragen, wenn du nicht bald losfährst. Wie immer bist du spät dran, Baxter."
Derartig ermahnt beendete Far rasch sein Frühstück, schnappte sich seine Wagenschlüssel und den Waffengürtel.
„Bis später", verabschiedete er sich.
„Tschüss, Schatz. Viel Spaß", flötete ihm Songlian mädchenhaft hinterher.
Langsam kehrte Far zur Küchentür zurück. „Song, nenn mich bloß nicht Schatz."

Ohne Far war es seltsam still in der Wohnung. Weil dessen CD-Sammlung außer *Nightdust*, *Totenwirker* und *Gefallene Engel* keine ansprechende Unterhaltung in Songlians Sinne anbot, lud er sich ein paar MP3-Dateien aus dem Internet herunter. Nach einer Weile rieselten die berauschenden Klänge von Wagners *Tristan und Isolde* durch die Zimmer.
„Es geht doch nichts über die alten Meister", sagte der Vampir zufrieden. Er hatte sich bereits Fars Metalbands aussetzen müssen und hätte sich nicht gewundert, wenn man mit dieser Musik auch Feinde in die Flucht schlagen konnte. Ein Wunder, dass er noch Nachbarn hatte. Er stellte die Musik ein wenig leiser und rief seinen Anwalt an.
„Mr. Bellington, was die Wohnung angeht, habe ich meine Meinung geändert. Ich werde weiterhin bei meinem Partner wohnen bleiben. Es wäre nett, wenn Sie dem Verkäufer die Unterlagen zurückschicken würden", sagte er zu dem einzigen Mann, der nahezu alles über ihn wusste. Er sprach etwa eine halbe Stunde mit seinem Anwalt, und als er fertig war, ging *Tristan und Isolde* in den zweiten Aufzug.

„O sink hernieder, Nacht der Liebe,
gib Vergessen, dass ich lebe;
nimm mich auf in deinen Schoß,
löse von der Welt mich los!

So stürben wir, um ungetrennt –
Ewig einig, ohne End',
ohn' Erwachen – ohn' Erbangen –
namenlos in Lieb' umfangen,
ganz uns selbst gegeben,
der Liebe nur zu leben!
Ohne Nennen, ohne Trennen,
neu Erkennen, neu Entbrennen;
ewig endlos, ein-bewusst:
heiß erglühter Brust
höchste Liebeslust!"

Leise sang Songlian die Worte mit, während er die Exposés ordnete, die er am Vorabend durcheinander gebracht hatte. Kurz darauf tauchte Molly auf, die sich gleich als Erstes seinen Rücken anschaute und ein zufriedenes Gesicht zog. Dennoch brauchte Songlian beinahe eine Stunde, um sie ins Revier zurückzuschicken. Erst als er ihr wiederholt versicherte, dass er sich prima fühlte und sich ganz bestimmt nicht überanstrengen würde, setzte sich die Krankenschwester in ein Taxi und fuhr wieder in ihr Lazarett.

Kaum war sie fort, griff der Vampir erneut zum Telefon. Beinahe sofort wurde am anderen Ende abgehoben.

„Hallo, Nalu. Hier ist Songlian. Die Sache, um die ich dich neulich bat … Hast du da schon Neuigkeiten für mich?" – „Okay, wann erwartest du ihn zurück?" – „Ich schicke dir morgen einen Freund vorbei. Sein Name ist Far Baxter." – „Nein, du kannst ihm vertrauen, als ob ich es persönlich wäre …" – Danke, Nalu. Bis bald."

Songlian ging in die Küche und kochte sich eine Tasse von Fars Gewürztee. So langsam erwärmte auch er sich für das Getränk mit dem kräftigen Geschmack. Er überlegte gerade, ob er sich eine weitere Oper anhören sollte, als sein Handy klingelte. Das Display zeigte Fars Nummer an.

„Hey", meldete sich Songlian erfreut." – „Ja, mir geht es gut. Ich langweile mich nur ein wenig." – „Ich habe mir eine Oper angehört, Far." – „Natürlich ist das Musik. Wie kannst du nur fragen?" – „Nein, ich verspreche dir, dass ich brav zu Hause

bleiben werde. Wo sollte ich denn auch hingehen?" – „Aye, bis später."
Songlian starrte das Handy an. Damit hatte er nicht gerechnet. Offensichtlich vermisste ihn Far ebenfalls, sonst hätte er doch nicht wegen einiger belangloser Fragen angerufen. Er begann die Wohnung aufzuräumen. Far war ein Ordnungsfanatiker, aber er selber neigte dazu, alles, was er in die Finger bekam, irgendwo stehen oder liegen zu lassen. Wenn ihr Zusammenleben harmonisch verlaufen sollte, würde er ordentlicher werden müssen. Sogar Phillip hatte immer schimpfend hinter ihm hergeräumt.
Endlich war er mit dem Zustand der Wohnung zufrieden. Songlian schaltete den Fernseher ein und kochte sich noch einen Tee. Mit Mister X sah er sich anschließend eine Dokumentation an, bis er an den Kater gekuschelt einschlief.

Ein grünes Auge blinzelte ihn warnend an, als sich Far über Songlian beugte. Der Rücken seines Gefährten sah mit jeder Stunde besser aus. Beinahe die Hälfte der Wunden war schon ganz verschwunden, der Rest hatte sich zumindest geschlossen. Mister X lag in Songlians Armen und schien seinen Platz dort nicht aufgeben zu wollen. Far schlich in die Küche und stellte die Tüten mit chinesischem Essen auf dem Tisch ab. Nun holte er eine Blutkonserve hervor und ließ deren Inhalt in eine große Tasse laufen. Damit kehrte er zu Songlian zurück. Leise lächelnd hielt er dem Vampir die Tasse unter die Nase. Mit einem Ruck riss Songlian die Augen auf und fuhr in die Höhe. Der Kater floh mit einem erschreckten Maunzen auf seinen Katzenbaum.
„Schlafmütze." Far lachte vergnügt.
Songlian nahm ihm die Tasse ab.
„Was soll ich damit?", fragte er verdutzt.
„Doc Harper sagte, du sollst wenigstens eine Konserve am Tag zu dir nehmen, um den Heilprozess zu unterstützen", erklärte Far.
„Und der Doc ist ein Spezialist für Vampire?", erkundigte sich Songlian sarkastisch, trank die Tasse aber folgsam leer. Wie

immer, wenn er Blut zu sich nahm, veränderten sich seine bernsteingelben Augen in etwas Katzenartiges. Die Pupillen verengten sich zu schmalen Schlitzen, die ihm ein bösartiges Aussehen verliehen. Nur einen Moment, dann waren seine Augen betörend wie immer.

„Später gibt es etwas vom Chinesen. Wir müssen es nur in der Mikro aufwärmen", sagte Far, nahm Songlian die Tasse ab und spülte sie in der Küche aus, ehe er sie in den Spüler räumte.

„Ich habe ein Attentat auf dich vor", sagte Songlian von der Tür her.

„Worum geht es?" Far öffnete geschäftig einen der Schränke.

„Es geht um Ooghi."

Far fuhr herum. Teller klirrten und fielen beinahe zu Boden.

„Ooghi?", fragte er heiser nach.

„Ich habe diese Sache nicht vergessen, Far. Der Inhaber des *Milchschaums* erwartet morgen Nachmittag eine Nachricht. Du kannst sie dort abholen."

„Natürlich. Was soll ich tun?" Far war bereits ganz aufgeregt.

„Du gehst in den Laden, bestellst dir etwas Nettes, erkundigst dich, ob ich bereits da gewesen bin, und schaust einfach in der Serviette oder unter deiner Tasse nach. Nalu Balaga wird die Nachricht dort irgendwo verstecken." Die Mikrowelle gab Laut, und Songlian holte das Essen hervor.

„Vielen Dank", sagte Far, der bereits geglaubt hatte bezüglich Ooghi in einer Sackgasse zu stecken. „Im Alleingang bin ich nicht sonderlich weit gekommen."

Songlian brummte etwas Unverständliches und trug das Essen ins Wohnzimmer.

Ein dunkelhäutiger Mann stand an der Theke und reichte einer Kundin gerade einen Becher Café Latte zum Mitnehmen. Mit einem fragenden Lächeln wandte er sich anschließend Far zu.

„Einen Cappuccino und zwei von den Brownies", bestellte Far.

„Ja, gerne."

Während die Maschine den Cappuccino gurgelnd in eine Tasse entließ und der Mann die Brownies auf einen Teller tat, fragte Far: „War Mr. Walker heute hier?"
Die dunklen Augen des Mannes richteten sich rasch auf ihn. „Oh ja. Er hat heute kurz reingeschaut. Wie immer war er auf den *Kuchen* ganz wild. Nehmen Sie Platz, Sir, ich bringe Ihnen Ihre Bestellung sofort."
Far nickte dankend und suchte sich einen Fensterplatz in einer Nische aus. Kurz darauf brachte ihm der Mann die Brownies und den Cappuccino. Far bezahlte und gab ein großzügiges Trinkgeld. Der Cappuccino war Weltklasse. Er nippte genießerisch an der heißen Flüssigkeit. Kuchen hatte der Inhaber gesagt, erinnerte sich Far und hob unauffällig den Teller an. Dort fand er auf der Serviette liegend einen kleinen, zusammengefalteten Zettel, den er rasch an sich nahm und in der Jackentasche verschwinden ließ. Am liebsten hätte Far die Nachricht gleich gelesen, so aber zwang er sich die leckeren Brownies zu essen. Schließlich wusste man nie, wer einen gerade beobachtete.
„Darf ich?" Ohne eine Antwort abzuwarten, ließ sich auch prompt jemand Far gegenüber auf den Stuhl fallen. Der schaute überrascht auf und hätte sich beinahe verschluckt. Seine Hand fuhr im Reflex zur DV8. Lorcan Walker schüttelte lediglich belustigt den Kopf.
„Du wirst mich bestimmt nicht hier vor aller Augen erschießen, Baxter."
„Was willst du?", fragte Far im scharfen Ton.
„Friede, Baxter. Meine Leute haben versucht, dich zu ersäufen und du hast mir ein Loch in den Bauch geschossen. Wir sollten heute einfach ganz von vorn anfangen."
„Sollten wir das?" Far schnaubte verächtlich. Er widerstand dem Drang, dem Vampir die Brownies an den Kopf zu werfen. Es wäre schade um das Gebäck gewesen. Über den Tisch hinweg musterten sie einander feindselig. Lorcan war kleiner als Songlian, aber genauso drahtig und muskulös. In seinem Gesicht konnte Far keine Spur seines Freundes entdecken, worüber er keineswegs böse war. Lorcan schien seine Gedanken zu erraten.

„Bhreac und ich kommen ganz nach unserer Mutter. So-lian ist unserem Vater wie aus dem Gesicht geschnitten. Er ist sehr attraktiv, nicht wahr, Baxter? Und er hat eine sehr sinnliche Ausstrahlung. Das brachte unseren Vater um."
„Ich verstehe nicht ganz."
Überrascht sah ihn Lorcan an.
„Hat dir So-lian gar nicht erzählt, warum er Vater ausgelöscht hat? Na, so was." Er lachte amüsiert.
„Vater umgab sich gerne mit schönen Frauen und Männern, Baxter. Die wandten sich jedoch So-lian zu, als der ein bestimmtes Alter erreichte. Im Gegensatz zu Vater hat mein Bruder nämlich auch noch Charme."
Das konnte Far durchaus nicht abstreiten.
„Sie bekamen deswegen Streit und Songlian brachte das Oberhaupt unserer Familie um."
„Arawn hätte Songlian natürlich vergeben, richtig?", brachte Far mit ätzender Stimme hervor. „Weil er sicherlich genauso verständnisvoll wie seine anderen beiden Söhne war."
Lorcan lächelte ihn nur freundlich an.
Far tat gelangweilt und kaute an einem Brownie herum. Als Lorcan nicht weiter sprach, spülte Far seinen Brownie mit einem Schluck Cappuccino hinunter.
„War nett, dass du mal vorbeigeschaut hast, Walker. Bis bald", verabschiedete er den Vampir unhöflich.
„Nicht so schnell, Baxter", sagte er und schlug gelassen die Beine übereinander. „Ich habe dir ein Geschäft anzubieten."
„Nicht interessiert."
Lorcan schüttelte lächelnd den Kopf. „Nun hör dir erst einmal an, was ich dir zu sagen habe. Ich möchte, dass Songlian in den Schoß der Familie zurückkehrt. Du wirst ihn zu einem bestimmten Ort bestellen und ich nehme ihn dort in Empfang."
„Und was bekomme ich als Gegenleistung?", erkundigte sich Far.
„Ich bringe dir dafür Ooghi. Du suchst ihn, habe ich von Kate gehört."
Far beugte sich vor.
„Immer noch kein Interesse, Walker", sagte er leise.

„Oh du liebe Güte, hat dich Songlians Charme bereits eingelullt? Oder …“ Lorcan tat auf einmal erstaunt. „Oder bumst er dich etwa schon?“
Am liebsten hätte ihm Far die Schnauze poliert, aber er riss sich mit Mühe zusammen und schwieg.
„Ich kann dich ja verstehen, Baxter. Unser lieber Songlian ist ein appetitlicher Happen und sehr … vielseitig zu gebrauchen. Schließlich hatten meine Freunde erst vor Kurzem ihren Spaß mit ihm. Hat er dir erzählt, wie er es genossen hat, Baxter? Er kann ja so hinreißend stöhnen.“
Far hielt dem gemeinen Blick des Vampirs tapfer stand. Allerdings stieg Übelkeit in ihm auf, als er Lorcans Worte auch begriff. Schweigend sah er Lorcan weiterhin an und stellte sich bildlich vor, wie er den Vampir mit Wonne würgte.
„Ich möchte dir einen guten, ehrlich gemeinten Rat geben, Baxter. Gib mir Songlian. Das ist besser für dich. Mein kleiner Bruder sucht sich ständig jemanden, mit dem er im Bett spielen kann. Danach lässt er dich fallen und wendet sich einem neuen Spielzeug zu. Was glaubst du denn, wie lange du die Aufmerksamkeit eines ewig lebenden Vampirs fesseln kannst? Denk darüber nach und schick Songlian dann morgen um zwölf Uhr zum Gramercy Park. Er soll an der Statue von Edwin Booth warten.“
„Du kannst mich mal, Walker“, sagte Far mit der freundlichsten Stimme, zu der er fähig war.
Der lächelte genauso freundlich zurück.
„Das wünschst du dir nicht wirklich, Baxter.“ Er erhob sich.
„Zwölf Uhr. Vergiss das nicht.“ Damit war er verschwunden.
Far lehnte sich zurück und atmete mit geschlossenen Augen tief durch. Er erinnerte sich an die vielen Bisswunden überall auf Songlians Körper. Er erinnerte sich an den gehetzten Blick des Vampirs und an seine Fragen, was Far alles in dieser Folterkammer gesehen hatte. Die Übelkeit vertiefte sich. Hastig erhob sich Far und eilte quer durch den Laden zu den Herrentoiletten. Dort wusch er sich mit eiskaltem Wasser das Gesicht. Ein Blick in den Spiegel zeigte ihm, dass er kreideweiß war. Er bezweifelte, dass Songlian an derartigen Perversionen Spaß gehabt hatte.

Langsam kehrte er in den Shop zurück. Der Inhaber räumte gerade seinen Teller und die leere Cappuccino-Tasse auf ein Tablett.
„Ist Ihnen nicht gut?“, erkundigte sich Nalu Balaga mit sorgenvoll gerunzelter Stirn.
„Kennen Sie die Person, die sich eben an meinen Tisch gesetzt hat, Mr. Balaga?“
Der schüttelte den Kopf. „Der Mann hatte keine guten Augen. Er sah wie ein Verbrecher im Anzug aus. Vielleicht sollten Sie auf sich aufpassen, hm?“
„Aye, das werde ich. Geben Sie mir ein paar Brownies mit? Mr. Walker ist ganz versessen auf Süßigkeiten, da will ich ihm auch welche mitbringen.“
Nalu Balaga grinste.
„Ich habe kleine Cremetörtchen da, die sollten Sie besser nehmen. Mr. Walker wird sich freuen.“ Er packte Far von den Törtchen ein und dann trat der langsam den Heimweg an. Den Zettel in seiner Tasche hatte er ganz vergessen.

Songlian kam aus dem Wohnzimmer, als Far die Wohnung betrat.
„Ich habe dir Cremetörtchen mitgebracht“, sagte Far geistesabwesend.
„Und was ist mit der Nachricht?“, fragte Songlian.
„Was für eine Nachricht?“, fragte Far und schaute auf. Das Törtchen, an dem Songlian mit verzückter Miene geschnuppert hatte, fiel ihm aus der Hand und zermatschte auf dem Küchentisch.
„Die Nachricht, die Ooghi betrifft“, erklärte Songlian verblüfft. „Du warst doch so erpicht darauf. Was ist denn passiert, dass du das ganz vergessen hast?“
Far warf ihm einen seltsamen Blick zu, zuckte aber mit den Schultern.
„Ich war wohl mit den Gedanken ganz woanders“, murmelte er und zog den Zettel aus seiner Tasche.

Songlian leckte sich die vom Törtchen verklebten Finger ab und musterte Far nachdenklich.
„Song, was wird eigentlich in zwanzig Jahren aus uns?“, fragte Far auf einmal.
„Hoffentlich weisere Personen. Wieso fragst du?“
„Na ja, ich werde alt und runzlig und du bleibst jung und knackig.“
Jetzt wurden Songlians Augen schmal und bekamen einen wachsamen Ausdruck.
„Was ist passiert, Far?“, wollte er wieder wissen.
„Nichts“, brummte der.
„Dieses Mal lügt wohl derjenige, der noch vor Kurzem gesagt hat, dass er Lügen hasst.“ Wütend wandte sich Songlian ab und kehrte ins Wohnzimmer zurück.
Derartig getadelt folgte ihm Far. „Du hast ja recht, Song, und ich will dir sagen, was los gewesen ist. Ich hatte nette Gesellschaft im *Milchschaum*. Dein Bruder Lorcan gab sich die Ehre.“
Songlian wirbelte herum. Doch als er in Fars Gesicht sah, verkniff er sich einen Kommentar.
„Song, was hätte ich in Lucas Winters Villa noch sehen können?“, fragte Far geradeheraus.
Der Vampir wurde blass und wich unwillkürlich einen Schritt zurück. Er schüttelte den Kopf.
„Song?“
Songlian schwieg beharrlich und starrte nun zu Boden.
„Lorcan sagte mir, es hätte dir Spaß gemacht.“
Songlian fuhr mit einem erstickten Schrei herum und flüchtete.
„Song!“ Far folgte ihm bis zum Badezimmer. Dort klemmte ihm die zuschlagende Tür beinahe die Nase ein. Er konnte Songlian würgen hören.
Mir ist selber schlecht.
„Mach auf!“ Herrisch schlug er mit der Faust gegen die Tür. Keine Reaktion.
„Mach die verdammte Tür auf, Song, ehe ich sie aufbreche.“
Dieses Mal gehorchte Songlian und stand ihm wie ein Häufchen Elend gegenüber. Mit einem rauen Fluch zog ihn Far in die

Arme. Songlian zitterte am ganzen Leib, lehnte sich aber willig gegen ihn.
„Was hat er gesagt?“, fragte er leise.
„Dass du für eine Privatorgie herhalten musstest. Stimmt das?“
Songlian nickte kaum merklich.
„Dabei haben sie dich gebissen, richtig?“
Als der Vampir erneut nickte, folgte eine wahre Flut an Flüchen. Songlian legte seine Wange auf Fars Schulter.
„War er deshalb bei dir?“, fragte er nach einer ganzen Weile, als Far endlich die Schimpfwörter ausgingen.
„Er wollte, dass du morgen um zwölf am Booth-Denkmal im Gramercy Park bist. Um in den Schoß der Familie zurückzukehren, wie er sich ausdrückte. Im Gegenzug will er mir Ooghi auf einem Silbertablett servieren.“
„Und da lehnst du ab? Du könntest nach so vielen Jahren endlich Rache nehmen.“
Songlian bekam einen unangenehmen Klaps zwischen die Ohren.
„Autsch!“
„Meine Familie ist lange tot, Song. Ob ich Rache nehme oder nicht, ist ihnen egal und wird an ihrem Tod nichts ändern. Nur du …“ Far presste unversehens seine Lippen auf Songlians und küsste ihn stürmisch.
„Nur du bist hier bei mir“, beendete er seinen Satz.
Songlians Augen leuchteten bei seinen Worten auf.
Deine Augen sind warm und voller Gefühl. Die von Lorcan sind tot und kalt, dachte Far und wusste, dass es keineswegs falsch war, sich auf Songlian einzulassen.
„Und jetzt gehen wir ins Bett, essen Cremetörtchen …“ Far brach leise lachend ab, weil Songlian ihn bereits ins Schlafzimmer zog.

Sie lagen nebeneinander und fütterten sich gegenseitig mit den Törtchen. Songlian wunderte sich ein wenig, dass Far sich so bereitwillig mit ihm ins Bett begeben hatte. Er ging auf die Neckereien des Vampirs ein und lachte auch mit ihm. Doch

wenn Songlian genau hinsah, dann erreichte das Lachen Fars Augen nicht.
„Was ist mit dir?“, fragte Songlian daher und stützte sich auf dem Bauch liegend auf beide Ellenbogen.
„Dich bedrückt irgendetwas, Far.“
Die grauen Augen richteten sich mit einem traurigen Blick auf ihn. „Ich muss die ganze Zeit an das denken, was Lorcan gesagt hat.“
Schlagartig wurde Songlian ernst.
„Lass mich raten“, sagte der Vampir tonlos. „Er hat dir gesagt, dass ich dich nicht ernst nehmen würde.“
Far nickte und schaute Songlian unsicher an.
„Liegst du deshalb jetzt hier bei mir?“, fragte Songlian neugierig.
„Weil du austesten möchtest, wie weit ich gehen würde, ehe ich dich fallen lasse?“
Far ließ sich rücklings in die Kissen sinken. „Ich bin so hin- und hergerissen, Song. Du sagst, dass du mich liebst und irgendwie will ich dir glauben. Trotzdem ist da eine Spur Unsicherheit …“
„Und da hat Lorcan direkt seinen Finger hineingebohrt.“ Songlian seufzte, und Far nickte.
„Lorcan sagte, du wärest sehr charmant und sinnlich. Und du hättest Spaß am Sex. Er hat angedeutet, dass ich dich schnell langweilen würde.“
Songlian schnaubte.
„Charmant und sinnlich, mag ja sein. Wer keinen Spaß am Sex hat, ist meines Erachtens nicht normal. Und dass du mich langweilen würdest, ist einfach Blödsinn. In jemand Langweiligen würde ich mich nicht verlieben, Far.“ Songlians Finger zupften unruhig an der Bettdecke herum.
„Unsere Beziehung wird nicht einfach werden. Da mache ich mir ja gar nichts vor. Ich werde ertragen müssen, dass du alterst und du wirst erleben müssen, dass ich jung bleibe. Bloß so weit mag ich jetzt noch gar nicht denken. Immerhin stehen wir ja noch ganz am Anfang und du musst dir nur erst einmal eingestehen, welche Gefühle du für mich hast.“
Far schloss die Augen. „Ich mag es, wie du riechst“, murmelte er.

Songlian lächelte.
„Und ich mag es, wenn du lachst. Du hast ein sehr schönes Lachen, Song. Warm und voller Leben. Außerdem habe ich festgestellt, dass ich dir wirklich vertraue. Es gibt so vieles, was ich an dir mag." Far seufzte. „Und ich fühle mich zu dir hingezogen", fügte er rasch hinzu, ehe ihm die Worte im Hals stecken blieben.
Songlian küsste ihn ganz zart.
„Das mag ich auch", murmelte Far leise.
„Und ich mag diese Cremetörtchen", nuschelte Songlian mit vollem Mund. Far riss die Augen auf. Der Vampir war längst wieder am Naschen.
„Song!"
„Entschuldigung."
Krümel fielen auf Fars muskulösen Bauch, als sich Songlian den Mund abwischte. Ehe Far reagieren konnte, leckte ihm Songlian schon die Krümel von der Haut. Erschrocken keuchte sein Partner auf und spannte unwillkürlich die Muskeln an.
„Mmmh", schnurrte Songlian und umkreiste mit der Zunge Fars Bauchnabel. Der stöhnte.
„Song, was tust du?"
„Wenn ich dir das auch noch erklären muss, brauchen wir länger", murmelte Songlian hingerissen und zog die Bettdecke tiefer. Far versuchte noch sie zu greifen, aber der Vampir war einfach schneller.
„Song", knurrte er verlegen und versuchte sich herumzurollen. Songlian hielt ihn rasch fest. „Nicht", sagte er leise und bat: „Lass mich dich einfach anschauen."
„Song, das ist mir peinlich." Far blickte mit hochrotem Gesicht zur Decke.
„Was ist denn an einem erregten Mann peinlich?", fragte Songlian so unbefangen, dass Far ihn doch wieder ansah.
„Du bist sehr schön, Far. Eigentlich sollte man dich in Bronze gießen."
„Damit jeder meinen steifen Schwanz sieht? Lass mich aufstehen, Song. Es ist mal wieder Zeit für eine kalte Dusche."

„Vergiss die Dusche, Far“, murmelte Songlian und berührte Far federleicht. Der zuckte wie unter einem elektrischen Schlag zusammen.
„Song, du solltest …“
Zu spät! Die Zunge des Vampirs glitt bereits an seinem harten Schaft entlang und der Rest von Fars Satz ging in einem kehligen Stöhnen unter.
„Das wollte ich schon an diesem einen Morgen tun, als du so wundervoll nackt vor deinem Schrank standest“, murmelte Songlian und umrundete dann mit der Zungenspitze die glatte Eichel. Far war beschnitten, was Songlian erst jetzt auffiel und ihn noch mehr antörnte. Sanft und forschend begann er an Fars Geschlecht zu lecken und vorsichtig zu saugen, streichelte dabei die warmen Hoden und die festen Hinterbacken seines Gefährten. Far sträubte sich inzwischen nicht mehr, aber sein tiefes Stöhnen und die Art wie sich seine Finger in das Bettlaken gruben, waren für Songlian genug Rückmeldung.
„Song“, keuchte er, als er sich aufbäumte.
„Song, du solltest jetzt lieber …“
Songlian wollte nicht.
„Soo…oong!“ Fars Hüften zuckten vor und er bäumte sich ein weiteres Mal mit einem unterdrückten Aufschrei auf, als er sich ergoss. Dann sackte er mit einem letzten Keuchen in die Kissen zurück. Bernsteingelbe Augen blinzelten ihn verschmitzt an, während sich Songlian wie eine satte Katze über die Lippen leckte.
„Beim nächsten Mal gibt es mehr“, versprach der Vampir.
Far stöhnte hilflos und warf das letzte Cremetörtchen nach ihm.

„Du hast so unvorstellbar viele Jahrzehnte gesehen. Hast du dich da nie verliebt?“
Songlian gab keine Antwort.
„Song, schläfst du, oder habe ich etwas Falsches gefragt?“
Der Vampir ein leises Seufzen von sich. „Es gibt keine falschen Fragen, Far. Aye, ich war bereits einmal verliebt.“

„Nur einmal? In der ganzen Zeit?“ Far drehte sich zu Songlian um, damit er in dessen Gesicht sehen konnte.
„Luc de Bonneville“, sagte Songlian leise.
„Wie war er?“, fragte Far neugierig.
Der Vampir lächelte. „Ganz anders als du. Klein, zierlich, blond und sehr behütet aufgewachsen. Aber ein schlauer Kopf und ein guter Fechter. Als er die Existenz von Vampiren in seinem direkten Umfeld bemerkte, war er vollkommen schockiert und danach sehr verliebt. Er war bereits über dreißig Jahre alt, als wir uns kennenlernten. Wir hatten fünfzehn schöne Jahre zusammen.“
„Was ist geschehen?“
Songlian schloss die Augen. „Meine Familie kam mir nach Frankreich nach und hat ihn in Stücke gerissen.“
Eine Weile schwiegen sie.
„Warum hast du dir nicht jemand anderen gesucht?“, fragte Far schließlich.
„Weißt du eigentlich, was das für ein Anblick ist, seinen Geliebten in Stücke zerfetzt aufzufinden?“, fuhr Songlian auf.
Far sah ihn nur ruhig an. Betroffenheit breitete sich in Songlian aus, als er sich erinnerte.
„Entschuldige. Natürlich weißt du es. Es tut mir leid.“
„Du musst dich nicht entschuldigen. Ich nehme an, du hattest einfach Angst, dich neu zu verlieben, stimmt's?“
Songlian nickte.
„Ich habe mich von allen ferngehalten. Wenn mich jemand zu interessieren begann, bin ich fortgegangen. Befriedigung habe ich ausschließlich bei den Huren und Strichern gesucht. Und plötzlich bist du aufgetaucht.“
„Wie außerordentlich ungehörig von mir.“ Far grinste frech, und Songlian erwiderte das Lächeln.
„In der Tat.“
„Du hast ein sehr einsames Leben geführt, Song. Aber das ist nun vorbei. Deine beschissene Sippe macht mir keine Angst, und wenn die noch einmal Hand an dich legen, kriegen sie es mit mir zu tun.“

Du trägst viel zu viel Wut in dir, dachte Songlian liebevoll, als er einen Arm über Fars Brust schlang.

„Du solltest aufhören, dich ständig mit jemanden zu schlagen“, brummte er und fuhr mit dem Finger über einige der Narben, die Fars Körper zierten. Far folgte seinem Blick und lächelte schief.

„Viele davon sind aus der Zeit, als ich bei den Nachtwölfen gelebt habe.“

Songlian musterte die zahlreichen Spuren, die von Schuss- und Stichverletzungen stammten. Far hatte so einige davon auf seinem Leib, wenige auf seinem Rücken.

„Du siehst mich an wie ein Schlachter sein Schwein.“ Far lachte und schubste den Vampir von sich. Kopfschüttelnd kletterte er aus dem Bett.

„Wohin?“, fragte Songlian. Far warf ihm einen bezeichnenden Blick über die Schulter zu.

„Kalt duschen.“

„Ich könnte noch mal Abhilfe schaffen“, schlug Songlian vor.

Far flüchtete.

Während das Wasser in der Duschkabine rauschte, fiel Songlian wieder die Nachricht von Nalu Balaga ein. Er nahm sie von dem Tisch, auf den Far sie gelegt hatte, und faltete den Zettel auseinander. Verdutzt schaute er auf das Foto eines ihm unbekannten Mannes mit einem etwas zu feisten Gesicht, kleinen Augen und einer knubbeligen Nase.

„Soso, Ooghi hat also ein Gesicht bekommen“, murmelte Songlian und ging mit dem Foto ins Bad.

„Far, wir wissen jetzt, wie Ooghi aussieht“, rief er, um das Wasser zu übertönen. Sofort drehte Far die Dusche ab und riss die Tür der Kabine auf.

„Zeig her!“ Mit nassen Fingern rupfte er Songlian das Foto aus der Hand, während der Vampir den Anblick seines eingeseiften Körpers genoss. Erst als Far einen Wutschrei ausstieß, sich umdrehte und mit der Faust wuchtig gegen den Fliesenspiegel

schlug, richtete Songlian seine Aufmerksamkeit wieder auf Ooghi.
„Far lass das." Sein Freund schien sich unbedingt die Finger an der Wand brechen zu wollen. Wieder und wieder schlug Far blindlings zu. Seine Knöchel begannen zu bluten und das reichte Songlian. Er zerrte Far aus der Duschkabine und hielt ihn fest.
„Was ist los? Kennst du den Typen?", zischte er. Das köstlich riechende Blut an Fars Hand begann ihn abzulenken.
Mit einem Gesicht, wie es der Vampir noch nie bei ihm gesehen hatte, wütete Far: „Er war unser Nachbar! Meine Eltern hatten ihm vertraut."
„Euer Nachbar?" Songlian war schockiert. Er zuckte vor Schmerz zusammen, als Far seine Arme um ihn schlang und Trost suchend seinen Kopf an seine Schulter lehnte. Stumm ertrug er den Schmerz, den sein Rücken bei dieser Behandlung aussandte, und zog Far noch fester an sich.
„Oliver Oakly", flüsterte Far mit erstickter Stimme an Songlians Schulter. „Er nennt sich Oliver Oakly."
„Da zieht ein Dämon in eure Nachbarschaft, schmeichelt sich bei deiner Familie ein und lässt sie umbringen. Und seine Henkersknechte nennen einen zehnjährigen Jungen dabei einen Dämonenkiller. Far, sie haben gewusst, dass du eines Tages erfolgreich Unterweltler jagen würdest."
Far ließ Songlian los und unwillkürlich stöhnte der erleichtert auf.
„Verzeih, ich habe dir wehgetan. Das wollte ich nicht."
„Schon gut", murmelte Songlian. „Far, nur für den Fall, dass ich richtig liege … Hättest du an dem Tag, als deine Familie starb, auch zu Hause sein sollen?"
Sein Freund starrte ihn an und nickte langsam.
„Ich hatte mich kurz vorher für die Meisterschaften im Kampfsport qualifiziert und es wurde spontan ein zusätzliches Training eingeschoben."
Songlians Augen sahen ihn eindringlich an. „Sie wollten verhindern, dass du der SEED beitrittst."
Far setzte sich auf den Klodeckel und schaute zu Songlian auf.

„Woher wollten sie denn wissen, was in der Zukunft geschehen würde? Dämonen beherrschen meines Wissens nach keine Hellsichtigkeit oder Wahrsagerei."
„Aber einige Vampire", sagte Songlian leise. Eine Weile sahen sie einander stumm an.
„Lorcan will mir Ooghi morgen ausliefern", erinnerte Far seinen Gefährten, doch der schüttelte den Kopf.
„Weder Lorcan noch Bhreac sind hellsichtig. Shona dagegen war es … und noch zwei, drei andere in Lorcans unmittelbarer Umgebung."
„Vielleicht haben sie sich tatsächlich zusammengeschlossen, wenn sie in mir eine Gefahr sehen", sagte Far.
„Du hast bereits viele von beiden Seiten ausgelöscht", stimmte ihm Songlian zu.
„Vielleicht haben sie wirklich kurzfristig zusammengearbeitet, um dich zu töten, bevor du zu einer Gefahr wirst. Kate erwähnte ja, dass Ooghi und Lorcan ab und an gemeinsame Geschäfte abwickeln."
Far erhob sich und begann sich endlich abzutrocknen. Mit dem Handtuch um die Hüften ging er hinterher in die Küche und goss zwei Gläser mit Gin voll. Eines reichte er Songlian, der ihm gefolgt war und seinen nackten Körper mal wieder ganz unbefangen zur Schau stellte, das andere leerte er in einem Zug und schenkte sich gleich noch einmal nach.
„Wir sollten das Kasino Fortuna überwachen lassen. Wenn Ooghi dort auftaucht, werden wir dort ebenfalls vorbeischneien, aye?", schlug Songlian vor. Als Far nicht reagierte, fügte er leise hinzu: „Falls du mich nicht doch lieber Lorcan ausliefern magst."
Kräftige Finger umfassten Songlians Kinn, hielten es fest.
„Mag ich nicht", knurrte Far und küsste ihn.

Am nächsten Tag begleitete Songlian Far wieder zur Zentrale und wurde zu seiner Überraschung mit großem Hallo begrüßt. Der Chief schickte ihn jedoch gleich weiter ins Lazarett, wo er sich beim Doc untersuchen und diensttauglich schreiben lassen sollte. Nach einem gründlichen Check und langer Diskutiererei

ließ sich Doc Harper dazu hinreißen, Songlians Anwesenheit zumindest im Innendienst zu dulden. Er wurde zu Jonathans Unterstützung in dessen Büro geschickt, während Far, Cooper und Joey auf den Straßen für Sicherheit sorgten. Mit viel Spaß führte Jonathan den Vampir in die Bedienung der vielen Programme ein, die die Jagd nach Unterweltlern erleichtern sollten. Er zeigte Songlian auch, wie man den Weg eines Officers aufgrund einer Peilung am Monitor verfolgen konnte.
„So habt ihr erfahren, dass mein Bruder Far in den Harlem River geworfen hat?", erkundigte sich Songlian und beobachtete die sich bewegenden grünen, roten und gelben Punkte.
Jonathan nickte. Einer der Punkte näherte sich dem Gramercy Park. Songlian warf einen Blick auf die Uhr. Es war beinahe Mittag.
„Ist etwas?", fragte Jonathan. Er steckte sich eine Zigarette an, pustete den Rauch aber wenigstens nicht in das Gesicht des Vampirs.
„Aye, Far ist auf einem Alleingang", antwortete Songlian nervös.
„Spuck es aus, So-lian. Wenn er in Gefahr ist, sollten wir etwas unternehmen", forderte der IT-Techniker eindringlich.
Der Vampir zögerte kurz. Doch dann gab er sich einen Ruck.
„Lorcan hat Far gestern in einem Café abgefangen. Far sollte mich unter einem Vorwand zum Gramercy Park locken, damit er meiner habhaft wird."
„Was hat Lorcan Far dafür geboten?", fragte Jonathan, der wirklich nicht dumm war und sich einiges zusammenreimen konnte.
„Lorcan bot ihm den Mörder seiner Familie an. Aber Jon, dass wir hinter diesem Killer her sind, das muss bitte unter uns bleiben", bat Songlian. „Erst mal."
„Und jetzt befindet sich Far Baxter auf seinem persönlichen Kriegszug, um die zu vernichten, die seine Freunde bedrohen." Jonathan hustete trocken.
Songlian nickte voller Sorge um seinen Partner. Nach einem letzten Husten grinste Jonathan vergnügt:
„Und da komme ich ins Spiel." Er zückte sein Handy und wählte.

„Far, ich bin's. Da kam gerade eine Meldung von einem Wohnblock rein. Es sollen dort so seltsame Typen herumhängen, die plötzlich aus dem Nichts aufgetaucht sind."
Er gab Far eine Anschrift durch, die eine halbe Stunde von dem Park entfernt lag.
„Schau dir das doch mal an, aye?" Eine Weile tat sich gar nichts. Der grüne Punkt auf dem Bildschirm bewegte sich aber auch nicht weiter.
„Far? Sprich mit der Stimme aus deinem Telefon", forderte Jonathan streng und zwinkerte Songlian fröhlich zu. Der konnte seinen Partner direkt fluchen sehen.
„Aye! Bin auf dem Weg, verdammt noch mal!", knurrte es unwirsch aus dem Handy zurück.
„Braver Junge. Jonathan Goodman verabschiedet sich von diesem Sender. Hören Sie doch bitte wieder rein", trällerte Jonathan wie ein Moderator in das Handy und schaltete es aus. Gebannt beobachteten sie Fars Position auf der Straßenkarte. Jonathan blies Rauchkringel in Richtung des Monitors.
„Jetzt beißt er sich sicherlich ein Monogramm in den Hintern."
Jonathan feixte ungeniert, als Far dem Park tatsächlich den Rücken wandte und zu der genannten Adresse aufbrach. Er drückte seine Zigarette aus und nahm sich eine neue.
„Danke, Jon. Lorcan wäre dort unter Garantie in übler Begleitung aufgetaucht. Und Far hätte alleine gegen mehrere Vampire keine Chance gehabt." Songlian war erleichtert, wedelte aber Zigarettenrauch beiseite und öffnete das Fenster.
„Aye, er neigt manchmal zu gut gemeinten Dummheiten."
Jonathan warf Songlian einen neugierigen Seitenblick zu.
„Was läuft da eigentlich zwischen euch?", fragte er wie nebenbei.
Der Vampir warf ihm einen scharfen Blick zu.
„Was soll denn laufen?", gab er die Frage zurück.
„Ihr seid ein Paar", sagte ihm Jonathan auf den Kopf zu.
Schweigend sah ihn der Vampir eine ganze Weile an, ehe er sich wieder in die Betrachtung des grünen Punktes vertiefte.
Der IT-Techniker stieß ihn aufmunternd an.

„Eine Partnerschaft mit Hindernissen", äußerte sich Songlian endlich, weil Jonathan doch nicht locker lassen würde und seufzte.
„Wer weiß es noch?"
Jonathan überlegte kurz. „Joey, denke ich."
„Joey?" Dieses Mal war Songlian wirklich überrascht.
„Na ja, er mag ja manchmal wie eine Dachkrampe denken, aber in Gefühlssachen ist er echt auf Zack. Das bleibt wohl auch unter uns, hm? Es sei denn, wir wollen, dass Far wie ein Kastenteufel hochgeht."
Songlian nickte nur.
„Far braucht jemanden", sagte Jonathan nach einer Weile leise. „Er braucht dringend einen emotionalen Halt, mehr als nur einen Freund. Enttäusche ihn nicht, So-lian."
Der Vampir schüttelte den Kopf. „Das werde ich nicht. Bestimmt nicht."

Der restliche Arbeitstag verlief ereignislos und endete mit dem Austeilen des Dienstplans für die nächsten Wochen. Far stellte fest, dass er und Songlian die nächste Woche Spätdienst hatten. Dann musste Cooper noch auf die Schnelle eine kleine Auseinandersetzung zwischen Far und Jonathan schlichten, als Far ganz richtig vermutete, dass der IT-Techniker ihm einen falschen Einsatz untergeschoben hatte.
„Das war alles nur zu deinem Besten." Jonathan grinste und brachte schleunigst den Schreibtisch zwischen sich und den aufgebrachten Freund.
„Könnt ihr mir mal erklären, was ihr da treibt?"
„Lorcan hatte ein Treffen mit Songlian im Park geplant. Und statt Songlian wollte Far dorthin. Ich habe das verhindert", sagte Jonathan ohne ein Wort über den von Songlian erwähnten Handel zu verlieren. Dafür wurde er von Far einmal um den Tisch gejagt.
„Far, lass ihn am Leben", rief Cooper jetzt, während Joey bloß lachte und Songlian den Kopf schüttelte.

„Schließlich hängen wir an dir Wahnsinnigem. Du hättest dort allein doch ohnehin nichts ausrichten können."
„Ich hätte ein paar Vampire erledigen können", knurrte Far und warf sich jetzt halb auf den Schreibtisch, um nach Jonathan zu schnappen. Der sprang hastig zurück, um Fars zupackenden Händen zu entgehen.
„Du hättest dabei drauf gehen können." Songlian war wirklich ärgerlich und stieß Joey strafend in die Rippen, weil der immer noch lachte.
„Far!", schnauzte Cooper, der allmählich um Jonathan zu fürchten begann.
Unter Songlians vorwurfsvollen Blick gab Far endlich die Jagd nach Jonathan auf.
„Er hat mich ausgetrickst", beklagte er sich und deutete auf den Freund.
„Einen besseren Techniker als Jon kriegen wir nicht. Deshalb darf er nicht verhauen werden", sagte Cooper und schob Far aus der Tür.
„Bring ihn nach Hause und sorg dafür, dass er sein Mütchen abkühlt", forderte er Songlian noch auf.
Der grinste und zog den schmollenden Far mit sich, ehe der noch auf andere Dummheiten kam.

~~*~~

„Wonach suchst du?", erkundigte sich Songlian, als Far beinahe ganz in seinem Kleiderschrank verschwand.
„Wir kümmern uns jetzt um Ooghi. Zieh dir etwas Kleidsames an, Song", drang es aus dem Schrank.
„Ich habe vor, dich nun *meiner* Familie vorzustellen." Mit einem zufriedenen Lächeln tauchte Far mit Motorradkleidung im Arm wieder auf. Songlian zog eine Augenbraue in die Höhe.
„Du redest doch wohl nicht von dieser Straßengang?", fragte er skeptisch.
„Oh doch. Husch, zieh dir was Passendes an." Far wartete gar nicht erst, ob Protest erfolgte, sondern begann sich umzuziehen.

Kurz darauf stand er ungeduldig wartend in schwarzer Lederkluft in Songlians Tür.
„Du siehst wie ein Schläger aus", sagte Songlian bei seinem Anblick. Allerdings musste er sich eingestehen, dass Far in dem hautengen Leder zum Anbeißen aussah. Über der Jacke trug er eine auffällige Weste mit der Abbildung eines zähnefletschenden Wolfes auf dem Rücken. Das Wort *Nachtwolf* war mit silbernem Faden darüber eingestickt. Die Gang hatte in New York nicht gerade den besten Ruf.
Songlians Aufmachung war dagegen schlichter: Jeans, Turnschuhe und ein einfaches Shirt sollten für diesen Ausflug reichen. Er warf sich noch rasch eine Jacke über und folgte Far in die Tiefgarage. Statt aber den Dodge Charger zu nehmen, steuerte sein Freund auf eine andere Parkbox zu, in der ein Motorrad unter einer Schutzhülle stand. Far zog die Hülle herab, faltete sie ordentlich zusammen und legte sie auf den Boden. Er nahm einen der Helme, die auf der Sitzbank der Maschine lagen, und reichte ihn Songlian. Der starrte nur auf die Maschine.
„Von meinem Bike hast du nichts gewusst, du kleiner Spion?"
Songlian schüttelte den Kopf. „Eine Suzuki Hayabusa Turbo in Mattschwarz? Etwas weniger Auffälligeres hast du nicht gefunden?"
„Nein." Far lachte und gab Songlian einen aufmunternden Stoß. „Komm, steig auf." Er schwang sich auf die Maschine und riss den Motor an.
Songlian zuckte zusammen, als die Hayabusa aufheulte.
„Fährst du damit genauso schnell wie mit dem Dodge?", fragte er und nahm hinter Far Platz.
„Natürlich nicht", brummte der und setzte seinen Helm auf. „Hiermit fahre ich schneller."
Songlian stöhnte und hielt sich rasch fest, denn Far gab Gas.

In halsbrecherischer Geschwindigkeit sausten sie durch die Straßen New Yorks, aber wider Erwarten genoss Songlian die Fahrt. Far fuhr sehr sicher und konzentriert, dennoch wagte es der Vampir nicht, seinen Griff um Fars Mitte zu lockern. Als sie sich dem Getto der Stadt näherten, lenkten sie die Blicke unheimlicher Gestalten auf sich. Songlian wusste, dass die Gangs bösartige Aufnahmerituale ihr Eigen nannten und wie Pech und Schwefel innerhalb ihrer Gruppe zusammenhielten. Kontakt hatte er mit ihnen bislang nicht gehabt.

Far ignorierte die herumlungernden Jugendlichen, kreuzte etliche Straßen und hielt dann auf ein Gelände mit mehreren Lagerhäusern zu. Sie wurden bereits erwartet, wie Songlian feststellte. Etwa dreißig Gestalten standen vor dem Gebäude und jeder von ihnen erweckte in einem den Wunsch, ihm nie mitten in der Nacht begegnen zu müssen.

Far schaltete den Motor aus, bockte die Maschine auf und nahm dem Helm ab. Songlian tat es ihm gleich, doch während Far auf einen der Männer zuging, blieb er abwartend bei der Hayabusa zurück. Far und der Fremde umfassten ihre rechten Hände, als wollten sie Armdrücken und legten dabei die linke Faust kurz aufs Herz.

„Es tut gut, dich mal wiederzusehen, Ice“, begrüßte der Nachtwolf Far. Der nickte nur.

„Und wen bringst du hierher mit?“ Wachsame Augen richteten sich auf Songlian.

Far winkte den Gefährten heran. Songlian spürte, dass Far ein nicht zu unterschätzendes Risiko eingegangen war, indem er ihn mit hierher gebracht hatte. Fremde waren in einer Gang sichtlich nicht erwünscht.

„Songlian Walker“, stellte ihn Far mit ruhiger Stimme vor. „Mein Fleisch, mein Blut …“ Er sah Songlian kurz an, biss für einen Moment die Zähne zusammen und sah dem Nachtwolf schließlich fest in die Augen.

„… mein Geist“, sagte er beinahe trotzig.

Songlian bemerkte die Überraschung und das leise anschwellende Getuschel unter den Gangmitgliedern. Er verstand nicht, was Far seinen Leuten gerade mitgeteilt hatte, allerdings wurden die Blicke nun deutlich freundlicher. Noch immer wurde er von dem Nachtwolf prüfend gemustert. Endlich streckte ihm der Mann die Hand entgegen.

„Jayden Cullen, Alpha der Nachtwölfe. Ich werde mir dir reden, Songlian Walker, um zu entscheiden, ob du in unserer Runde willkommen bist."
Die Nackenhaare des Vampirs sträubten sich unwillkürlich. Der Anführer der Nachtwölfe war niemand, der mit sich spaßen ließ, das merkte er sofort. Und leider hatte er keine Ahnung, was nun von ihm erwartet wurde. Er warf einen Hilfe suchenden Blick zu Far, der mit angespannten Muskeln wartete.
„Ice, begrüße ruhig die anderen. Ich werde deinem Freund schon nicht den Kopf abreißen. Nicht nach dieser Einführung."
Far nickte, schenkte Songlian ein beruhigendes Lächeln und wandte sich dem ihn umringenden Kreis der Gangmitglieder zu.
„Gehen wir ein Stück, Walker", sagte Cullen und gab ihm einen auffordernden Wink.
Songlian leckte sich nervös über die Unterlippe und erklärte vorsichtig: „Ich kenne eure Spielregeln nicht, Cullen. Du musst entschuldigen, falls ich in ein Fettnäpfchen treten sollte."
„Ganz ruhig, Walker. Hat Far dir noch nie von uns erzählt?"
Songlian schüttelte den Kopf. „Nicht besonders viel."
„Dann sollte ich das wohl tun, hm?" Cullen zündete sich eine Zigarette an und bot auch Songlian das Päckchen an, der jedoch ablehnte. In Jonathans Gegenwart atmete er schon genug von dem Zeug ein und er konnte den Geruch einfach nicht leiden.
„Mein guter Freund Harry hat Far hierhergebracht, als der Knirps damals bei den Pennern unter den Brücken schlief. Wir sind wie Brüder aufgewachsen. Und Far hat mir später das Leben gerettet, als er mich aus einem brennenden Autowrack gezogen hat." Cullen grinste.
„Das hat mir die Narbe im Gesicht eingebracht und mich einen Finger gekostet." Die Verletzungen waren Songlian bereits aufgefallen. Besonders die Narbe im Gesicht sah übel aus. Dick und zerfranst zog sie sich vom Jochbein bis zum Kinn über seine linke Wange.
„Far, wir nennen ihn hier Ice, ist ein geschätztes Mitglied und jetzt stattet er uns nach einer Ewigkeit endlich mal einen Besuch ab und bringt dich mit. Und liefert auch noch eine Vorstellung,

die sich gewaschen hat. Mein Fleisch, mein Blut, mein Geist“, wiederholte er Fars Worte.
„Ich habe keine Ahnung, was das bedeuten soll.“
Cullen schnaufte belustigt und trat die Kippe auf dem Boden aus.
„Mein Fleisch bedeutet, dir steht jemand nahe und du verbürgst dich für ihn. Mein Blut … so hätte er mich vorgestellt, weil wir wie Brüder sind. Tja, und nun kommt die Sache mit *mein Geist*.“
Cullen sah Songlian erneut abschätzend an.
„Das bedeutet, ihr seid quasi eins. Mit anderen Worten, er hat dich als seinen Lover vorgestellt.“
Songlian starrte den Nachtwolf überrascht an und drehte sich unwillkürlich zu Far um, der gestenreich mit einigen der Gangmitglieder redete.
„Hat er gelogen, Songlian?“, fragte eine Stimme dicht an seinem Ohr.
„Ich betrachte uns schon als Paar. Aber bislang hatte ich eigentlich angenommen, dass Far es sich noch nicht so richtig eingestehen will. Er hat Probleme sich an den Gedanken zu gewöhnen“, sagte Songlian ehrlich und wandte sich zu Cullen um.
Der grinste verstehend. „Er hat dich noch nicht rangelassen? Und wenn das jetzt die falsche Antwort war, Walker?“
„Dann habe ich es verbockt“, antwortete Songlian achselzuckend.
Auch Cullen sah nun zu Far hinüber. „Er hat jedes verdammte Mädchen aufgerissen, das alt genug war, um unter seine Decke zu kriechen. Und plötzlich kommt er daher und stellt dich als seinen Lover vor. Keine Sorge, Songlian Walker, wenn du hartnäckig bist und nicht locker lässt, wird er nachgeben. Irgendwann.“
Das plötzliche entwaffnende Lächeln erstaunte Songlian.
„Unser stolzer Ice hätte dich niemals so vorgestellt, wenn er dir nicht zugetan wäre. Die Frage ist nur, bist du ihm gewachsen? Bist du stark genug, um an der Seite eines Nachtwolfes zu laufen?“
„Far ist ein Officer der SEED“, wandte Songlian behutsam ein, um Jayden nicht zu beleidigen. „Und ich bin sein Partner.“

„Pah, Officer der SEED!“ Cullen fuhr sich durch den dunkelblonden Schopf und spuckte aus.
„Ein Nachtwolf ist man sein Leben lang. Der Officer kommt erst an zweiter Stelle. Außerdem habe ich diesem Verein nie getraut. Es war Harrys verrückte Idee, dass Ice zur Polizei soll. Um sein Potenzial nicht zu verschwenden, so hat Harry es begründet. Am Ende hat sich die SEED Ice gekrallt und ihn zur Zielscheibe von stinkenden Dämonen gemacht. Wenn es nach meinen Wünschen gegangen wäre, hätte er hier meine rechte Hand sein sollen. Erkläre mir also, wieso ich dir vertrauen soll. Und sei so freundlich, Walker, und nenn mir einen wirklich guten Grund.“
Songlian zögerte einen ungemütlichen Moment lang.
„Wen hasst Far am meisten auf dieser Welt?“, fragte er leise.
„Die Unterweltler“, antwortete Cullen sofort.
„Bleibt es unter uns beiden, wenn ich dir etwas anvertraue?“, fragte Songlian. Dieses Mal bohrte sich sein Blick in Cullens Augen.
„Bei meiner und bei Fars Ehre, das verspreche ich.“
„Ich bin ein Vampir, Alpha.“
Beinahe hätte sich der Nachtwolf verschluckt. Schließlich lachte er.
„Guter Witz, Walker. Fast wäre ich darauf reingefallen.“
Songlian lachte nicht. Stattdessen wandte er den Nachtwölfen den Rücken zu, damit nur Cullen sein Gesicht sehen konnte, und ließ seine Fangzähne hervorbrechen. Überrascht wich der jetzt einen Schritt zurück.
„Überzeugt?“, fragte Songlian seelenruhig.
Cullen fing sich rasch wieder und lachte erneut.
„Vollkommen“, sagte er und gab Songlian erst einen Klaps auf die Schulter und anschließend einen Schubs in Richtung seiner Leute.
„Hey, Leute, hört mal her!“, rief Cullen.
Erwartungsvolle Blicke richteten sich auf den Anführer.
„Songlian Walker hat mein Willkommen. Ice vertraut ihm, also können wir es ebenfalls.“
So einfach ist das und doch so gefährlich, dachte Songlian, während die Nachtwölfe ihm wie einem lang vermissten Bruder auf die

Schulter klopften, Bier, Zigaretten und die verschiedensten Rauschmittel anboten. Das Bier nahm er mit einem dankenden Nicken an, alles andere lehnte er ab. Während er trank, dachte er darüber nach, was wohl passiert wäre, wenn sich Cullen gegen ihn entschieden hätte. Doch jetzt brach eine Spontanparty aus. Von irgendwoher dröhnte dieselbe schräge Musik, die Songlian bereits von Zuhause kannte. Ein paar Mädchen waren aus dem Nichts aufgetaucht und hängten sich einigen der Männer um die Hälse.

Auch Far wurde mit zahlreichen Küsschen und Umarmungen bedacht, dass Songlian glatt eifersüchtig hätte werden können.

„Warum seid ihr hier?", fragte nun der Anführer in dem ganzen Trubel. Far zog eine Kopie des Fotos aus der Tasche, das Ooghi zeigte. Er reichte sie an Cullen weiter.

„Das ist der Mörder meiner Familie, Jay. Sein Name ist Oliver Oakly. Eigentlich aber ist er ein Dämon, der sich Ooghi nennt. Er ist öfters im Kasino Fortuna zu finden."

Jayden studierte das Bild genau, prägte sich die Gesichtszüge ein und faltete das Blatt sorgfältig zusammen.

„Habe ich noch die aktuelle Nummer deines Handys?"

„Natürlich."

„Ich rufe dich an, wenn er dort auftaucht, okay?"

Far lächelte.

„Ich stehe in deiner Schuld", sagte er.

Cullen fuhr sich mit dem Finger die hässliche Narbe entlang.

„Du stehst nie in meiner Schuld, Bruder." Er legte Far einen Arm um die Schulter und deutete auf Songlian.

„Wo hast du diesen Typen aufgegriffen?", fragte er jetzt.

„Oh, Song habe ich in meinem Kofferraum gefunden", erklärte Far grinsend.

Der Alpha machte ein überraschtes Gesicht. „Und da hast du ihn nicht gleich abgeknallt?"

„Da hatte er ja kein Schild mit der Aufschrift …" Far brach abrupt ab, als er merkte, dass er Songlian beinahe enttarnt hätte.

„… mit der Aufschrift Vampir", sagte Cullen leise.

„Du hast es ihm gesagt?", fragte Far verblüfft.

„Ich wollte keinen Ärger mit jemandem, der dir nahe steht“, brummte Songlian verlegen.
„Dir wäre hier kein Haar gekrümmt worden. Denkst du etwa, ich hätte dich in Gefahr gebracht … Jay, womit hast du ihm gedroht?“
„Beruhige dich, Ice, wir haben nur nett geplaudert.“ Der Nachtwolf war sichtlich amüsiert.
„Diese Unterhaltungen kenne ich“, brummte Far wenig überzeugt.
„Vielleicht solltest du dich endlich mal vögeln lassen, dann bist du nicht mehr so grantig.“ Jayden konnte es nicht lassen und musste ein bisschen sticheln.
Far stöhnte und verdrehte die Augen. „Worüber habt ihr noch alles geplaudert?“
„Es gibt da einen Laden in Richtung Stadtmitte, da kann man so interessantes Spielzeug kaufen …“
Songlian hätte beinahe gelacht. Jayden und Far schienen einander wirklich nahe zu stehen, sonst hätte der Nachtwolf seinen Freund nicht so aufgezogen. Plötzlich verstummte jedoch der Partylärm und sowohl Jayden als auch Far fuhren sofort herum.
„Hey, Alpha, wir haben Besuch!“ Nachtwölfe schoben eine Gruppe von sechs Männern vor sich her, die eindeutig einer anderen Gang angehörten.
„Dynamites“, erklärte ein Vollbart mit integrierter Kippe Songlian hilfreich.
„Cullen“, grüßte ein breitschultriger Mann kurz und voller Arroganz.
„Booker“, gab der kühl zurück. „Was führt euch her?“
„Wir sind wegen Ice hier. Vorhin ist er nämlich so dreist wie ein Stück Scheiße durch unser Gebiet gefahren und dachte wohl, wir würden ihn nicht erkennen.“
Das wird Ärger geben. Songlian betrachtete die finsteren Mienen der Männer um sich herum.
„Ich bin hier.“ Far trat nach vorne und verschränkte die Arme vor der Brust.

„Ich habe noch eine Rechnung mit dir offen, Ice", fauchte da einer von Bookers Begleitern.
„Hey, Marlon, wieder raus aus dem Knast?", spottete Far.
„Hier." Der Dynamite tippte sich gegen die Wange, wo einige schwarze Tränen eintätowiert waren.
„Eine für jedes Jahr Knast, das ich wegen dir absitzen musste."
„Na sieh mal an, wie schnell sechs Jahre vergehen." Far zeigte sich gelangweilt.
Der Mann trat einen Schritt vor. „Du schuldest mir was, Ice."
Songlian merkte, dass Far langsam wütend wurde. Noch hielt er sich zurück.
„Du hast mir zwei Kugeln verpasst, Marlon. Ich schulde dir einen feuchten Schiss", knurrte Far.
Zustimmendes Gemurmel der Nachtwölfe ertönte.
„Ich fordere dich trotzdem", brüllte der Dynamite laut und deutlich.
„Und ich habe keine Lust auf eine Schlägerei." Far wandte sich kopfschüttelnd ab.
„Wenn deine kleine Schwester noch leben würde, Ice, dann würde ich sie jetzt ficken!"
Totenstille herrschte nach diesen Worten. Ein kleines Lächeln erschien auf Fars Gesicht. Langsam drehte er sich herum.
„Meine kleine Schwester ist tot, Marlon", sagte er in einem gefährlich leisen Ton.
Die Nachtwölfe schienen sowohl seinen Blick, als auch seinen Tonfall zu kennen, denn sie traten zurück. Cullen zog Songlian mit sich und schüttelte warnend den Kopf, als er dessen Gedanken erriet. Mit einem Ruck warf Far seine Jacke ab und hieb aus der Bewegung heraus zu. Aufschreiend taumelte Marlon zurück, fing sich aber gleich wieder. Einen wilden Schwinger konnte Far abblocken und konterte mit drei raschen Fausthieben in Marlons Rippen. Songlian konnte es knacken hören, denn sein Freund hielt sich überhaupt nicht zurück. Im nächsten Moment krachte der Dynamite zu Boden, als ihm Far die Beine unter dem Körper wegtrat. Far wich etwas zurück und wartete. Marlon stöhnte bloß und hielt sich die Rippen.
„Was denn? Machst du etwa schon schlapp?"

Marlons Freunde eilten an seine Seite und halfen ihm auf die Füße. Mit einem Achselzucken wandte sich Far schon zu Songlian und Cullen um, als der jüngste von Marlons Begleitern sich aus einem Haufen Schrott eine Eisenstange griff.
„Pass auf!“, rief Songlian und war damit nicht der Einzige.
Far wirbelte herum und duckte sich zweimal unter der durch die Luft sausenden Stange hinweg, warf sich einmal zurück, um einem weiteren Hieb zu entgehen und fing den nächsten Schlag mit einem Ächzen auf. Ehe der Dynamite sein Gleichgewicht wiederfinden konnte, zog Far an der Eisenstange. Der junge Mann, der nicht loslassen wollte, taumelte nun unkontrolliert nach vorne. Far entriss ihm die Stange und schlug sie ihm in den ungeschützten Rücken. Auch dieser Herausforderer ging mit einem wilden Heulen zu Boden, das allerdings in ein Keuchen überging, als ihm Far wuchtig in den Magen trat. Das warf seinen Gegner auf den Rücken. Far hob die Eisenstange und ließ sie mit aller Kraft auf das Gesicht des Dynamites niedersausen. Erst im letzten Augenblick änderte er die Stoßrichtung, und die Stange grub sich knirschend nur Millimeter von dessen Kopf entfernt in den Boden. Der Dynamite starrte angstvoll zu Far auf.
„Arsch“, knurrte der und zog die Stange aus dem Sand. Gekonnt ließ er die improvisierte Waffe durch die Luft wirbeln und deutete dann mit ihr auf den Anführer der Dynamites.
„Noch jemand, Booker?“
Der schüttelte den Kopf.
„Kluges Kerlchen.“
Ein Nachtwolf neben Songlian kicherte und öffnete eine frische Flasche Bier.
„Ice beherrscht mehrere Kampfsportarten. Da würden die Idioten mächtig Haue kriegen.“
Songlian nickte nur. Er beobachtete seinen Gefährten und lernte ihn von einer ganz anderen Seite kennen. Songlian brachte Verständnis dafür auf, dass Far den Mann zusammengeschlagen hatte, denn dieser hatte ihn provoziert, ihn sogar angegriffen. Ein anderer Nachtwolf hätte möglicherweise mit der Eisenstange das Gesicht des Dynamites zu Brei verarbeitet, anstatt ihm nur

einen gehörigen Schrecken einzujagen. Dem Geruch nach hatte sich dieser junge Möchtegern auch gehörig in die Hosen gepisst. Far wirkte hier anders: so locker, gelöst und zufrieden. Er kannte die Regeln, die hier gespielt wurden und er wurde von diesen Raubeinen voll und ganz akzeptiert. Mehr noch, er wurde geachtet.
Familie, dachte Songlian. *Sie sind tatsächlich seine Familie. Beim Blut! Und hier will ich hineinheiraten?*
„Alles in Ordnung, Song? Mir ist gar nichts passiert. Also schau nicht so wie ein Kaninchen."
Songlian schreckte aus seinen Gedanken. Mit einem resignierenden Blick auf Fars aufgeschlagene Fingerknöchel rang er sich ein Lächeln ab.
„Ein guter Kampf, Far."
Der schüttelte den Kopf. „Kein Kampf. Das war eine Schlägerei."
„Oh, du machst also Unterschiede. Das ist gut." Songlian schaute sich um. Die Dynamites hatten den heulenden Marlon und seinen dämlichen Freund in ein wartendes Auto geschleppt und fuhren gerade unter dem Beschuss etlicher Bierdosen und Schmähungen davon. Die Nachtwölfe stimmten ein Riesengeheul an und nahmen die Party wieder auf. Cullen gesellte sich zu ihnen.
„Du bist immer noch der Alte, Ice. Gut zu sehen, dass dich die SEED nicht klein kriegt."
Far schwieg dazu, saugte nur an seinen Fingerknöcheln.
„Dein Platz hier ist immer noch frei", erklärte Cullen leise, aber eindringlich.
Alarmiert blickte Songlian auf.
„Oh, keine Sorge, Walker. Du bist jederzeit willkommen. Und mit Ice an deiner Seite hast du bereits ein Bein in der Tür der Nachtwölfe."
„Wir fahren jetzt", entschied Far plötzlich, ohne auf Jaydens Bemerkung einzugehen. „Danke, dass du dich der Sache mit Ooghi annimmst."

„Auf ein Wort noch, Ice." Cullen zog ihn einige Schritte von Songlian fort, der die Ohren spitzte, um trotzdem mithören zu können.
„Pass auf diesen Songlian auf. Der ist gut für dich, Ice. Und sei nicht so prüde, denn der Kerl liebt dich wirklich."
„Was du nicht sagst, Jay. Woher diese plötzliche Weisheit? Du kennst ihn nicht einmal." Far warf Songlian einen Blick zu, der mit einem Lächeln reagierte.
„Ist dir schon mal aufgefallen, wie Walker dich ansieht? Der würde für dich seine Seele an den Teufel verschachern. Ich kenne dich und das reicht mir schon, um zu wissen, dass du deinem Glück auch gerne mal im Weg stehst. Dein Fleisch, dein Blut, dein Geist. Denk daran. Und pass auf dich auf, Bruder." Cullen gab Far noch einen Klaps auf die Schulter.
Der nickte und kehrte zu Songlian zurück. Zusammen gingen sie zu der abseits stehenden Hayabusa.
„Du hast alles gehört, nicht wahr?", brummte Far.
„Wir Vampire haben eben doch gute Ohren."
„Sicherlich freut es dich, dass er mich auffordert, mit dir zu bumsen." Far befand sich auf einmal in einer seltsamen Stimmung.
Songlian, der sich gerade den Helm aufsetzen wollte, hielt mitten in der Bewegung inne. „Nein, das freut mich nicht. Eigentlich wäre es mir lieber, wenn es dein eigener Wunsch wäre", sagte er mit scharfer Stimme. „Es ist nämlich nicht gerade meine Art, mich jemandem aufzuzwingen."
Far zupfte verlegen an einem Handschuh herum.
„Tut mir leid, Song. Ich bin eben etwas komisch drauf. Manchmal habe ich das Gefühl weder hierher noch zur SEED zu gehören. Jeder hat Erwartungen an mich und die unterscheiden sich wie Tag und Nacht. Und ich möchte es gerne jedem recht machen."
„Und bei dem Versuch trittst du dir selber in die Hacken."
Songlian verstand ihn ganz gut. Far lächelte leise.
„Aber in einem hat er recht, Song." Er legte eine Hand auf Songlians Hinterkopf und zog den Vampir rasch an sich, um ihm einen schnellen Kuss zu geben. „Du tust mir wirklich gut."

Songlian stand völlig überrumpelt da, während Far sich die Handschuhe überstreifte und den Helm aufsetzte. Far hatte ihn geküsst. In aller Öffentlichkeit geküsst! Ein warmes Gefühl durchrieselte den Vampir und am liebsten wäre er durch das komplette Revier der Nachtwölfe getanzt.
„Song, nun komm schon. Manchmal schaust du wirklich wie ein Kaninchen."
Flink streifte sich der Vampir den Helm über und schwang sich hinter seinem Freund auf die Hayabusa.

Wie immer fuhr Far viel zu schnell. Doch dieses Mal störte sich Songlian nicht daran, da er in seinem Hochgefühl schwelgte. Als ein paar Touristen einen Zebrastreifen überquerten und Far nicht mehr bremsen konnte, bretterte der einfach mit Vollgas über den Fußweg, schoss durch die auf dem Bürgersteig stehenden Tische eines Cafés hindurch und schwenkte dann auf die Straße zurück. Songlian registrierte den verwegenen Fahrstil erst, als hinter ihnen Sirenen aufheulten. Anstatt anzuhalten drehte Far das Gas bloß weiter auf. Der Vampir riskierte einen raschen Blick über die Schulter. Eine Polizeistreife war ihnen auf den Fersen.
„Far, die Bullen!", rief er.
„Das sind Kollegen", entgegnete Far.
„Ich fürchte beinahe, die wissen das nicht."
„Halt dich fest", tönte es zurück.
Eigentlich hatte Songlian geglaubt, Far würde sich der Polizei stellen, stattdessen bog sein Freund jetzt in eine Fußgängerzone ein. Mit hoher Geschwindigkeit rasten sie an Sitzbänken, Spaziergängern und Joggern vorbei. Der Streifenwagen folgte, während die Fußgänger ihnen schimpfend hinterher schauten.
„Oh Scheiße!", entfuhr es Songlian, als eine lange Treppe vor ihnen auftauchte, die in einen Park führte.
Ohne zu zögern, lenkte Far die Maschine gekonnt die steilen Stufen hinunter und ließ die Hayabusa dann auf dem Rasen herumschleudern. Songlian blickte zu den Polizisten hinauf, die mit ihrem Streifenwagen oben an der Treppe hatten halten

müssen. Sie sahen nicht sehr erfreut aus. Mit einem Auflachen zeigte ihnen Far den Mittelfinger, ehe er mit Songlian durch den Park davonfuhr. Wenigstens lenkte er die Hayabusa nun langsamer nach Hause zurück.

In der Tiefgarage kicherte Far immer noch. Nur Songlian schien die Situation weniger komisch zu finden.

„Dir ist hoffentlich klar, dass sie dein Kennzeichen haben", schnappte er mit einem Gesichtsausdruck, als würde er die Polizei jeden Moment erwarteten.

„Ich habe gar kein Kennzeichen." Far lachte wie ein kleiner Junge und schüttelte seine Haare aus.

„Und was ist das hier?" Wütend tippte Songlian gegen das Nummernschild der Hayabusa.

„Ach, das Ding gehört einem Melvin Smith."

Songlian stockte schier der Atem. „Du fährst mit einem gestohlenen Kennzeichen? Und was glaubst du, wird Mr. Smith dazu sagen, wenn die Polizei bei ihm auftaucht?"

Far brach wieder in Gelächter aus.

„Sag, mal, hast du irgendwelche Drogen geschluckt?"

„Nein. Ich fürchte nur, Mr. Smith wird nicht viel Auskunft geben können. Der ist nämlich tot."

Songlian stöhnte. „Bestimmt hast du ihn überfahren, aye? Manchmal bist du ein solcher Kindskopf, Baxter."

Far drängte Songlian vergnügt gegen einen Betonpfeiler und stützte seine Hände rechts und links neben dem Kopf des Vampirs gegen den Beton.

„Ich dachte, das gefällt dir an mir, Songlian Walker", brummte er. Songlians bernsteingelbe Augen verzauberten ihn einmal mehr und seine Stimmung wechselte schlagartig. Wieder war das Magenkribbeln da.

Wenn ich nicht aufpasse, verliebe ich mich doch noch in dich, dachte er und wollte sich schon abwenden, als ihn Songlian am Kragen packte. Die Lippen des Vampirs pressten sich auf seine und küssten ihn dermaßen verlockend, dass sich Far unwillkürlich an ihn drängte.

„Song … Song, nicht hier“, protestierte er halbherzig, als seine Gefühle mit ihm durchgehen wollten. Schwer atmend ließ Songlian ihn los.
„Aye, nicht hier. Ich verliere die Beherrschung und eine Tiefgarage ist nicht gerade der schönste Ort um …“
Far schlug ihm die Hand auf den Mund. Eine Familie hatte die Tiefgarage betreten und kam auf sie zu. Far bückte sich verlegen nach der Plane für die Hayabusa und ignorierte Songlians spöttisches Grinsen. Gemeinsam deckten sie das Motorrad wieder ab und fuhren mit dem Fahrstuhl in ihre Wohnung.
„Was unternehmen wir morgen nach dem Spätdienst?“, fragte Far, als er sich in seinem Schlafzimmer aus der Lederkleidung schälte.
„Wir könnten in einem guten japanischen Restaurant etwas schlemmen und hinterher gehen wir in die Oper.“
„Oper?“, quietschte Far entsetzt und drehte sich zu Songlian um, um zu sehen, ob dies vielleicht ein Scherz war.
„Ist das diese Musik, wo die Weiber so schrecklich singen, dass Gläser zerspringen?“
„Das ist die Musik, bei der einem die Seele vor Wohlbehagen erbebt. Du wirst es erleben.“ Songlian klang sich sehr sicher.
„Ach, Song, muss das sein?“
„Bitte, mir zuliebe. Wenn du es wirklich nicht magst, brauchst du auch nie mehr mitgehen.“
Far überlegte einen Moment.
„Machen wir einen Deal, Songlian. Ich gehe mit in deine Oper und du gehst dafür mit mir auf ein Nightdust-Konzert.“
„Ist das die Musik, die so klingt, als würde der Leadsänger seine E-Gitarre fressen?“, fragte Songlian im gleichen Ton.
„Das ist die Musik, die mich mit Wohlbehagen erfüllt, Song. Komm schon, das ist nur fair.“
Ergeben nickte der Vampir.
„Folterqualen für die Ohren“, brummelte er jedoch.
Far schmunzelte. „Wenn ich das über deine Oper sage, dann bist du sauer.“

~~*~~

Far wachte auf, weil ihm Mister X mit schöner Regelmäßigkeit Ohrfeigen verpasste.
„Lass das oder es gibt für dich kein Frühstück", brummte Far leise, um Songlian nicht zu wecken. Er gab dem orangefarbenen Kater einen leichten Schubs und erreichte, dass der beleidigt aus dem Zimmer stolzierte.
Was für ein dreistes, kleines Pelzgesicht, dachte Far. Doch jetzt richtete sich seine Aufmerksamkeit auf Songlian. Der Vampir lag mit dem Rücken zu ihm auf der Seite und hatte sich im Schlaf gegen Fars Brust gekuschelt. Eine Hand hatte er unter seine Wange geschoben, die Lippen waren leicht geöffnet und die andere Hand lag unter seinem Kissen. Vorsichtig schmiegte sich Far an den festen, warmen Körper und legte einen Arm um Songlians Hüfte. Die Nase vergrub er in dem wirren blauschwarzen Schopf des Vampirs. Songlians Geruch nach Wärme, Schlaf und Sandelholz lullte Far beinahe wieder in das Reich der Träume.
Komisch, aber so kuschelig war es mit einer Frau am nächsten Morgen nie, kam es Far in den Sinn.
Nicht, dass es vorher eine Nacht mit Songlian gegeben hätte, korrigierte er sich hastig. Andererseits hatte er die meisten Frauen auch nie länger als einige Tage gekannt. Songlian dagegen begann nach und nach sein Herz zu erobern. Far ertappte sich dabei, dass ihm der Vampir dauernd durch die Gedanken geisterte. Dabei hatte er eine solch enge Verbindung gar nicht gewünscht.
Alle, die ich liebe, sterben, dachte Far betroffen. *Darum will ich mich nicht verlieben und schon gar nicht in einen Kerl.* Irgendjemand lachte tief in seinem Verstand höhnisch auf. Immerhin wachte er seit Neustem ständig neben einem Kerl auf.
„Wie muss ich das Geschnaufe in mein Ohr interpretieren?", fragte Songlian auf einmal.
Far riss die Augen auf und rückte ein Stückchen von dem Vampir ab. „Ich rede mit mir selber." Er gähnte herzhaft.
„Wieso muss das nur so komisch klingen? Da bekommt man ja den Eindruck mit einem brünftigen Hirsch im Bett zu liegen." Songlian lachte, als Far ihn zu kitzeln begann.

„Brünftiger Hirsch, he? Wer ist es denn, der dauernd irgendwelche Leute bespringen will?“
Der Vampir flüchtete aus dem Bett und wischte sich Lachtränen aus den Augen. Als er sich nun reckte und streckte, bemerkte Far, das sein Rücken beinahe vollständig verheilt war. Nur einige rote Linien zeigten sich noch an den Stellen, wo die Peitsche ihm das Fleisch von den Knochen geschält hatte.
„Ich brauche unbedingt ein Entspannungsbad, und außerdem muss ich noch ein paar Telefonate führen. Du könntest ja einmal zur Abwechslung deinen Kater füttern.“
Was ja wohl so viel bedeutete wie: Far, steh endlich auf. Seufzend quälte sich Far aus den Federn und folgte Songlian in die Küche. Der schnappte sich nur eine Blutkonserve aus dem Kühlschrank und verschwand damit im Badezimmer, wo gleich darauf das Wasser in die Wanne rauschte. Was brauchte der Vampir bloß ein Entspannungsbad, wenn er bereits im Schlaf so entspannt ausgesehen hatte? Krallen gruben sich in seinen Fußknöchel, als Mister X endlich beachtet werden wollte.
„Autsch!“ Far riss den Fuß empor und warf dem bereits wieder friedlich schnurrenden Kater einen ärgerlichen Blick zu.
„Sausack!“
Der Kater zeigte sich unbeeindruckt und strich nur um seinen Futternapf herum. Far beeilte sich, ihm eine Dose mit Kaninchenfleisch aufzumachen. Während Mister X zufrieden futterte, kochte sich Far eine Tasse Tee. Er konnte Songlian jetzt telefonieren hören. Wie lange dauerte eigentlich ein Entspannungsbad? Falls er dem Chief über den Weg laufen sollte, wäre wohl mal wieder eine Rasur angebracht. Far kratzte sich die Bartstoppeln. Langsam trank er seinen Tee aus und beobachtete den Kater, der seinen jetzt leeren Napf noch eine ganze Weile lang ausleckte, ehe er mit seinem prallen Bauch davon stolzierte. Im Bad war Stille eingekehrt. War Songlian endlich fertig?
„Song?“ Far steckte die Nase ins Bad. Von dem Vampir war nichts zu sehen. Die leere Blutkonserve lag zusammen mit seinem Handy auf dem Wannenrand. Das Wasser war noch nicht abgelassen, dafür flog überall Badeschaum umher. Far trat achselzuckend ein und suchte sein Rasierzeug hervor. In diesen

Moment tauchte Songlian prustend in der Wanne auf. Mit einem erschrockenen Schrei fuhr Far herum und holte schon reflexartig mit der Rasierschaumdose aus. Gerade noch rechtzeitig bremste er sich.
„Songlian!“, stöhnte er, als ihn die bernsteingelben Augen verblüfft anblinzelten.
„Was treibst du da?“
„Ich versuche U-Boote zu fangen. Was macht man denn sonst im Allgemeinen in einer Badewanne?“ Songlian wischte sich Schaum aus dem Gesicht.
„Auf keinen Fall Leute erschrecken. Warum siehst du mich jetzt schon wieder so an, Songlian?“
„Ich frage mich gerade, ob du eigentlich einen Anzug besitzt.“
Far drehte sich zum Spiegel um und schmierte sich Rasierschaum ins Gesicht.
„Wozu brauche ich einen Anzug? Heiratet irgendjemand?“
„Die Oper, Baxter“, erinnerte ihn Songlian.
„Du hattest doch nicht etwa vor, in zerrissenen Jeans und einem Metalband-T-Shirt dorthin zu gehen?“
Ungerührt begann sich Far zu rasieren.
„Du ahnst gar nicht, wie blamabel ich mich auf einem Metal-Konzert aufführen kann.“
Mit einem Seufzen drehte sich Far um. Songlian hatte die Arme auf dem Wannenrand verschränkt und das Kinn darauf gebettet. Mit einem unschuldigen Augenaufschlag sah er zu Far auf.
„Sehr blamabel“, betonte Songlian. „So richtig peinlich. Ich hoffe, du hast da keine Bekannten …“
„Wenn ich den Stöpsel aus der Wanne ziehe, verschwindest du dann zusammen mit dem Wasser und den U-Booten durch den Abfluss?“, erkundigte sich Far.
„Hast du nun einen Anzug, oder müssen wir dir erst noch einen kaufen?“
„Aye, ich habe einen. Und ja, ich werde ihn auch anziehen. Außerdem wäre ich dir sehr dankbar, wenn du mich nicht die ganze Zeit so ansehen würdest, als wäre ich ein blutiges Steak, okay?“
Songlian lachte und ließ sich wieder ins Wasser sinken.

„Du wirst die Oper mögen“, versprach er.
Far war nicht ganz so überzeugt.

Der Dienst verlief ruhig und bestand überwiegend aus langweiliger Büroarbeit. Nach Feierabend fuhren sie zum Umziehen nach Hause zurück und hatten hinterher eine ziemlich heftige Auseinandersetzung, wer den Dodge fahren durfte. Songlian zeigte kein Interesse an einer erneuten Verfolgung durch die Polizei, und erst als er spitz fragte, ob das Kennzeichen des Wagens auch irgendeinem Verstorbenen gehörte, orderte Far ein Taxi. Damit gelangten sie ohne Gefährdung der Öffentlichkeit an ihr Ziel. Völlig ausgehungert betraten sie die *Rote Sonne*, ein japanisches Restaurant, das zu Songlians Lieblingslokalen zählte. Ein kleiner Japaner mit einer riesigen Brille eilte lächelnd auf Songlian zu, kaum dass sie einen Fuß in das Restaurant gesetzt hatten.
„Ohisashiburi desu ne“, begrüßte er die beiden Männer höflich mit einer eleganten Verbeugung.
„Genki datta?“, erwiderte Songlian den Gruß. Er bemerkte Fars verwunderten Blick.
„Das ist Daisuke Tanaka-san, Far, und ich schwöre dir, ein besseres japanisches Essen als hier wirst du nirgendwo bekommen.“
„Dômo arigatô gozaimasu.“ Überschwänglich bedankte sich Tanaka-san für das Lob.
„Ich habe Ihnen Ihren Lieblingstisch freigehalten, Walker-sama. Seien auch Sie mir herzlich willkommen, Baxter-sama. Ich hoffe sehr, Sie werden sich in meinem bescheidenen Restaurant wohl fühlen.“
Far nickte nur. Sie ließen sich an ihren Tisch führen, wo ihnen gleich ein Pflaumenwein serviert wurde.
„Darf ich Takabe empfehlen? Mit einer Misosuppe vorweg?“, erkundigte sich Tanaka-san höflich.
„Genau das nehmen wir. Magst du scharfes Essen, Far?“

„Ja sehr. Vor allem, wenn wir das Essen mit einem schönen Dessert abschließen können." Far hatte anscheinend nicht vergessen, dass Songlian Süßigkeiten mochte.
Tanaka-san sauste in Richtung Küche davon, und der Vampir prostete Far mit dem Wein zu. Der sah sich interessiert in dem geschmackvoll eingerichteten Restaurant um. Tanaka-san hatte bei der Einrichtung auf den üblichen Kitsch seiner Landesgenossen verzichtet. Die Blumen auf dem Tisch waren echt und kein Plastik. Sie standen in schlichten, stilvollen Vasen. In der Mitte des Restaurants befand sich ein großes Becken mit einem kleinen Springbrunnen, in dem bunte Korallen wuchsen und exotische Fische herumschwammen. Die restliche Einrichtung war in klaren Linien und sehr modern gehalten. Leise japanische Musik entspannte die Gäste, die in natürlich gestalteten Nischen saßen.
Während sich Far interessiert umschaute, hatte Songlian nur Augen für seinen Partner. Er sah Far erst zum zweiten Mal in einem Anzug. Der leicht schimmernde, anthrazitfarbene Stoff harmonierte herrlich mit Fars grauen Augen. Im Gegensatz zu Songlian hatte er verächtlich auf eine Krawatte verzichtet und sein weißes Hemd war eindeutig einen Knopf zu weit geöffnet, was aber Fars verflixt gutes Aussehen nur noch verstärkte. Frisch rasiert und mit zusammengebundenem Schopf saß er in der ihm eigenen lässigen Art da und brachte Songlians Herz allein durch seinen eleganten Anblick zum Klopfen. Es dauerte nicht lange, bis eine Schar Kellner ihnen das Essen brachte. Tanaka-san wünschte ihnen persönlich noch ein „Itadakimasu!"
Die Suppe war sehr scharf, und Songlian lachte amüsiert, als Far die Tränen in die Augen stiegen. Tapfer hielt sein Freund jedoch durch und schwelgte dann in dem zarten Fleisch des Schwarmfischs.
„Wollen wir wirklich noch in die Oper?", fragte Far plötzlich zwischen zwei Bissen.
„Wir haben einen Deal."
Far seufzte und legte sich von dem Fisch nach.
„Was wird denn gespielt?", fragte er.

„Mozarts Zauberflöte. Es wird dir bestimmt gefallen. Allen gefällt Mozart“, behauptete Songlian.
„Zauberflöte? Klingt unanständig.“
Beinahe hätte Songlian gelacht. „Ist es aber nicht.“
Far zeigte mit der Gabel auf ihn. Im Gegensatz zu Songlian, der das Essen mit Stäbchen ausgezeichnet beherrschte, hatte sich Far Besteck reichen lassen. Und während die Gabel den Vampir nun anvisierte, sagte Far:
„Mach dich über meine Unwissenheit nur lustig, Song. Opern werden in einer Straßengang nicht gespielt. Klär mich auf, damit ich nachher bei dem Gejaule wenigstens weiß, worum es geht.“
„Nun, der Prinz Tamino wird von der Königin der Nacht ausgesandt, um ihre Tochter Pamina mithilfe einer Zauberflöte und einem magischen Glockenspiel aus den Händen Sarastros zu befreien. Der Vogelfänger Papageno begleitet den Prinzen und er findet diese Pamina auch, während Tamino gefangen genommen wird. Da Sarastro Tamino zu einem Priester machen will, muss dieser erst einige Prüfungen bestehen. Dabei erfährt er, dass Sarastro Pamina nur entführt hat, um sie vor der Königin der Nacht zu beschützen, die den Tempel des Sarastro am Ende angreift und vernichtet wird. Und, Happy End, Tamino bekommt Pamina und der gute Papageno bekommt eine Papagena. Es ist eigentlich eine ziemlich spannende Geschichte.“
Songlian schenkte Wein nach.
„Das klingt ähnlich wie unser Katz- und Mausspiel mit deiner Sippe“, meinte Far.
Überrascht sah ihn der Vampir an. „Du hast recht. So habe ich es noch gar nicht betrachtet. Nur, dass ich es nicht gerade auf eine Papagena abgesehen habe …“
Fars Wangen färbten sich dunkler. Er legte die Gabel auf dem Teller ab.
„Songlian, ich mag dich wirklich. Aber schlage dir den Gedanken aus dem Kopf, dass ich dich jemals lieben werde.“
Das saß bestimmt, allerdings ließ sich Songlian nicht anmerken, dass er sich verletzt fühlte. Seine Stäbchen fischten eine Portion Gemüse vom Teller.
„Song, hast du mich verstanden?“, fragte Far nach.

„Wenn ich bedenke, dass du mich am Anfang nicht ausstehen konntest und mich nun immerhin magst, ist mir das schon recht“, sagte Songlian, der den Worten seines Freundes, ihn nie lieben zu können, einfach keinen Glauben schenkte.
„Wenn du jemanden, den du lediglich magst, allerdings so küsst, wie gestern in der Tiefgarage, würde es mich doch ein wenig interessieren, was passiert, wenn du verliebt bist.“
Far spießte ein Stück Fisch brutaler auf, als es nötig gewesen wäre.
„Und für ein kleines *mögen* bist du ganz schön abgegangen, als ich dich befriedigt habe.“
Far verschluckte sich und musste husten. Über den Rand seiner Serviette hinweg funkelte er den unverschämt grinsenden Vampir ärgerlich an.
„Das war rein körperlich“, zischte er über den Tisch hinweg.
„Natürlich“, murmelte Songlian bemüht ernst und sah angestrengt in sein Weinglas.
„Wenn es nur rein körperlich ist, könnten wir damit doch weitermachen. Oder?“
Sie wurden unterbrochen, da ihnen nun Anmitsu serviert wurde. Far schob Songlian seine Portion Bohnenmuspaste mit Eis und schwarzem Honig zu. Ihm war der Appetit vergangen. Während sich der Vampir mit Genuss über das Dessert hermachte, knetete Far unruhig seine Serviette.
„Hör mal, Song, ich wollte dich nicht verletzen“, sagte er entschuldigend. „Aber ich will nicht, dass du dir falsche Hoffnungen machst.“
Songlian leckte sich Honig von den Lippen und sah Far einfach nur ruhig an. Er hatte schon längst bemerkt, dass er seinen Freund allein mit einem Blick verwirren konnte und scheute sich nicht, dies schamlos auszunutzen. So wie gerade eben. Prompt begann Far unruhig auf seinem Stuhl hin und her zu rutschen.
„Es hat überhaupt nichts mit dir zu tun, Song. Ich will mich ganz einfach nicht mehr verlieben.“
„Warst du eigentlich schon einmal verliebt, Baxter? Und ich meine damit nicht die Liebe zu deiner Familie. Erzähl mir doch mal, in wen du dich bislang verliebt hast. In einen deiner zahl-

reichen weiblichen One-Night-Stands?“ Die Frage war gemein, und Songlian schaute ihn herausfordernd an, während er nun Fars Dessert aufaß.
Betroffen senkte der den Blick. Natürlich fand er keine Antwort.
„Liebe, Far, überfällt einen ganz plötzlich. Man kann sich nicht entscheiden ob und wen man liebt. Es passiert einfach.“
„Mir nicht“, knurrte Far entschieden.
Songlian lachte. „Mach dir nur ruhig etwas vor. Ich rieche bis hierher, wie dein Blut kocht und ich sehe, wie dein Herz schlägt. Deine pochende Halsschlagader verrät mir mehr, als du denkst. Dafür haben Vampire nun wirklich einen Blick.“
„Du spinnst ja“, stieß Far hervor.
Songlian beugte sich leicht vor und sah Far ernst in die Augen. „Ich habe dein Blut getrunken, Far. Ich weiß genug.“
„Ich denke, dass diese ganze Geschichte mit dem Bluttrinken einfach überbewertet wird“, sagte Far scheinbar leichthin, aber seine Unsicherheit war ihm am Gesicht abzulesen.
Sie beendeten ihr Essen, zahlten und bestellten bei dem Kellner ein Taxi. Tanaka-san schaute noch bei ihnen vorbei.
„Waren Sie mit allem zufrieden, Walker-sama to Baxter-sama?“
„Otsukare-sama deshita“, sagte Songlian.
„Dann darf ich Ihnen melden, dass Ihr Taxi vorgefahren ist.“
„Go-chisô-sama deshita.“ Songlian bedankte sich noch für das Essen.
„Es hat mir ausgezeichnet geschmeckt“, sagte auch Far.
„Das freut mich. Beehren Sie mich bald wieder, Baxter-sama. Ogenki de.“
„Bitte?“, fragte Far verwirrt.
Der Japaner lächelte.
„Bleiben Sie gesund, Baxter-sama.“

Ein Platzanweiser führte sie über einen dunkelroten Teppich zu einer Privatloge und schloss hinter ihnen die schweren Vorhänge, um Abgeschiedenheit zu gewährleisten. Far zeigte sich in der noblen und ungewohnten Atmosphäre etwas befangen,

nahm auf einem dick gepolsterten Stuhl an der Brüstung Platz und schaute zur Bühne hinab.
„Ich sagte doch, die Musik ist grässlich", murrte er bald darauf.
„Die stimmen gerade erst ihre Instrumente", sagte Songlian fassungslos. „Du hast wirklich keine Ahnung, aye?"
Far schüttelte den Kopf. Songlian begann ihm die Zusammensetzung des Orchesters zu erklären, zeigte ihm den Dirigenten und erzählte auch, wie alt diese Oper bereits war. Zu seiner Überraschung hörte Far aufmerksam zu und stellte sogar einige Fragen, wenn er etwas nicht völlig verstand. Schon hob sich der Vorhang und zeigte eine felsige Landschaft und einen runden Tempel. Die ersten schönen Takte der Ouvertüre erklangen und Tamino, angetan mit einem Bogen und prächtiger Jagdkleidung erschien auf der Bühne. Es dauerte nicht lange und ein Lächeln tauchte in Fars Gesicht auf. Songlian, der die Oper bereits mehrfach gesehen hatte, beobachtete zwischendurch immer wieder seinen Partner, der sich ausschließlich auf das Geschehen auf der Bühne konzentrierte. Far schien wie verzaubert zu sein und ließ sich offenbar ganz von der Musik gefangen nehmen. Der Vampir lehnte sich in seinem Stuhl zurück und genoss die verträumte Miene seines Freundes.
Als die Oper endete, war Far ziemlich still. Songlian ließ ihn in Ruhe und so fuhren sie schweigend mit einem Taxi in eine Bar, wo sie noch gemeinsam einiges tranken und den Abend Revue passieren ließen.

Far war ziemlich angetrunken, als sie spät in der Nacht nach Hause kamen. Dennoch hielt er sich für die Menge Alkohol, die er zu sich genommen hatte, ziemlich senkrecht.
Songlian fühlte den stahlgrauen Blick auf sich gerichtet, als er sich auszog und wie üblich nackt unter die Bettdecke schlüpfte. Er hörte Far beim Entkleiden leise etwas murmeln und spitzte die Ohren.

„Dies Bildnis ist bezaubernd schön,
Wie noch kein Auge je geseh'n!

Ich fühl' es, wie dies Götterbild
Mein Herz mit neuer Regung füllt.
Dies Etwas kann ich zwar nicht nennen!
Doch fühl' ich's hier wie Feuer brennen.
Soll die Empfindung Liebe seyn?"

Überrascht zog Songlian eine Augenbraue hoch. Dass sich Far so gut an den Text der Oper erinnern konnte, hätte er nicht für möglich gehalten. Und dann ausgerechnet diese leidenschaftliche Passage, in der Tamino in Liebe entflammte.

„Ich wusste, du würdest Mozart mögen", sagte er leise ins Dunkel hinein.

Auf einmal beugte sich Far über ihn. „Weißt du, was mich stört, Songlian?", fragte er mit schwerer Zunge. „Dass du verteufelt oft recht hast."

Was sollte das denn nun schon wieder heißen? Songlian sah zu Far auf und spürte auf einmal sein Herz aufgeregt schlagen. Far sah ihn so seltsam an.

„Ich liebe dich nicht", behauptete Far, doch dieses Mal klang sein Ton beinahe verzweifelt. Plötzlich küsste er Songlian. Der Vampir schlang, alles um sich herum vergessend, seine Arme um Fars Nacken und zog ihn zu sich herab, bis sich ihre Körper berührten. Sie kosteten und genossen den Geschmack des jeweils anderen, während ihre Hände die plötzlich erhitzten Körper erkundeten. Songlian keuchte überrascht auf, als Fars Finger zwischen seine Schenkel glitten und sein mehr als hartes Geschlecht zu streicheln begannen.

„Mehr", hörte er Far an seinem Ohr flüstern.

„Ich will mehr, Song." Und wie er das wollte. Jeder Zentimeter von Songlians aufregendem Körper gehörte ausgiebig erkundet, und heute Nacht war Far endlich bereit dafür. Er küsste Songlians Schläfe, stippte seine Zunge in dessen Ohr, nur um gleich sanft hineinzupusten. Ungeduldig fing er Songlians Hände ein, die nach ihm griffen, zog sie ihm über den Kopf und hielt sie dort fest. Die Raubtieraugen sahen ihn erschrocken an.

„Nein, halt ganz still, Song. Lass mich dich fühlen. Lass mich herausfinden, was dich so unwiderstehlich macht", murmelte Far und kniete sich über den Vampir. Jetzt küsste er Songlians

Lippen und knabberte einen Moment lang an seiner Unterlippe, eher er einen Kuss auf das Kinn drückte. Danach fuhr er über Songlians Hals und schnupperte dem Sandelholzgeruch nach, der dort am intensivsten war. Zärtlich küsste er eine empfindsame Stelle hinter dem Ohr des Vampirs und zog jetzt mit der Zunge eine liebevolle Spur über dessen Brustbein. Die Reaktion darauf bestand in einem kaum wahrnehmbaren Zittern. Noch immer drückte er Songlians Handgelenke eisern auf das Laken, denn er wollte, dass dieser Augenblick nur ihm gehörte. Der Vampir bog stöhnend den Rücken durch, als Fars Lippen in Richtung seines Nabels wanderten. Spielerisch biss Far in den angespannten Bauchmuskel. Der warme Geruch von Songlians Haut machte ihn ganz verrückt, das war ihm schon ein paar Mal aufgefallen. Plötzlich merkte er jedoch, dass der Körper des Vampirs seltsam bebte. Verwirrt hielt Far inne und schaute auf. Songlians Augen waren starr auf die Decke gerichtet, die Pupillen panisch geweitet. Far konnte ein leises Knirschen hören, als Songlian die Zähne zusammenpresste, bis seine Kiefermuskeln stark hervortraten.

„Song? Song, was ist mit dir?“

Der Vampir antwortete nicht, nur das schaurige Zähneknirschen war zu hören. Auf einmal hatte Far Lorcans boshaftes Gesicht vor Augen.

Schließlich hatten meine Freunde erst vor Kurzem ihren Spaß mit ihm.

Schlagartig war er stocknüchtern. Hastig ließ Far Songlians Handgelenke los und rutschte von seinem angespannten Körper hinunter.

„Song? Song, ich bin es. Sieh mich an, Song“, murmelte er und streichelte behutsam die Wangen des Vampirs. Dann nahm er Songlian locker in die Arme und zog ihn behutsam an sich.

„Es ist okay“, sagte er leise.

„Song, ich bin nicht wie Lorcan. Ich tue dir nichts. Alles ist gut.“

Beruhigend redete er weiter auf Songlian ein, streichelte dessen Rücken, Seiten und Arme, bis er spürte, dass langsam die Anspannung aus Songlians Körper wich. Ein kaum wahrnehmbares Seufzen erklang, als der Vampir seine Wange gegen Fars Schulter drückte. Noch immer zitterte er.

„Song?", fragte Far sanft.
„Aye", tönte es gepresst zurück.
„Song, ich mache dir erst einmal einen Tee, okay? Der beruhigt die Nerven. Kannst du einen Moment lang allein sein?"
Songlian nickte müde, und Far schwang sich aus dem Bett. Auf dem Weg in die Küche zog er seinen Morgenmantel an. Er konnte ebenfalls einen Tee gebrauchen, denn das Verhalten seines Partners hatte ihn selber erschüttert. Ohne jeden Zweifel hatte Songlian sein erlittenes Trauma noch längst nicht überwunden und er hatte ihm nun einen weiteren Schock versetzt. In seinem angetrunkenen Zustand hatte er es nicht einmal bemerkt.
„Baxter, das ist unverzeihlich", brummte Far, während er dem Tee beim Ziehen zusah. Schließlich füllte er zwei Becher und wollte gerade ins Schlafzimmer zurückkehren, als er die Wohnungstür klappen hörte.
„Songlian?" Rasch stellte er die Becher wieder ab, rannte zur Tür und riss sie auf. Im Treppenhaus waren schnelle Schritte zu hören. Far beugte sich über das Geländer. Einige Etagen tiefer konnte er gerade noch einen Schatten erkennen.
„Song!", schrie er ungeachtet der späten Uhrzeit hinunter. Niemand antwortete ihm. Selbst die Schritte waren verstummt. Mit der Faust schlug Far auf das Geländer, ehe er in seine Wohnung zurückkehrte. Mister X kam ihm mit einem fragenden Blick entgegen.
„Warum hast du ihn nicht aufgehalten?", fragte Far ihn böse. „Du hättest es wenigstens versuchen können."
„Miau", lautete der einzige Kommentar.
Mit einem Fluch sah sich Far ihrem gemeinsamen Schlafzimmer um. Der Vampir schien sich einfach nur seine Kleider gegriffen zu haben. Die DV8 hing noch in ihrem Holster an ihrem Haken. Was Far jedoch beunruhigte, war die Tatsache, dass die Säbelscheide des Vampirs mitsamt den tödlichen Waffen fehlte. Hatte Songlian etwa vor, sich in einem Kampf abzureagieren? Doch das sah dem Vampir gar nicht ähnlich. Wenigstens schien er sein Handy mitgenommen zu haben, denn das hatte noch in seiner Jackentasche gesteckt. Trotzdem zögerte Far ihn anzurufen.

Möglich, dass Songlian nur einen kühlen Kopf brauchte und am nächsten Morgen wieder auf der Schwelle stand.

Auch am nächsten Morgen kehrte Songlian nicht zurück. Far hatte ein schlechtes Gewissen. Unruhig tigerte er durch die Wohnung und wartete auf irgendein Zeichen der Vergebung von Songlian. Als er es gar nicht mehr aushielt, rief er auf dessen Handy an. Es meldete sich nur der Anrufbeantworter.
„Song, bitte ruf mich zurück, aye? Ich mache mir Sorgen." Far zögerte.
„Wenn ich etwas falsch gemacht habe, dann tut es mir leid", fügte er noch hinzu.
Mit einem zweiten Anruf meldete er sich und Songlian vom Dienst ab. Den Rest des Tages saß er auf dem Sofa und wartete. Auf dem Couchtisch lagen die *Nightdust*-Karten für das Konzert, auf das sie hatten gehen wollen. Gegen einundzwanzig Uhr warf Far die Konzertkarten in den Müll, sah noch einmal nach Mister X, der glücklich schlafend auf seinem Katzenbaum lag, und fuhr anschließend mit dem Dodge zum *Wellnesstempel*. Möglicherweise hatte ja Phillip den Vampir gesehen. An der Kasse zahlte Far für eine Eintrittskarte und erkundigte sich dort nach Phillip. Der hatte glücklicherweise gerade keinen Kunden, sondern lehnte neben einigen Gästen an der Bar im Ruheraum. Irgendein Fruchtcocktail stand neben ihm auf dem Tresen und er lachte über einen Scherz, den jemand riss. Ohne jede Vorwarnung packte ihn Far grob am Kragen und zerrte ihn zu einer freien Liege, auf die er Phillip niederdrückte.
„Hey", protestierten einige der Gäste halbherzig, denn niemand wollte sich wirklich mit dem durchtrainierten, gefährlich wirkenden Far anlegen. Einschüchternd baute sich Far vor dem jungen Mann auf und warf einen finsteren Blick in die Runde.
„Dafür könnte ich dich hier rauswerfen lassen", sagte Songlians Privatmasseur verstimmt.
„Ich bin gespannt, wer das versuchen möchte", knurrte Far zurück.

Phillip sah ihn verärgert an. „Nun sag endlich, was dieser Überfall hier soll. Du kannst einem ja wirklich Angst machen."
„Hast du Songlian gesehen? Ist er bei dir?", fragte Far. Angesichts der anderen Gäste sprach er nun leise, damit nicht jeder ihr Gespräch mitbekam.
Phillip schaute ihn verwundert an und schüttelte den Kopf. „Schon vergessen, Officer? Er wohnt bei dir."
„Er ist abgehauen." Far gab seine bedrohliche Haltung auf und trat einen Schritt zurück.
„Wieso abgehauen? Habt ihr euch gezofft?" Phillip erhob sich, weil er nicht zu Far aufsehen wollte, und strich seine Kleidung glatt.
Far schüttelte den Kopf.
„Erklär mir, verdammt noch mal, was passiert ist."
Nach einem kurzen Zögern sagte Far: „Diese Vampire haben ihn neulich nicht nur ausgepeitscht. Sie … sie sind auch über ihn hergefallen."
„Du meinst, sie haben ihn vergewaltigt? So ne verfluchte Scheiße." Phillip zog ein entsetztes Gesicht.
„Da muss noch mehr vorgefallen sein. Song hat mir nichts erzählt, bloß eine seltsame Andeutung gemacht. Es würde Dinge geben, die über meine Vorstellungskraft hinausgehen. Und als wir gestern Nacht … na ja … wir wollten …"
Phillip sah ihn bei dem Gestammel kopfschüttelnd an. „Hör mit der blöden Stotterei auf. Ich kann es mir denken."
„Verflixt, er ist einfach abgehauen und ich habe keine Ahnung wohin. Er meldet sich nicht, geht nicht an sein Handy. Phil, ich mache mir Sorgen."
Far wurde aufmerksam gemustert.
„Aye, das sehe ich. Aber So-lian ist nicht bei mir gewesen."
„Hast du eine Ahnung, wo er sein könnte?"
Phillip schüttelte den Kopf. Enttäuscht trat Far mit einem Fluch gegen die Liege und ließ sie über den gefliesten Boden schlittern.
„Lass den Mist, Baxter, und ich höre mich nach So-lian um", bot ihm Phillip an. „Gib mir deine Handynummer. Ich melde mich, sobald ich etwas von So-lian höre."

Dankbar nickte Far und nannte Phillip seine Nummer, die dieser gleich abspeicherte. Nach kurzem Überlegen gab ihm Far noch eine weitere Nummer.
„Die ist für den Notfall", sagte er. „Falls du mich auch nicht erreichst. Wenn du Jonathan Goodman anrufst und ihm erklärst, dass du eine dringende Nachricht für mich hast, wird er alles daran setzen, mich ausfindig zu machen."
Zwei Angestellte des *Wellnesstempels* kamen auf sie zu.
„Es soll hier Schwierigkeiten geben, Phil?", fragten sie und musterten Far mit unruhigen Blicken.
„Nein, es ist alles okay", antwortete Phillip. „Ich habe seinem Freund hier eine Spezialmassage verpasst, ohne mir die Erlaubnis dieses Herrn einzuholen. Mein Fehler. Ich habe mich bereits entschuldigt." Er drehte sich zu Far um.
„Du bist nicht mehr sauer, oder? Aber da setzt einem völlig der Verstand aus, wenn das warme Öl auf So-lians Nacken tröpfelt und sich seine Haut so geschmeidig unter den Fingern anfühlt und alles, wirklich alles so herrlich glitscht …"
Fars Gesicht wurde immer finsterer. Phillips Kollegen sahen verblüfft von einem zum anderen.
„Du verzeihst mir, oder?" Phillips freches Grinsen hätte Far zu einem Mord verleiten können.
„Das nächste Mal, Phil, werde ich dich zwingen, dein eigenes Massageöl zu schlucken." Mit diesen Worten verließ Far den *Wellnesstempel*. Und wohin nun?

Er parkte seinen Wagen vor dem *Battlefield*. Der Türsteher erkannte ihn wieder und wollte dieses Mal wohl keine Auseinandersetzung, denn er winkte ihn gleich durch. Erneut umfing Far die seltsame Atmosphäre des Clubs. Die merkwürdige Musik verwirrte seine Sinne genauso wie beim ersten Mal. Dazu kamen die Gerüche verschiedener Opiate und Parfüms, das wechselnde Licht und die vielen Leute.
Far atmete einmal tief durch und bahnte sich dann einen Weg zur Bar. Es dauerte einen Moment, bis er den Barkeeper auf sich aufmerksam gemacht hatte.

„Ist Songlian Walker hier?“
Der deutete auf ein grünes Separee, und Far blieb vor Erleichterung fast das Herz stehen. Songlian war hier. Er hatte ihn gefunden. Beinahe im Laufschritt eilte er zu der grünen Glastür und hämmerte mit der Faust dagegen. Es war Barnaby, der ihm die Tür öffnete und bei Fars Anblick wollte er sie auch gleich wieder zuschlagen. Doch schnell schob Far seinen Fuß in den Weg.
„Ich will zu Song“, schnappte Far, dem der dandyhafte Mann überhaupt nicht gefiel.
„Der ist schon wieder weg“, jaulte Barnaby ängstlich, weil Far ihn prompt am Schlafittchen packte. „Total zugedröhnt. Ich sagte noch zu ihm, dass er lieber bleiben soll.“
„Wann?“, fragte Far nur.
„Vor vielleicht ein, zwei Minuten.“
Abrupt ließ Far den Mann los und eilte, sich grob durch die Menge schiebend, zurück zum Ausgang. Er sah gerade noch ein Taxi abfahren.
„Warte!“, brüllte er dem Wagen hinterher.
„Songlian, warte!“
Schon bog das Taxi um eine Ecke und war verschwunden.
„Hey, Sie!“ Der Türsteher trat auf ihn zu.
„Mr. Walker ist ein geschätzter Kunde. Und wir wünschen hier nicht, dass er belästigt …“
Far brachte ihn mit einem eisigen Blick zum Schweigen und stand dann eine Weile einfach nur still da. Wie konnte es sein, dass er Songlian so knapp verfehlt hatte? Und wo sollte er ihn jetzt bloß suchen? Der Vampir musste gewusst haben, dass Far hier war, denn sein auffälliger Dodge stand direkt auf der anderen Straßenseite.
„Könnten Sie mir einen Gefallen tun?“, fragte er mit einem deutlich höflicheren Gesicht als eben noch den Türsteher.
„Natürlich.“
„Mr. Walker ist mein Kollege, und ich muss ihn dringend sprechen. Rufen Sie mich bitte an, sobald er zurückkommt, aye?“
„Kollege?“ Zweifelnd sah ihn der Mann an.

„Soll ich bei der SEED anrufen, damit die Ihnen das bestätigen?“ schnappte Far jetzt und griff bereits in seine Tasche.
Der Türsteher hob abwehrend die Hände. „Kein Problem, Mann. Ich werde mich bei Ihnen melden, sobald er wieder hier auftaucht.“
Far gab ihm seine Handynummer, dankte kurz und stieg in seinen Wagen. Songlian wollte ihn nicht sehen, sonst hätte er sicherlich beim Wagen auf ihn gewartet oder wäre noch einmal in den Club gegangen. Mit einem kräftigen Fluch startete Far den Dodge Charger und fuhr los. Zwei Straßen weiter richtete sich auf dem Rücksitz eine Gestalt auf.
„Ich habe gehört, du suchst mich“, sagte eine freundliche Stimme. Far lief es kalt den Rücken hinunter. Im Rückspiegel erkannte er das Gesicht von Oliver Oakly.

~~*~~

Songlian hatte sich von dem Taxi drei Straßen weiter absetzen lassen, da er befürchtete, dass sich Far die Taxennummer gemerkt hatte und ihm nun auf den Fersen war.
Ganz schön hartnäckig, der Kleine, dachte er wehmütig. Benebelt von viel zu vielen Crawlers, die er eingeworfen hatte, um sich von Far abzulenken, wanderte er durch die dunklen Straßen. Barnaby war sehr enttäuscht gewesen, als Songlian nicht mit ihm hatte schlafen wollen. Aber Barnaby war eben nicht Far.
Wenn ich dich nur nicht so lieben würde, dachte Songlian voller Schmerz.
Die ganze Zeit versuche ich dich zu verführen und wenn du es endlich von dir aus willst … Songlian blieb stehen und hielt sich den Kopf. Das Schlimmste an der ganzen Geschichte war allerdings die Tatsache, dass Far ihn wegen der Vergewaltigung auch noch bemitleidete. Wenn er die Wahrheit erfahren würde, dann würde er Songlian mit Sicherheit verachten. Er hatte Lust dabei empfunden. Die ekstatische Lust, die einen wie ein Drogenrausch überkam, wenn man von einem Vampir gebissen wurde. Lorcans Freunde hatten ihn damit demütigen wollen und – beim

Blut! – sie hatten ihr Ziel auch wirklich erreicht. Songlian schämte sich.

Langsam lief er weiter. Die Crawlers in seinem Blut halfen ihm zu entspannen und ließen ihn schläfrig werden. Eine wunderbare Mischung, um nicht gleich in Tränen auszubrechen. Eine gefährliche Mischung jedoch, als sich vor ihm urplötzlich ein Tor auftat. Auf einmal umschwärmten ihn zahlreiche Dämonen, die ihn packten und ehe er sich versah in das Tor hineinzogen. Songlian stülpte sich der Magen um.

Es war eine Reise von Tor zu Tor und durch Hitze und Dunkelheit und fauligen Gestank. Völlig orientierungslos stolperte Songlian schließlich in einen geschlossenen Raum hinein. Heftige Wellen der Übelkeit schwappten über ihn hinweg. Der Vampir wankte blindlings in eine Ecke und übergab sich dort. Danach ging es ihm etwas besser, und er konnte sich endlich umschauen. Der Raum war klein, völlig kahl und die Tür fest verriegelt. Man hatte ihm seine Waffen gelassen und das konnte eigentlich nur bedeuten, dass er kämpfen sollte. Gegen Dämonen? Songlian verzog das Gesicht. Wohl kaum, denn die wären einem Vampir schon allein von der Schnelligkeit her unterlegen. Also ein Kampf gegen seinesgleichen. Seufzend zog Songlian die beiden Krummsäbel aus ihrer Scheide und legte sie gekreuzt vor sich auf den Boden. Sein letzter ritueller Kampf war lange her und er hatte ihn damals verloren. Dennoch hatte Lorcan Gnade walten lassen, hauptsächlich wegen Arawn Walkers Blut, das durch seine Adern und auch durch die von Lorcan und Bhreac floss. Daher hatte sein Bruder ihn nur verstoßen, anstatt ihn nach dem verlorenen Ehrenkampf durch den Waffenmeister der Familie auslöschen zu lassen. Aber war er jetzt bereit für einen weiteren Kampf? Und wie würden die neuen Bedingungen lauten? Vor den Krummsäbeln kniete sich Songlian nieder und versenkte sich in stille Meditation, bis man ihn holen würde.

Einige Tage später eilten zwei Männer in dunkelblauen Uniformen die Treppen bis zur Wohnung ihrer Kollegen empor. Während Joey auf die Klingel drückte, klopfte Cooper lautstark an die Tür.
„Far! So-lian! Macht auf!“, rief Cooper und schlug nun heftig mit der Faust gegen die Tür.
„Aufmachen!“
Joey sah seinen Partner sorgenvoll an.
„Das ist nicht gut. Far mag ja ein Querschläger sein, aber er hat nie unentschuldigt gefehlt. Ich fand das schon den einen Tag seltsam, als er anrief, um sich und Songlian ohne einen Grund zu nennen, abmeldete. Und gerade Songlian halte ich für sehr zuverlässig.“
Cooper nickte nur und rüttelte an der verschlossenen Tür.
„Was ist das denn für ein Lärm?“ Aus der Nachbarwohnung schaute jetzt eine alte Frau heraus. Als sie die Uniformen der beiden bemerkte, trat sie einen Schritt näher.
„Gibt es ein Problem?“, fragte sie.
„Haben Sie zufällig unsere Kollegen gesehen?“ Cooper sah sie hoffnungsvoll an.
„Schon seit Tagen nicht mehr. Ich habe mir daher erlaubt, nach dem Kater zu sehen und ihn zu füttern. Der kann ziemlich laut werden, wenn er sein Futter nicht bekommt. Er ist ganz schön verfressen, wissen Sie?“
Cooper warf rasch einen Blick auf das Namensschild unter ihrer Klingel.
„Mrs. Nelson, haben Sie etwa einen Schlüssel für die Wohnung?“
„Aber natürlich. Mr. Baxter hat ihn mir einmal gegeben, falls er seinen verlieren sollte. Soll ich Ihnen aufmachen?“
Als Cooper nickte, ging sie in ihre Wohnung zurück, um den Schlüssel zu holen.
„Es wird doch nichts passiert sein?“, fragte sie besorgt.
„Das hoffen wir auch, Ma'am“, murmelte Joey.
Cooper stürmte regelrecht in die Wohnung, während Joey und Mrs. Nelson ihm langsamer folgten. Die alte Nachbarin sah ratlos zu, wie die beiden die Zimmer durchsuchten.

„So-lians DV8 ist noch hier“, meldete Joey, der aus dem Schlafzimmer zurückkam.
„Ich glaube, die beiden jungen Herren haben sich gestritten“, sagte Mrs. Nelson da.
„Vor ein paar Tagen hat Mr. Walker die Wohnung ziemlich hastig verlassen. Mr. Baxter hat ihm noch hinterhergerufen. Und am nächsten Abend ist Mr. Baxter ebenfalls fortgegangen.“
„Wissen Sie noch, wann Walker die Wohnung verlassen hat?“, wollte Cooper wissen.
„Ja natürlich, das war am Montag. Es war schon ziemlich spät in der Nacht.“
„Coop, das ist schon sechs Tage her. Der Abend, bevor Far angerufen hat, dass sie nicht zum Dienst kommen.“
Cooper nickte.
„Wir sehen noch in der Tiefgarage nach. Falls Far den Wagen genommen hat, können wir es mit einer Peilung versuchen. Mrs. Nelson, ich glaube, Far wäre sehr dankbar, wenn Sie sich weiterhin um den Kater kümmern könnten. Geht das in Ordnung?“
„Sicher. Das mache ich doch gerne. So ein liebes Tier.“ Die Rentnerin bückte sich schwerfällig, um Mister X zu kraulen, der sich an ihre Beine drückte.
„Vielen Dank. Komm schon, Joey, beeil dich.“ Cooper eilte schon wieder ins Treppenhaus und nahm zwei Stufen auf einmal. Joey hatte Mühe, ihm zu folgen. In der Tiefgarage fanden sie den Parkplatz für den Dodge verlassen vor. Das Motorrad stand wie gewohnt sorgfältig abgedeckt auf dem Platz daneben. Die beiden Freunde sahen einander ratlos an.
„Zurück zum Revier“, entschied Cooper.

Sie saßen in Jonathans rauchgeschwängertem Büro zusammen, wobei ihnen die Kollegen von Team 3 Gesellschaft leisteten.
„Immer noch kein Ergebnis?“, fragte Cooper ungeduldig Jonathan und James Fitzpatrick, der ebenfalls IT-Techniker war. Beide schüttelten synchron den Kopf. Sie hatten zunächst versucht, Songlians und Fars Handys zu orten, doch dieser Versuch war fehlgeschlagen.

„Könnte mal jemand das Fenster öffnen? Ich kann bei dem Qualm nicht denken“, beschwerte sich Matthew Fullingham, der der Teamleiter der anderen Gruppe war.
„Aye, Jon. Es wäre wirklich nett, wenn du wenigstens auf jede zweite Zigarette verzichten könntest“, motzte auch Cooper und stutzte dann. Die dunkelblauen Augen seines Freundes sahen ziemlich nachdenklich drein.
„Ist irgendetwas, Jon?“
„Ich musste nur gerade daran denken, dass die beiden im Moment ein Riesenproblem mit Songlians Sippe haben. Lorcan hatte Far zuletzt den Mörder seiner Familie im Austausch für Songlian angeboten.“
„Was? Und das erzählst du erst jetzt?“
Jonathan zog ein unglückliches Gesicht. „Ich sollte den Handel für mich behalten. Deshalb hast du nur erfahren, dass Lorcan auf Songlian gewartet hat. Aber nun … Vielleicht hängt ihr Verschwinden damit zusammen.“
„Noch ist keiner verschwunden.“ James versuchte, die Freunde zu beruhigen.
„Vielleicht gibt es eine ganz harmlose Erklärung.“
„Ich habe den Dodge“, rief da James. Acht Köpfe beugten sich über den Monitor.
„Auf einem Dauerparkplatz des Bahnhofs? Wollten die beiden verreisen?“ Timothy sah ziemlich verwundert aus.
„Das wird immer verrückter. Coop?“ Jonathan drehte sich zu seinem Teamleiter um.
Cooper Dayton wischte achtlos einige Magazine über Geschichte, Flugzeugtechnik und Jagdwaffen von einem Stuhl und setzte sich.
„Hölle noch mal!“, fluchte er, weil ihm keine vernünftige Idee kam.
„Far ist schon schwierig genug. Aber seitdem er mit Songlian unterwegs ist, fange ich an graue Haare zu bekommen.“
„Die Nachtwölfe, Coop. Vielleicht können wir wenigstens Far dort finden.“
Alle starrten Joey an.

„Du willst zu den Nachtwölfen gehen? Bist du lebensmüde?“, riefen sie dann durcheinander.
Doch Joey blieb ruhig. „Ich würde gehen, Coop.“
Der Teamleiter seufzte. Irgendetwas würden sie unternehmen müssen, so viel war jedenfalls klar. Vielleicht waren die Nachtwölfe gar keine schlechte Idee.
„Ich begleite dich“, sagte er zu Joey.
„Matt, würdest du in meiner Abwesenheit übernehmen? Prima. Tim und Tom, es wäre geradezu fantastisch, wenn ihr Fars Dodge herholen würdet. Und fahrt bloß keinen Kratzer in das Ding, sonst sehen wir Far wie eine Rakete zum Mond schießen. Jon und du, James, ihr überwacht weiterhin die Handys der beiden. Vielleicht tauchen die wieder auf. Und überprüft doch mal, ob sie an den Bankautomaten in der Nähe des Bahnhofs Geld abgehoben haben, falls sie tatsächlich dort waren. Zach, es wäre ausgesprochen nett, wenn du den Chief informieren würdest, dass wir unser Vorzeigepärchen vermissen.“
„Heißt das, dass ich entbehrlich bin oder warum wirfst du ausgerechnet mich dem Wolf zum Fraß vor?“, fragte Zachary.
Cooper gab ihm einen aufmunternden Klaps auf die Schulter.
„Ich rufe an, wenn wir bei den Nachtwölfen etwas Neues erfahren.“
„In Ordnung.“ Matthew zog arbeitswütig seine Jacke aus.
„Passt auf euch auf. Wenn wirklich Vampire dahinterstecken …“
Er beendete den Satz nicht, aber das war auch nicht nötig.

Kaum hatten Cooper und Joey die Grenze zu dem von den Nachtwölfen überwachten Territorium übertreten, waren sie auch schon in der Gewalt der Straßengang. Lautlos wie die Wölfe, nach denen sie sich nannten, waren sie aufgetaucht und hatten die beiden Officers eingekreist. Gehüllt in schwarzes, nietenbesetztes Leder und in flatternde, dunkle Tücher boten die Narben bedeckten Gestalten einen erschreckenden Anblick. Jeder von ihnen war bewaffnet. Einige trugen ihre Schusswaffen sogar offen mit sich. Schweigend und ohne sich zu regen standen sie einfach nur da und starrten Cooper und Joey wach-

sam an. Und die beiden wussten nur zu gut, dass eine unbedachte Bewegung ausreichen würde, um hier ein böses Ende zu finden.
„Wir hätten vielleicht nicht in Uniform hier auftauchen sollen“, sagte Joey leise zu seinem Partner.
„Dieser Gedanke kommt dir wirklich früh, Joey.“ Cooper hob die Hände und rief: „Wir wollen mit Jayden Cullen reden. Es geht um Far Baxter.“
Einer der Gangmitglieder, der nur aus Muskelmasse zu bestehen schien, trat mit zusammengekniffenen Augen vor, spuckte auf den Boden und sagte heiser: „Bei den Nachtwölfen läuft kein Far Baxter mit, Mr. Officer, Sir. In unserem Rudel gibt es nur Ice.“
„Wir meinen ja auch Ice“, sagte Joey rasch und trat neben Cooper.
„Ist er bei euch? Wenn nicht, wäre es möglich, dass er ganz tief in der Scheiße steckt.“
Der Nachtwolf sah argwöhnisch durch seine verspiegelte Sonnenbrille zwischen Cooper und Joey hin und her, während er sich an dem kurzen Bart zupfte.
„Ice ist in Schwierigkeiten?“, fragte er nach.
„Wir hatten gehofft, dass er bei Cullen ist. Wenn nicht, dann müssen wir ihn unbedingt finden. Ihn und seinen Partner“, erwiderte Cooper.
„Songlian? Ice’s Fleisch, Blut und Geist?“
Joey und Cooper wechselten einen verdutzten Blick.
„Songlian heißt er, ja.“
Der Nachtwolf stieß Cooper kurz gegen die Brust, dass der einige Schritte zurückwankte.
„Hände weg von euren Waffen, klar? Ich bringe euch zum Alpha.“

Jayden Cullen kam Cooper beinahe wie ein kleiner König vor, der die Botschaft seines Herolds mit Würde und Gelassenheit entgegennahm. Ruhig blieb der Anführer der Nachtwölfe auf seinem Stuhl sitzen und rauchte scheinbar in aller Gemütsruhe weiter, wobei er eine zusammengerollte Zeitung auf seinem

Schoß hielt. Die wachsamen Augen des Alphas, die Joey und Cooper genau musterten, sprachen jedoch von einem gefährlichen Verstand.
„Wieso vermisst du Ice eigentlich, Officer?“, fragte Cullen endlich mit gelangweilter Stimme.
„Far und Songlian sind nicht zum Dienst angetreten“, antwortete Cooper mit sichtlichem Unbehagen.
„Sie fehlen unentschuldigt, sind nicht in ihrer Wohnung und an ihre Handys gehen sie nicht. Eine Ortung verlief bislang auch im Sande.“
Cullen legte seine Zigarette in einem Aschenbecher ab.
„Ice nimmt seine Aufgaben ernst. Es ist nicht seine Art spurlos unterzutauchen.“ Er zog sein eigenes Handy aus der Tasche, wählte eine Nummer und lauschte. Niemand nahm das Gespräch an. Cullen verstaute das Mobiltelefon wieder.
„Okay, er meldet sich tatsächlich nicht.“
„Wir sollten ihn gemeinsam suchen“, sagte Joey treuherzig wie immer.
Cullen sah ihn beinahe entgeistert an.
„Du willst wirklich, dass meine Nachtwölfe mit der SEED zusammenarbeiten?“, fragte er verdutzt nach.
Auch Cooper beschlich das unangenehme Gefühl, dass sein Partner nicht alle Tassen im Schrank hatte. Oder wieso kam er nur immer auf so seltsame Ideen?
„Verdammt, es geht uns doch allen um Far, oder nicht? Und um Songlian natürlich. Wir haben die Technik und ich wette, dass Cullen eine Idee hat, richtig?“ Joeys Intuition traf genau ins Schwarze, denn Cullen nickte langsam.
„Ice war hier und hat mich gebeten, einen bestimmten Mann für ihn zu suchen.“
„Den Mörder seiner Familie“, riet Joey weiter und landete einen weiteren Treffer.
„Richtig. Einen Dämon, der sich Oliver Oakly nennt“, sagte Cullen.
Sofort zückte Cooper jetzt sein Handy und übersah dabei absichtlich, dass etliche Gangmitglieder in Erwartung eines Angriffs auf ihren Alpha nach ihren Waffen griffen.

„Coop hier. Jon, finde heraus, wo sich ein Oliver Oakly zurzeit befindet. Beeile dich.“
„Und jetzt?“, fragte Cullen und drückte seine halb gerauchte Kippe aus.
Cooper steckte sein Handy wieder ein. „Jetzt warten wir, bis unser Mann am Computer etwas herausgefunden hat und dann rücken wir diesem Oakly auf die Pelle. Joey hat recht. Far ist unser und auch euer Freund. Warum sollten wir ihm nicht gemeinsam helfen? Bist du mit deinen Wölfen dabei, Cullen?“, fragte Cooper herausfordernd.
Jayden Cullen lächelte, erhob sich von seinem Sitz und reichte Cooper die Hand. „Und ob, Officer, und ob.“

Songlians Zeitgefühl sagte ihm, dass etwa fünf Tage verstrichen waren, ehe sich eine Tür zu dem kleinen Zimmer öffnete und ein älterer Mann eintrat. Das Gesicht des Mannes war ihm von dem Foto her bekannt, das Far von Nalu Balaga erhalten hatte. Oliver Oakly alias Ooghi, der Dämon, lehnte sich gegen den Türrahmen, verschränkte die Arme vor der Brust und sah Songlian schmierig lächelnd an.
„Songlian Walker. Welche Ehre, dich als meinen Gast begrüßen zu dürfen“, höhnte der Dämon.
Songlian ersparte sich verächtlich eine Antwort.
„Ist sich der jüngste Spross von Arawn Walker zu fein, um mit mir zu reden?“, tönte der Dämon weiter und begann dann zu lachen.
„Deinen Blicken nach würdest du mich wohl am liebsten umbringen. Komm schon. Du hast zwei so scharfe Säbel bei dir. Komm, Songlian, komm und töte mich.“ Einladend breitete Ooghi die Arme aus.
Songlian ging auf die Provokation gar nicht ein, beobachtete seinen Gegner nur weiterhin aufmerksam. Langsam ließ der Dämon seine Arme wieder sinken.
„Ich habe inzwischen meine Bekanntschaft mit Far Baxter erneuert, Walker. Eine wirklich interessante Begegnung“, fuhr Ooghi fort.

„Wenn du Far …“, brauste Songlian nun auf.
Ooghi hob Schweigen gebietend die Hand. „Ich habe deinem kostbaren Freund kein einziges Haar gekrümmt. Ganz im Gegenteil. Ich habe ihn lediglich äußerst gewinnbringend verkauft.“
„An wen?“, fragte Songlian. Auf einmal fühlten sich seine Beine ziemlich schwach an.
„Dein Bruder Lorcan wollte ihn unbedingt haben, Walker. Ich mochte Baxter ja erst nicht hergeben. Immerhin wurde mir prophezeit, dass er mich eines Tages töten wird. Und deshalb wollte ich ihn unbedingt vorher vernichten. Aber diesem Kaufpreis konnte ich einfach nicht widerstehen. Allerdings hast du die Möglichkeit Baxter wieder freizubekommen“, antwortete Ooghi mit einem derart selbstgefälligen Lächeln, das verriet, dass er eine solche Möglichkeit für nicht sehr wahrscheinlich hielt.
Mit einem Blick auf seine Säbel erriet Songlian: „Ich soll kämpfen.“
„Auf Leben und Auslöschen, Walker. Genau so ist es gedacht.“ Ooghi deutete hinter sich, wo sich ein langer Gang erstreckte. Von fern konnte Songlian das Johlen und Schreien vieler Leute hören.
„Es ist alles vorbereitet, Walker. Falls du die Chance wahrnehmen willst, deinen menschlichen Freund zu retten, brauchst du nur in die Arena dort zu treten.“
„Wenn ich gewinne, wird Far freigelassen?“, hakte Songlian nach.
Ooghi nickte. „Genau. Solltest du den Kampf wider Erwarten gewinnen, wird Lorcan deinen Freund freilassen. Aber dieser Deal betrifft einzig und allein Baxter. Über dein weiteres Schicksal nach dem Kampf wird Lorcan entscheiden.“
„Und wenn ich verliere?“
„In diesem Fall werdet ihr beide ausgelöscht. Du sicherlich schneller als der arme Baxter.“ Mit gespielter Vertrautheit beugte sich Ooghi vor und sagte leiser: „Unter uns, Walker, dein Bruder scheint deinen Freund nicht sonderlich zu mögen. Wenn ich ehrlich bin, dann möchte ich nicht in seiner hübschen Haut stecken.“

Songlian starrte ihn nur an.
„Ich nehme an, du möchtest uns ein schönes Schauspiel bieten, Walker, oder nicht?"
„Was, wenn ich nicht kämpfe?", erkundigte sich Songlian und verschränkte nun trotzig die Arme vor der Brust.
„Natürlich wirst du kämpfen. Lorcan erzählte mir nämlich, dass du ein Faible für Crawlers hast und er war der Meinung, dass Baxter deine Vorlieben teilen sollte. Sicherlich wird es für deinen Freund ein aufregendes und unvergessliches Erlebnis, wenn sich Lorcan ihn vornimmt, solange die Crawlers noch wirken, nicht wahr?" Der Dämon grinste gemein.
Schweigend griff Songlian nach seinen Krummsäbeln, stieß Ooghi unsanft zur Seite und schritt entschlossen der Arena und dem Lärm entgegen. Far durfte nichts geschehen, denn das würde er sich niemals verzeihen. Niemals!

Songlian trat in eine Art Gladiatorengrube, deren Boden mit festem Sand bedeckt war. Rings herum ragten drei Meter hohe Mauern auf, auf denen sich Dämonen und Vampire gleichermaßen tummelten. Überall brannten lichterloh Fackeln und erhellten den bizarren Ort, sorgten aber gleichzeitig für eine unangenehme Hitze. Bei seinem Anblick brach ein lautes Getöse aus. Er stellte sich dem Ritual folgend in die Mitte der Grube auf, hielt die Säbel gekreuzt und mit den Spitzen zum Boden vor seinen Körper. Ruhig schaute er sich um. Die Galerie um die Grube herum war brechend voll. Auf der einen Hälfte tobten die Dämonen, auf der anderen starrten die Vampire auf ihn herunter. Er ließ die Schmährufe über sich ergehen und suchte nach seinen Brüdern. Endlich entdeckte er Bhreac und Lorcan neben einigen anderen Vampiren aus seiner Sippe an einer Stirnseite des Grubenovals. Und auch Far war da. Bis eben hatte Songlian noch die Hoffnung gehegt, dass Ooghi ihn angelogen haben mochte und Far sich weiterhin außer Gefahr befand. Doch sein Freund kniete mit auf dem Rücken gefesselten Händen neben Lorcan am Boden. Sein offenes Haar hing ihm wirr ins Gesicht. Er sah ein wenig schläfrig aus und seine

Pupillen waren eindeutig geweitet. Was die Crawlers anging, hatte Ooghi ebenfalls keine Lügen erzählt. Far stand unter Drogen.

Songlian zwang sich zur Ruhe, obwohl er seine Brüder mit Wonne zerstückelt hätte. Dennoch konnte er ein wütendes Knurren ganz tief in seiner Kehle nicht unterdrücken. Lorcan schenkte ihm ein böses Lächeln und legte Far eine Hand auf den hellbraunen Schopf, als wäre der nichts weiter als ein Köter. Bhreacs Gesicht dagegen zeigte keinerlei Regungen. Er sah Songlian nur unergründlich aus seinen kalten Augen an. Als Lorcan die Hand hob, kehrte sofort erwartungsvolle Ruhe ein.

„Du weißt, was ausgemacht ist?“, rief er Songlian zu.

Der Vampir nickte einmal.

„Du kämpfst hier ausschließlich um Baxters Freiheit. Hast du das begriffen?“

„Und was ist mit mir?“

„Darüber brauchen wir uns doch nicht ernsthaft unterhalten, oder?“

Songlian nickte wieder.

„Dann sieh deinen Gegner!“, rief Lorcan.

Ein weiterer Mann betrat unter dem anschwellenden Jubelgebrüll der Zuschauer die Grube. Songlians Augen wurden schmal. Sein Gegner war mehr als zweihundert Jahre älter als er, und sein Körper bestand nur aus Muskeln und Sehnen, aus Schnelligkeit und Kraft. Unwillkürlich musste Songlian trocken schlucken. Auch seinen letzten rituellen Kampf hatte er gegen diesen Mann geführt.

Du hast diesen Kampf verloren, flüsterte es zaghaft in seinem Verstand. Mit aller Willenskraft schob Songlian diesen Gedanken von sich und zwang sich weiterhin dem Waffenmeister der Familie Walker entgegenzusehen. Der stellte sich vor Songlian auf und kreuzte seine Waffen, zwei schlanke Schwerter, auf dieselbe Art und Weise wie sein Widersacher.

„Keinen Kniefall dieses Mal, Songlian?“, fragte er streng.

„Lorcan hat mich verstoßen, Meister Elisud. Ich gehöre keiner Sippe mehr an und unterliege somit auch nicht mehr den Traditionen der Vampire“, entgegnete Songlian mit einer Ruhe,

die er jedoch gar nicht mehr empfand. Vielmehr musste er seine Hände mit äußerster Willenskraft am Zittern hindern.
Urplötzlich verzog sich Elisuds Gesicht zu einer fauchenden Fratze. Beinahe hätte Songlian einen erschrockenen Schritt zurückgetan und sich damit der Lächerlichkeit preisgegeben. So presste er nur die Lippen fest aufeinander.
„Heute, Songlian, werde ich dich auslöschen." Der Waffenmeister hob die Schwerter und schlug einmal kurz die Klingen aufeinander. Sein Schrei, als er angriff, ging in dem tobenden Jubel der Zuschauer unter.
Songlian konnte gerade noch rechtzeitig seine Waffen emporreißen, als ihn der heftige Hieb auch schon zurücktaumeln ließ. Gleichzeitig ritzte ihm eines der Schwerter die Wange auf. Blitzschnell folgten weitere wuchtige Hiebe. Mit Mühe wehrte Songlian die Hiebe ab, konnte aber nicht einmal angreifen. Elisud wob einen stählernen Vorhang um sich, durch den Songlians Säbel nicht einmal hätten dringen können, wenn er Gelegenheit zu einer Attacke gehabt hätte.
Bleib ruhig. Lass nicht zu, dass die Angst dich kontrolliert, ermahnte sich Songlian und nahm einen weiteren blutigen Schnitt über die Rippen hin. Er wich weiter zurück, während seine Heilkräfte die Wunden kurierten und konzentrierte sich darauf, die Hiebe des Waffenmeisters zu parieren.
„Warum machst du es dir nicht leicht, Songlian, ehe ich dich in Stücke schneide?", rief Elisud, zweifellos um Songlian zu einer unbedachten Reaktion zu verleiten. Doch es war Lorcan, der den Vampir ablenkte. Aus den Augenwinkeln bemerkte Songlian, wie sich sein Bruder zu Far hinabbeugte und ihn küsste. Trotz der Drogen schwelte eine tiefe Wut in Fars Augen, der sich nicht einmal wehren konnte.
Songlian stieß einen wilden Schrei aus und marschierte Elisud völlig vergessend zornig auf Lorcan zu. Der Aufschrei der Menge, brachte ihn gerade noch zur Besinnung, um rechtzeitig herumwirbeln und den beiden Schwertern des Meisters zu begegnen. Die Wucht des Aufpralls riss Songlian von den Füßen und ließ ihn rücklings in den Sand stürzen. Sofort wälzte sich er herum. Hinter ihm spritzte der Sand hoch auf, wo sich die

Schwertklingen in den Boden bohrten. Songlian hechtete vorwärts, rollte sich über die Schulter ab und kam geschmeidig wieder auf die Füße, um gleich darauf eine weitere Angriffserie zu kontern.

Unterbrich sein Muster, forderte er sich selber auf. Den in seinem Innern lodernden Hass lenkte Songlian jetzt bewusst in den Angriff. Mit einem gefährlichen Fauchen sprang er vorwärts, tauchte unter einer der Klingen hinweg und nahm den Treffer am Oberschenkel durch das zweite Schwert klaglos hin. Seine Säbel fuhren blitzartig in die Höhe und schlugen Elisuds Waffen auseinander. Dann ruckte Songlians Ellenbogen empor und traf den Waffenmeister wuchtig unter dem Kinn. Gleichzeitig trat er mit dem Fuß des verletzten Beines zu. Es tat weh, aber Elisud wankte zurück und versuchte die Schwerter rechtzeitig für eine Verteidigung wieder in Position zu bringen. Da erwischte ihn bereits einer von Songlians Säbel mit Knochen brechender Kraft in den Rippen, während der andere auf seine Augen zuschwang. Elisud spuckte Blut, konnte dem tödlichen Hieb allerdings gerade noch ausweichen. Mühsam hob er seine Schwerter zu einem neuen Angriff, der seine Wirkung jedoch verlor, da Songlian seine Klinge grob aus dem Körper des Waffenmeisters zerrte und ihn damit aus dem Gleichgewicht brachte. Dem neuerlichen wuterfüllten Angriff Songlians hatte Elisud nichts mehr entgegenzusetzen. Der doppelseitige Hieb durchbrach seine Deckung und spaltete Elisuds Schädel. Der Vampir verwandelte sich unter dem infernalischen Aufschrei der Menge in schwarze Asche, und Songlian wäre beinahe kopfüber in den Sand gestürzt, als sich der Körper des Waffenmeisters auflöste. Mit einem Siegesschrei auf den Lippen fuhr er zu seinen Brüdern herum, gerade noch rechtzeitig um zu sehen, wie Lorcan Fars Kopf in den Nacken riss und seine spitzen Zähne in den überstreckten Hals schlug. Songlian heulte schrecklich auf und rannte mit seinen blutbefleckten Waffen in der Hand auf seinen hinterhältigen Bruder zu. Mit einem gewaltigen Satz erklomm er voller Wut die Galerie. Vampire und Dämonen spritzten kreischend und schreiend vor ihm zur Seite. Auf einmal pfiffen überall um sie herum Kugeln. Songlian konnte jemand panisch „SEED!“

schreien hören. Dann hetzte er auf Lorcan zu, der Far achtlos zu Boden fallen ließ, als neben ihm ein Dämon von einer Kugel getroffen verpuffte. Mit Bhreac an seiner Seite floh Songlians ältester Bruder.
„Lorcan!", brüllte Songlian wild, stockte aber neben Far mitten im Lauf. Sein Freund lebte noch, doch aus seinem Hals schoss pumpend rotes Blut. Klirrend fielen die Säbel zu Boden, als sich Songlian neben seinem Partner auf die Erde warf und seine bebenden Hände auf die stark blutende Wunde presste.
„Neinneinneinnein!", heulte der Vampir ohnmächtig inmitten des Chaos.

Jonathan Goodman hatte sehr schnell herausgefunden, wo Oliver Oakly wohnte und wo sich derzeit sein Wagen befand. Daraufhin hatte Jayden Cullen einige seiner Nachtwölfe auf ihren Motorrädern vorausgeschickt, um sich dort umzusehen. Die Männer hatten ihm das Zusammentreffen äußerst seltsamer Leute mitgeteilt und dass sich irgendein Spektakel anbahnen würde. Während Jayden Cullen das gesamte Rudel der Nachtwölfe zusammentrommelte, forderte Cooper über Jonathan Verstärkung durch Team 3 an. Wie er Matthew Fullingham einschätzte, würde der Teamleiter furchtbar sauer sein, wenn er lediglich Ermittlungsarbeiten durchführen durfte und zum Dank vom Finale ausgeschlossen würde.
Cooper erfuhr anschließend die zweifelhafte Ehre, auf dem Motorrad des Alphas Platz nehmen zu dürfen und an der Spitze der Nachtwölfe zur Rettung seiner Teammitglieder zu rasen. Sie erreichten ihren Zielort zusammen mit den Officers der SEED, die ziemlich verblüfft auf diese ungewöhnliche Verstärkung blickten. Gemeinsam stürmten sie in das Gebäude und folgten einfach dem höllischen Lärm. Cooper, Jayden und Joey erreichten gerade rechtzeitig den Schauplatz des Geschehens, um Songlians Angriff auf Elisud mitzuerleben. Starr vor Staunen sahen sie mit an, wie der Vampir seinen Gegner tötete und gleich darauf mit einem schaurigen Heulen die drei Meter hohe Wand

emporsprang, um sich auf die dort befindenden Vampire zu stürzen.
„Da ist Far!“, schrie Joey und rannte los, ehe Cooper reagieren konnte. Fluchend zog der seine DV8 und feuerte auf die flüchtenden Vampire, in denen er Lorcan und Bhreac erkannte. Für einen Moment wurde Cooper jedoch abgelenkt, als eine menschliche Gestalt in seiner Nähe wie Wasser zu zerfließen schien und einen Dämonen freigab, der durch ein rasch geschaffenes Tor entkam.
„Das war der Mörder von Ice’ Familie“, rief Cullen neben ihm frustriert und schoss auf einen tollkühnen Angreifer, der sich auf sie stürzen wollte. Die Nachtwölfe rannten an ihnen vorbei, schlugen und schossen auf alles und jeden, der sich ihnen in den Weg stellte, bis sie einen schützenden Kreis um Far und Songlian gebildet hatten. Allmählich kehrte Ruhe ein.
Matthew schickte sein Team zusammen mit einigen willigen Nachtwölfen los, um die zahlreichen Gänge und Räume nach weiteren Unterweltlern und Vampiren abzusuchen. Dann bahnte er sich zusammen mit Cooper, Jayden und Joey einen Weg zu Far hindurch. Noch immer kniete Songlian neben seinem Partner, das Gesicht tränenüberströmt und blutig und presste seine Hände auf die tiefe Wunde an Fars Hals.
„Gebissen?“, fragte Cooper erschrocken.
Songlian nickte nur. Er bot ein Bild des Jammers.
„Wie tief?“
„Zu tief“, antwortete der Vampir mit rostiger Stimme.
„Und er ist infiziert.“ Er sah Cooper ängstlich an.
Der stieß einen Fluch aus. Timothy kam mit einem Verbandkasten angerannt und begann Far mithilfe seines Bruders einen Druckverband anzulegen. Joey rief einen Krankenwagen der SEED und erstattete Jonathan und James, die gemeinsam im Revier auf ein Lebenszeichen warteten, einen knappen Bericht.
„Was war das für ein Kampf?“, fragte Cullen und deutete in die Grube hinab.
„Sie wollten Far freilassen, wenn ich siege“, knurrte Songlian.
„Sie haben nur nicht gesagt, in welchem Zustand dies geschehen würde.“

Cooper umfasste freundlich seine Schulter.
„Für mich hat es jedenfalls ausgesehen, als hättest du da unten dein Bestes gegeben, So-lian." Zum ersten Mal nutzte der Teamleiter die vertrauliche Kurzform des Vampirs und der dankte ihm mit einem schwachen Lächeln, das sich jedoch gleich wieder verdüsterte.
„Wenn er aufwacht, könnte es sein …"
„… dass ich wohl mit zwei Vampiren in meinem Team leben muss, hm?" Cooper seufzte.
„Ich bin nicht sicher, wie Ice das aufnehmen wird", murmelte Jayden betroffen.
„Ich auch nicht. Und ich werde es noch dem Chief und dem Boss beibringen müssen."
„Und wie soll ich Far erklären, dass er zu etwas geworden ist, was er eigentlich bekämpft?", fragte Songlian. Doch auf diese Frage konnte ihm niemand eine Antwort geben.

Ende des ersten Teils

Tokio Vampire
Florine Roth

ISBN 978-3-934442-58-0

Nayidenmond
Sandra Gernt

ISBN 978-3-934442-75-7

Immortale –
Nachtfalke & Hexenmeister
Simon Rhys Beck
Florine Roth

ISBN 978-3-934442-78-8

Wolf inside –
Entfesselter Geliebter
Sabine Koch

ISBN 978-3-934442-71-9

dead soft verlag

http://www.deadsoft.de

gay storys mit stil